"那交换条件呢？"

"你如果能够努力认真地陪我毕业，那我就答应你，以后身体上有任何事情都不会找上你家门。"

"那我们需不需要写个保证书之类的？"

"先拉钩过再说。"

"不写过书吧，我家门洞前上吊过的人，我和你讲过的。我们……盖章就行。"

少年奚尔："好。"

玻西米 日

大鱼

有爱的青春陪伴者

坡西米 著

一百年不许变

YiBaiNian BuXuBian

拉钩！

LaGou

盖章

GaiZhang

四川文艺出版社

图书在版编目（CIP）数据

拉钩盖章一百年不许变 / 坡西米著. -- 成都：四
川文艺出版社，2025. 5. -- ISBN 978-7-5411-7219-9

Ⅰ. Ⅰ247.5

中国国家版本馆 CIP 数据核字第 20251UL748 号

LAGOU GAIZHANG YIBAINIAN BU XU BIAN

拉钩盖章一百年不许变

坡西米 著

出 品 人	冯　静
责任编辑	谢雨环
特约编辑	雪　人
装帧设计	Insect　姜　苗
责任校对	段　敏

出版发行　　四川文艺出版社（成都市锦江区三色路 238 号）
网　　址　　www.scwys.com
电　　话　　0731-89743446（发行部）　028-86361781（编辑部）

排　　版　　长沙大鱼文化传媒有限公司
印　　刷　　天津睿和印艺科技有限公司
成品尺寸　　145mm×210mm　　开　　本　　32 开
印　　张　　10　　　　　　　　字　　数　　260 千字
版　　次　　2025 年 5 月第一版　　印　　次　　2025 年 5 月第一次印刷
书　　号　　ISBN 978-7-5411-7219-9
定　　价　　42.80 元

前言

啄木鸟和杨树

确定这本书要出版之后，编辑联系我，要我写个前言和后记。

说真的，当时我有点受宠若惊。

这一点也不夸张，那种惊讶、惊喜的情绪对于我这种成年很久的人来说非常没出息。老板说给我涨工资的时候我都没有那种惊喜和激动。

我来解释一下为什么。

在这之前有过小说出版的经历，但是我的"小说们"最初载体都是网络，这本小说也不例外。

可能是因为写的题材大多比较轻松、治愈，文字风格也不讲究，平铺直叙，看起来不费脑子，所以非常幸运地积累了一些读者。

在由我的文字构建的这个小小世界里，有我，有网上那些素未谋面的读者朋友，还有我笔下的人物们。

我能十分自信地感受到自己是被欣赏、喜爱的，我创造出来的人物们也是被欣赏、喜爱的。

这个虚拟世界里的一切都是缓缓流淌着的，温暖，让人沉迷，这当然让我开心。

与此同时，由于我本身悲观的性格底色，每当我很开心大家喜欢我构建出来的虚拟世界时，我又能很清醒地意识到，在现实生活，也就是我们称之为的"三次元"里，我是个再普通不过的人。我没有创造世界的能力，我不能像主宰我小说里人物命运那样对现实里的任何人产生任何深远影响。

如果我的读者们在街上与我擦肩而过，大概只会觉得我是个灰头土脸的"社畜"。下雨了要用外套罩住公司发的电脑，能让我安身立命的不是我自己的脑袋，而是这个硬邦邦的金属家伙。

是的，三次元里，我是个庸碌的上班族，做着一份枯燥的工作。

对于这份工作，情绪表达以及内容创作是所有职业素养中最靠后的需求。尤其是情绪，如果在工作中表现出来，那会被看作十分不专业。

那里的游戏规则需要我做一个冷静、克制、犀利的机器，按时完成任务，不出任何差错，仅此而已。

是一份听起来就让人觉得无聊的工作。

除了工作，我的日常生活也乏善可陈。

我自身拥有的、唯一拿得出手的，是我养了好几年的牛油果树。

我把它放在家里阳光最好的角落，它昂扬挺拔，最宽的叶子比我的脚板都大。每个来家里的朋友都会夸它，而它也会因为大家的友善之语越长越高，枝干越发粗壮。

可即使是这样，令我骄傲自豪的完全属于我的东西，别说放在世界里，就算是放在我住的这条街道上，我相信也是完全不值一提的。

这样的我，会认真地觉得，大家真正感兴趣的不是我为什么要写这部小说，不是"我"的想法、"我"的动机，所以才有了一开始我写到的激动、惊讶、惊喜。

虽然我从来不说，怕大家觉得我自恋，但我一直隐隐地期待有谁会来问：你为什么要写这个故事呀？

我能理解，对于大家来说，"我"为什么写小说，为什么会写这个故事，并不重要。

但对于我来说，重要。

人在每个阶段的情绪表达都是不一样的。表达的背后，能够折射出那一段自己的人生课题。

这本小说完结于2021年的夏天。重新翻看这本小说，让我想起来，找到真正的自己，自己真正想做什么事，想做一个怎样的人，如何处理自己和世界、和周围人、和父母的关系，是那段时间我的人生课题。

小说里有提到杨树和啄木鸟。

小时候，家里住那种家属大院，很老很老的几栋楼，院子里种了几棵杨树。

打我记事起，杨树就很高了。老楼楼层矮，四五层的小板楼，那些树就有四五层楼那么高。

院子里和我同一批的小孩都是九〇后。这些树陪伴着我们成长，我们看着它们枯黄、掉叶、抽芽、茂盛，就这样循环了十几个春夏秋冬，直到大家考上大学，各奔东西。

夏天的时候，它们给院子里的老人们带来了阴凉，我却最不喜欢夏天的它们，因为树上会掉毛毛虫，雨天时树下的土里还会冒蚯蚓。

其实夏初会有人来给树打药，树干下面一段也涂了白，但还是会有"漏网之虫"。

院子里的叔叔阿姨们下班骑车经过，会把毛毛虫压扁。看到被印在水泥地上的五颜六色的虫子尸体，我吓得寒毛直竖。

回家的必经路上就有一棵杨树，每次走回家时我都提心吊胆，生怕有虫子落在我头上，或是踩到水泥地上的虫子印。

下雨时也很讨厌。蚯蚓们挣扎着从土里逃出来，在湿湿的地面扭来扭去。有人走过，它们被压成好几截；等太阳出来了，它们就会被晒成干儿。

那时我就在想，等我长大了，一定不要继续住在这个院子里，我要去住那种很繁华很高级的小区，小区里树、灌木、草坪都被修剪打理得整整齐齐、干干净净，路面铺满带有花纹的地砖，地砖拼接得严丝合缝，不给任何蚯蚓冒头的机会。

我要一个人缩在这样的小区的房子里，有能锁上门的书房，书房里摆一张深色木书桌，桌子正对窗户，窗户外无论是阴天、下雨天，还是微风和煦的晴天，我都能安安静静地坐在那里看窗外很久很久。

总而言之，这种想要逃离的情绪，以及对于美好未来的想象，几乎占据了我的整个童年。

后来，我考上大学离开北京，家里不再需要迁就我上学，便搬到了六环外。大学毕业后，我决定在异国他乡继续深造，父母也逐渐习惯了两个人的生活。再后来，我参加工作，父母退休。

某一天，我父亲用颇为感慨的语气回忆以前。

他说很怀念当初在"老楼"的生活。我母亲也受触动，说那时他们都年轻，现在他们都老了。

如果时间可以倒流，回到以前多好啊，回到我十几岁，他们四十出头的年纪，我们一家三口永远停留在那几年。

他们这样说道。

我当时的第一反应是抗拒，随后我因为自己和父母截然不同的想法而愣住。

完全不想回忆童年，更不想回到从前。

我关于童年的回忆是灰色的，是黯淡的，是无数次回家时小心翼翼用手蒙着头，生怕虫子掉在我的脑袋上；是每次下雨都在院子里一路踮着脚尖，生怕踩到一条断成好几截的蚯蚓。

真是奇怪啊，那些于父母来说的金色年华，在我这里却成了完全不想回忆的过去。

是我不知好歹、夸大其词，还是有谁篡改了我的记忆？

我想啊想，想啊想，然后发现，那时候我想逃离，虫子并不是主要原因。我回家提心吊胆，并不是因为那棵拦路的杨树。

贯穿我整个童年的，是长辈们因为有不可调和的矛盾而歇斯底里的夜晚；是我因为害怕情绪不稳定的长辈随时变脸，而过早地学会了察言观色、沉默寡言；是我回到家就要理解长辈苦衷，不给家里添任何麻烦，因而让自己几乎没有任何要求地乖与顺从。

成绩好，乖，懂事，从小就是父母的"朋友"——是母亲的心理导师，是父亲的贴心棉袄。

那些长辈作为成年人都无法消解的痛苦。我被动接受他们的输出，最后慢慢变得愿意主动排忧解难。

作为一个小孩，我十分拿得出手。

和长辈吃饭时，父母还会把我安慰他们时说的"金句"分享给大家，然后大家夸我聪明，悟性高，以后肯定能考好大学。

父母夸我，说谁谁的孩子就知道成天管家里要东西，还是咱们的孩子听话；谁谁的孩子得了抑郁症，那个毛病啊，就是家里给惯出来的，我们从来不惯着孩子，所以孩子才能这么懂事；谁谁的孩子找工作靠家里，我们的孩子不一样，读书这么好，以后能凭自己本事养活自己……

我的人生大概从那时候起就这样定性了。

对于大家评价我的那些话，我逐渐深信不疑。

我觉得我就是聪明，就是优秀，同龄人还在玩游戏谈恋爱时，我就知道自己志向远大，成熟稳重，才华横溢，懂得取舍，注定有个光明灿烂的未来。我会成为家里人最坚实的依靠，读好书，找好工作，赚大钱。有了钱，就可以解决世界上绝大部分的问题。

我的这份"天赋"，就像是院子里那只栖息在杨树上的啄木鸟。

没有人知道院子里的杨树上什么时候搬来了一只啄木鸟。

周末的清晨，所有人都被那阵有规律的"咚咚咚"声吵醒，有经验的大人们说，听这声音，是啄木鸟啦。

然后大人们又说，啄木鸟是益鸟，吃虫子的。

院子里的虫子要遭殃啦。

啄木鸟的嘴很尖实，能凿开树干，把藏在树干里的虫子们一一揪出来吃掉。

这只啄木鸟让我期待了很久。

即使它早上五点钟就开始干活，被吵醒的我也依旧一边用枕头盖住耳朵，一边喜滋滋地想，多吃点吧，啄木鸟，这些虫子就靠你啦。

我在这个大院住了十八年，然后高考考去了南方的一座繁华城市。后来每年寒暑假回北京，回大院看奶奶。在我的观察里，院子里的树木慢慢地一棵一棵被砍掉。

奶奶说，那些树没救啦，一棵棵地死掉，一棵棵地被运走。

留下的树也半死不活，最炎热的夏天，它们的枝叶也稀稀拉拉，树干光秃秃的，时不时掉下一两片满是黑点的叶子。

啄木鸟还是在的，甚至组建了家庭，一家几口都在"咚咚咚"，每个清晨都不停歇。

我不明白是啄木鸟工作不够勤奋，还是因为什么别的原因。

总而言之，我是十分惆怅的。

并且我深知，我惆怅是因为我把自己的命运和这些杨树捆绑在了一起。

进入社会，我逐渐发现，曾经我引以为傲的天赋，非但不能给我带来实际的好处，反而成为我的枷锁，成为我痛苦的来源。

一棵曾经有五层楼高的杨树，十几年后，说死就死了。

人的命运跌宕往往也是类似的。

我努力，我上进，我扮演一个友好的人，对周围所有人的要求都尽量满足。但是在某一天，我忽然觉得迷茫。

这样的情绪是很致命的，就像万米高空上的飞机玻璃破了一个小孔，你以为堵上就完事了，实际上它可以把所有东西都吸出去。

由迷茫开始，随后我感受到了不开心。

接着是愤恨。

最后干脆停下脚步，躺在原地。

我望着我人生的天空，觉得它的颜色和我的童年很像。

那种灰色我从未摆脱，只是我一直闭着眼睛往前跑，脑海里想象着前方是一片五彩缤纷的花园。

然后我因为一颗石子绊倒了。

疼痛使我睁开眼，发现如果继续这样往前跑，这一路的灰色就会没有尽头。

要是我从来没有睁开眼睛，脑海里的花园会一直都在。

但是本能告诉我，我并不应该怨恨那颗绊倒我、迫使我睁开眼睛的石子。

要是从不睁开眼睛，那该多好。

——这样的念头我之前从来没有过，即使是在自己最痛苦、最挣扎的时候。

因为不确定自己想要什么样的生活，所以探索得跌跌撞撞。我做了一些让周围人大跌眼镜的决定，斩断了一些垃圾关系，有了一些以前从来没有过的经历，学会了争吵，还被说过这是我"迟来的叛逆期""你怎么变成这样了""我真对你感到失望"……

这个过程是痛苦且孤独的。但是当过去的生活的惯性试图把我往回拉扯时，我清晰地意识到，我再也不想回到从前了。

我把这种认知看作我人生的某种进步。

前几年，我开始在天气好的时候去户外跑步。

我住的街区不远处就有一片静谧的居民区。那里家家户户都热衷于修整草坪、种花种树，街区里还有市政种的高大的枫树。

然后我再次听到了啄木鸟的声音。

我和我先生说，那是啄木鸟。

他停下来仰头看。

我们两个只闻其声不见其鸟，围着一棵可疑的大树绕了好几圈，终于从一个合理的角度看到了那只啄木鸟。

"咚咚咚，咚咚咚……"

我先生说，你耳朵真好使，怎么一听就知道是？

我说，因为我小时候房间的窗外是一棵杨树，那棵杨树上就住着一只啄木鸟，每天早晨我都会被它吵醒，所以很熟悉这个声音。

然后我就给他讲了小时候我和院子里杨树的恩怨，以及对这只啄木鸟的所有期待。

你知道的，啄木鸟是益鸟，吃虫子的。

他若有所思，然后问，它真的不会把树啄坏吗？

这话可能有点傻，但我也好奇了。

为了说服他，回到家我在网上搜索"为什么说啄木鸟是益鸟"。

出于严谨，不想过度依赖单一的信息来源，我点开了好几篇文章浏览，然后大为震惊。

这位"树林医生"其实并不能准确判断树干里哪里有虫子，它们随机凿洞，让树木千疮百孔，有时候这会导致树木更容易被虫子入侵，进而加速树木的死亡进程。

啄木鸟的"人设"崩塌挺让我难受的。

晚上躺在床上，我还在想这事，越想越觉得人真是爱一厢情愿、爱自我感动。

啄木鸟啄树只是为了吃虫子，这是它的天性，它不吃虫，就得饿死。它啄树，不是为了让树木健康，也不是为了让人们夸它一句它真是益鸟。

树死树活，才不关它的事。

这棵树死了，还可以飞到下一棵树。如果侥幸治好了这棵树，它没有虫吃了，也是要飞走的。

但对树来说，这又是另一回事了。

它们扎根在土地里，没法行走。虫子来了，它们没法拒绝；啄木鸟来了，它们也没法挥舞枝丫把鸟儿赶走。

很被动，很沉默，但或许它们并不在乎，因为不是大事。

植物可以以一千种面貌生存，一棵树，每一年都有可能散播无数种子到各个地方。

我们看到的院子里的这棵树，它的种子或许已经在北京城另一端的公园里发芽。

它垂垂老矣，被市政砍掉运走，它生命的精彩却并未停止。

评论一只鸟的好坏，惋惜一棵树的生死，真的是件非常无聊的事情。

对不起，但是这本小说的创作灵感和创作初衷，就是源于这样一个无聊的啄木鸟和杨树的故事。

没有写"前言"的经验，没有人告诉我一份前言能写到这么多，这是不是一件非常了不起的事情？

不过无所谓，我就停在这里了。

希望大家喜欢这个故事。

坡西米

2024 年 6 月 23 日

于北纬 43°西经 79°

目 录
/ contents ●

◎ **第一章**

你好，新同学 − 001

◎ **第二章**

小白人，小灰人 − 035

◎ **第四章**

顶天立地的姐姐 − 085

◎ **第三章**

天才但喜怒无常的少年 − 061

◎ **第五章**

拉钩的承诺 − 107

目录

/ contents ♦

◎ **第六章**

十六岁的她无能为力－132

◎ **第七章**

背着乌龟壳的小恐龙－159

◎ **第九章**

平凡安静的青春也是青春－214

◎ **第八章**

少年有所为，有所不为－187

◎ **第十章**

老狐狸看小狐狸－242

◎ **第十一章**

少男心，海底针－270

第一章

你好，新同学

1

施念今天起床晚了，一睁眼，已经六点四十五分。

早自习要求七点十分到校，班主任唐华一般七点零五分就会站到班级门口，双臂抱胸，眼睛瞪得像探照灯，就为了督看谁早来抄作业。施念倒不担心这个，作业她都老老实实写了，但她就是面皮薄。到晚了得在操场上罚站，然后早操的时候统一站在台上当带操员。

当众做操可太丢人了。

为了赶时间，刷牙的时候，施念的手就跟电钻一样，唰唰唰，就跟刷的不是自己的牙齿似的。结果一吐牙膏沫，全是血丝。

洗脸的时候，她也随便抹了两下，结果小拇指猛地戳到鼻孔里了，戳得她一瞬间感觉眼冒金星。这下太狠了，等她把小拇指从鼻孔里撤出来时，还带出一行缓缓流下的鼻血。

就这样，鼻孔里塞着卫生纸的小姑娘拎着书包就往公交车站跑。她想，如果幸运的话，应该能赶上六点五十五分的那趟13路公交车，这样到学校差不多七点十分，刚刚好。

秋天在这座北方城市里停留的时间非常短暂。昨晚下了一夜的雨，今早起来，立马就有冬天的感觉了。

路旁的杨树几乎都秃了。施念路过大院正中央那棵最高的杨树时，特意抬头看了一眼。怪不得她今天起晚了，这棵老杨树上的钉子户——一只啄木鸟，今天没有按时上班。

这只啄木鸟全院出名，它为了这棵生了毛毛虫的杨树操碎了心。每天早晨六点半，准时准点，"咚咚咚"开始敲树。所以施念从不定闹钟，每天都是被它喊起来的。她对它感情很深。可院里人不这么想。

大人们使了好多法子想赶走它，都无果。不论春夏秋冬，周末周日，它都准时施工。但即使它那么努力，老杨树还是一天天地凋败了……施念总觉得，树可能不是被虫子咬死的，而是被它啄死的。

施念急着去赶公交车，可还是驻足了那么几秒。

今天它怎么不"咚咚咚"了？她十分好奇。

她伸着脖子聚精会神地望树时，郁谋恰好从对面的单元门走了出来。

他看到施念，脚步一顿，还以为自己看错了。虽然知道她就住在这个院子里，也知道自己搬来以后两人迟早都会打招呼，但他没有预料到今天早晨就能碰面。

少年的一颗心开始杂乱无章地跳动。

她怎么现在还不去学校？她在看什么？

他这样想着。

他遥遥望着她，女孩儿就那样驻足在秋末的杨树下，浑身上下乱七八糟：马尾辫儿是歪的，里面的衬衣一边领子塞校服里，一个边领子支棱在外面；校服裤子也是，一边的裤腿掖在鞋后跟里了。可她一张脸却白净得很……除了鼻孔里塞着纸。

他好奇她为什么一直抬着头，于是也看了眼天空。此时的天空有着秋天独有的那种高远和开阔，空气里弥漫着某种焦煳味。

郁谋看到施念，莫名地有些紧张。虽然他知道她迟早都会知道他来一中上学的事，但他并没有做好现在就打招呼的准备。

昨晚郁谋躺在爷爷家朝北小房间的床上，隔壁是爷爷的呼噜声。爷爷的呼噜声是三声短促一声拖长，然后哼一声，再三声短促一声拖长，以此循环。郁谋还听见小叔半夜十二点去客厅打开冰箱翻吃食的声音，熬夜创作他那根本没有出版社愿意要的武侠小说。

小床太长时间没人睡，床垫有处陷下去了，爷爷说新床垫周末才能送过来。郁谋躺在床沿，避开那块凹陷，想着明天去学校，去班里，施念看见他会是什么表情。他要如何和她打招呼，怎么自我介绍……要自我介绍吗？会不会太做作？她认识他的……那他就冲她点个头就好。

真是奇怪，自他知道施念对他有好感这件事后，就开始格外在意起这个女生。

"……我觉得郁谋很好！长得帅，学习好，聪明又低调。我很喜欢他！"是施念口口声声和她的小姐妹说的，特别坚决坚定。

初中那会儿，男女厕所挨着。夏天，窗户开了一道缝通风，女生聚在厕所的小窗前说的悄悄话，郁谋在另一边听得清清楚楚。他恰巧在窗外的洗手池前洗手，听到这句话时，他正旋上水龙头，听见自己的名字，下意识越过爬山虎往旁边看。

施念的手臂搭在隔壁窗框上，日光下，他几乎能看到那上面近乎透明的汗毛。他看到了快要飘到窗外的马尾，头绳是薄荷绿的，发梢有点发黄。风吹动她的头发，他以为她往这边看，赶忙缩回视线。

而此时男厕所陆陆续续有人进出，郁谋低垂眼睑，又把水龙头旋开，水哗啦啦流下，盖住了一点女生的说话声，只有他能听见。

他静静地等了一会儿。夏日炎热，少年出了一身的汗，他干脆俯身低头不停地用凉水冲脸。

他出去时，看见三个女生手挽手出来。

楼道里男生追跑打闹，有个篮球队的男生停住脚步，拉了一下系薄荷绿头绳女生的马尾，女生不耐烦地偏头整理头发。他看清了她是谁，是隔壁班的女生，叫施念。一个在年级里很没存在感的女孩子，但他却记得她，因为她之前做过年级眼保健操监督员。

郁谋站在原地不动，旁边同学拍他的肩膀，勾住他的脖子和他说笑，他任朋友推推搡搡，却什么都没听进去，愣怔着看施念进班。

那以后，几乎每天晚上睡觉前，他耳边都能响起她说的那句话。在初中那段难熬的日日夜夜里，每当他低头，或是出神，思绪都会飞到那个闷热的夏日，飞到那扇窗前，反反复复地揣摩。

她是从什么时候开始关注他的呢？她对他是哪种喜欢呢？她们聊什么聊到那些话题了呀？

这些问题几乎要把郁谋逼疯了。

那天他听到了施念的声音，看到了她的头绳，但他总是想着，如果他能看到她说话的表情就更好了。这是少年最最隐秘的心事。想不到在学校有些内向的她，和朋友说话竟那么直白。思及此，只有月色和树影的小屋里，一向沉稳的少年一把扯过被子盖住了发热的脸庞。

如今他站在门洞口，试着吐出一口气，然后悄悄退回了门洞里。

门洞里的少年表面从容不迫，校服干净整齐，新得跟第一天穿似的。他的确是第一天穿，高中开学两个月了，今天是他第一天去学校报到。昨晚也是他第一天搬来这个院儿里住……

这事说来话长。

他等施念转身走后才慢慢从里面走出来，走到院门口，正好看到施念急匆匆地跳着蹦上了13路公交车。随后他一抬手，招了一辆出租车。

2008年10月末，施念的高一上学期即将过半。

这是个再普通不过的周三。按理说，无论学生还是上班族，最难熬的就是周三，因为经过了周一周二的毒打，还要熬过周四周五的疲惫，周三给人的感觉最无望。可施念还挺喜欢周三的，至少这学期挺喜欢。因为周三下午第一节是体育课，最后一节课是自习，给她的感觉就好像周三下午是过小周末。

她此时坐在公交车司机身后的第一个座位上，书包放在腿上，往窗外看着。她最最喜欢这个座位，感觉自己"一人之下，万人之上"。她管这个座位叫"王之宝座"。很多老年人不喜欢这个座位，因为这个座位在车前轱辘上，架得很高，而且前面空间窄，不好放买菜兜子。即使知道这座位常年没人坐，明明没人跟自己抢，可每次施念还是要蹦上公交车冲过去开开心心地坐下。

窗外的风景是一个城市在黑夜中苏醒的过程。

从家到学校，十几分钟的车程。车窗外车水马龙，喇叭响个不停，早餐摊子热气腾腾，到处都喧嚣热闹，施念却觉得心里格外宁静。

她不怎么喜欢早起上学，也不喜欢熬夜写作业，更不喜欢一场接一场的考试，却喜欢在每一个上学路上的清晨，坐在公交车自己最爱的座位上看外面。

今早她的"闹钟"没响让她心情略微有些沉重。她比较担心的是院里人之前的方法奏效了——啄木鸟吃了他们拌的农药饭嗝屁了。

又或者是啄木鸟对那棵树彻底死心了，觉得它烂泥扶不上墙，于是飞走了。

无论是哪一种可能，十六岁的女孩心里都有种说不出来的惆怅。

车在等红灯，她往外看。一辆出租车停在公交车斜前方，后排坐着一个穿着她学校彤城一中校服的男生，他也在看窗外，所以施念能看到他一小部分的侧脸。

只那小小的侧面角度，她就觉得那男生好有气质。

少年坐姿端正，肩背挺直，浑身上下都透着一股利落干净的少年气，而且怎么看怎么眼熟……有点像……有点像她初中隔壁班的一个男生。

那个男生叫郁谋，初中三年不知道为什么一直待在普通班，不参加补课也不去课外班，但是次次月考都拿年级第一，后来中考也是市状元。

施念和他并不熟，顶多说过几次话。

记得有次她忘带语文课本，去隔壁班借，郁谋正好走到门口。她和他没讲过话，不好意思问他要，退后几步没敢搭话。他却直勾勾地看着她。正当她以为他要说不要串班时，结果他开口："同学，你要借什么？"

真奇怪。在那之前，两人甚至都没说过话。他是年级第一，她当然认得他；可她默默无名，他压根儿不可能认识她的。

她那时就觉得，哇，年级第一人真好，真善良，一点好学生的架子都没有。

郁谋的课本翻开以后干净整洁，每一个字都苍劲有力，还有一股淡淡的薄荷清香。闻着那味道，她觉得恍恍惚惚。郁谋的课本在她看来简直神圣不可侵犯，是艺术品，所以那节课她上得十分辛苦。翻书页的时候别人哗啦哗啦，她呢，都是用两根手指轻轻拈着，生怕起褶皱，生怕沾上自己的汗。她感觉自己不是借来一本书，而是借来一个祖宗好生供养了一节课。

那以后她再忘带书本，只去另一个班借，再也不敢去郁谋班上了，就怕他再主动借给她。

她总觉得年级第一有种冷淡的热情。

后来，她听说郁谋初中毕业以后就去美国读高中了，他舅舅在那边。她为什么知道这些？很显然啊，郁谋那样的学生是年级风云人物，去哪里、做什么，大家都会议论，并不是她主动找别人问的。

施念觉得奇怪，郁谋不是出国了吗？不可能此时此刻坐在出租车里，更不可能还穿着一中校服呀。等她再想细看确认那是不是他时，红灯变绿灯，出租车一脚油门蹿出去了。

七点零八分，施念进了校门。她下了公交车跑过来的，鞋带开了都没弯腰系，鞋子趿拉了一路。而且喝了一肚子凉风，现在有点儿岔气。

她进校门前看到了贺然和他那一帮篮球队的狐朋狗友。说"狐朋狗友"，不是瞧不起篮球队，只是她觉得跟贺然一起混的都是狐朋狗友，而他们又恰恰都是篮球队的而已。

篮球队的几个高大男生站在校门拐角处哈着腰吃鸡蛋灌饼，时不时嘬一口豆浆，说说笑笑，一点儿都不着急。别人不愿意迟到，他们巴不得迟到。迟到对于他们来说是"荣耀"，这样他们就能在早操时站在台子上做夸张动作，让全年级跟着笑了。

年级组长鄂有乾说他们哗众取宠、爱出风头，但越说他们还越起劲儿。

施念觉得年级组长说得对，真的好幼稚啊！她都不屑看。怎么说也是十五六岁的高中生了，天天在领操台上扭秧歌晃屁股的，他们还觉得有多骄傲。不过呢，她在台子底下也没少跟着笑就是了。她不是主动笑的，而是周围人都笑，她忍不住不笑。可恶。

贺然看到施念时有些不敢相信，大院里最乖的学生竟然踩着点进校门。

施念过马路时，他喊了她一声，冲她挥手："嘿——"

施念看到贺然了，但她没工夫和他说话，于是假装没看见，一低头冲过了马路。

贺然晃了晃还剩一小半的豆浆，一口喝完，捏瘪包装盒扔进垃圾桶，然后也跑着跟了上去。

"施念儿，叫你怎么不理我？你鼻子怎么了？"他长腿迈开，几步就追上了，嬉皮笑脸地拽她书包拉链往里塞东西，"给你买了个鸡蛋灌饼，还给你加了香肠哦。"

"哎，你别拉我。"施念被他扯得一跟跄。

她急得要死，班级在三楼，她两个台阶两个台阶地迈，气喘吁吁的，还要应付贺然："还有，不许给我加儿化音。"

她想了想，又说："那我下课把钱给你。加肠三块五是吧？"

贺然没理她后面这句，叫得起劲儿："就加，施念儿，施念儿。"他一米八四的个子，上楼毫不费力，看施念一次迈两个台阶，他一次迈三个。

此时楼道里已经没其他人了，预备铃响第一次。

平心而论，因为打小在一个院子里长大，施念并不讨厌贺然，只是时常觉得他幼稚。她都十六岁了，他也一样。而他的心理年龄好像还跟小学男生似的，天天亢奋得像是吃了兴奋剂，招猫逗狗的，她真懒得搭理他。

其实以前小时候贺然更过分，小学时他恨不得天天拿着大喇叭追她屁股后头喊她"屎撅儿"。

这是因为在幼儿园时，有次她多吃了半碗黄豆，然后拉裤子里了，一路哭着回的家。这外号对于一个女孩子来说太过分了，是她一直想忘却的耻辱。后来施念妈妈池小萍领着闺女找上门，找贺然妈妈李春玲告状。

当时贺然还在电视机前边吃饭边看《铁甲小宝》，被他妈妈直接拎到门口揍了一顿。李女士一脸诚恳对施念说："他要是还叫，你跟阿姨说，阿姨拿擀面杖揍他，把他屎都给揍出来。"

施念本来心情平静了，听到"屎"字，"哇"的一声又哭出来了。

此时贺然看施念不理她，就说："我能一次迈三个，哎，像这样，你能吗？"

施念一头问号，都不知道他在得意个什么劲儿。他一米八四，她一米六五，有什么可比性吗？但她就是看不惯他那得意的嘴脸，于是不扶把手，一下子迈三个台阶。

"哇——厉害厉害厉害。"贺然夸她。少年站在她上面的台阶，吊儿郎当地俯身看她，说话语气挺欠的，但眼睛里全是笑意，注意力全在她脸上。他觉得她今天鼻孔里塞着纸团的样子真逗。马尾低垂又歪，旁边还有几缕头发没梳进去，和平时很不一样。

平时啊……他记得施念的头发总是一丝不苟，初中那会儿，女生要么在额头两侧留两缕龙虾须，要么就是齐刘海，但她从来都是不高不低的马尾，额头大光明。也不是不好看，只是看习惯了，现在突然耷拉出几缕细细软软的碎发，还有点那啥……贺然看着看着，竟然看愣了。

施念迈成功了一次，还觉得不够有气势，又迈了三个台阶。

贺然在旁边心不在焉地配音："嚯，好家伙。"

正当施念铆足劲儿蹬腿时，踩着鞋带了，"哎哟"，脚下一滑，整个人眼看就要跪在台阶上。

贺然也吓一跳，但他眼疾手快，伸臂直接拎住她书包后面的背带。

在台阶上稳住后，施念的一颗心扑通扑通的，把贺然骂了一万遍。不过幸亏贺然拎住她书包了，她才不至于踩空。

她缓缓在台阶上站起来，觉得丢人，又觉得愤怒，双眼好像要喷出火来，瞪着少年。

贺然放开手，双手摊开，一脸无辜："你迈一次就好，为啥还要迈第二次，那么要强干什么？"

施念重重地"哼"了一声。

随后少年瞪圆眼睛，指了指施念的鼻子："施念，你这里……哇……"她的鼻孔好像战斗机喷射器啊，太厉害了吧。

施念一摸鼻孔，塞着的纸随着那声"哼"掉到了地上，而好不容易止住的鼻血随着正式铃声响起又进出来了。这次鼻血来势汹汹，滴了几滴在校服上，她立马四十五度角仰望天花板。

贺然接过她的书包，有些不知所措："我帮你拿包吧。"

她悲从中来，一脸绝望地捂着鼻子仰着头往班级冲。

贺然讨好似的小跑跟在她后面，根本不在意迟到与否，反而在担心另一件事："和你商量件事儿，你能不能别告诉我妈？"

"不能！"

"姐！我管你叫姐成吗？三块五不要你的了！"

2

正式铃响后，班主任唐华带着郁谋进班。

郁谋刚一踏进门，班里先是窃窃私语，随后好几个之前初中也是一中的男生直接就喊出来了："郁谋！郁谋！"

他们在底下兴奋得直抖腿，搓着手跟周围的人介绍："这位是我们初中的学神，中考状元。"

声音说大不大，说小不小，难掩激动，好像自己提前认识郁谋是一件特别骄傲的事。

而那些曾经不是一中的同学并没有什么实际的感觉，反而有点怀疑。学神？状元？来普通班？开什么玩笑？

"咱们班好多都认识是吧？"班里这么闹腾，唐华难得没生气，她冲大家点头，试图表现得很云淡风轻，给人一种"状元到咱班也没什么"的感觉。说实话，当校长领郁谋来找她时，她也不敢相信，反复确认这孩子是真的不想去实验班，生怕耽误了好苗子。

"实验班晚放学，可我放学以后还有其他事情。"郁谋当时这么轻描淡写地说。

唐华对郁谋说："班里还是有不认识你的同学，你做一下自我介绍吧。"

郁谋简单说了几句，说的时候扫了眼底下坐着的同学，没见着施念。

施念和贺然赶到班级门口时，郁谋正拿起书包要去唐华给他指派的座位。

贺然大跨一步挡在施念前面，冲到门口懒懒散散地拖长声音说了一声："报——告——"

班级里几个和贺然玩得好的后排男生吹了声口哨，开始怪叫怪笑："贺然，到够早的啊。"

贺然冲他们点头致意。

施念都不知道他们在狂欢些什么，趁着混乱从贺然身后探出一颗头，堵着鼻孔小声说了一句："报告。"

本来今早心情挺舒畅的唐老师拍了一下讲台，吼了一声："都给我闭嘴！"讲台一角摞好的作业本"哗"的一声倒塌，散落一地。

第二排一个同学起身去捡作业本，郁谋也单肩撂下书包去帮忙。

唐华拍他肩膀："你回去坐着，让课代表弄。"

此时全班的注意力都转到门口。

贺然一伸手就能够到门框，此时他正挂在门框上晃悠，一副死猪不怕开水烫的样子，施念站在他后面看不下去了。

郁谋蹲着，单臂撑地站起来，特别自然地转头看向门口，正好和施念的目光对上。

施念看到郁谋，还以为自己失血过多出现幻觉了，或是早上洗脸没洗干净眼睛花了。她揉了揉眼睛，下意识往前走半步，想看清楚是不是郁谋，结果脑袋被贺然按了回去。贺然是打定主意把班主任的炮火都引到自己身上，看施念这么往前蹿，心里不禁恨铁不成钢。

他也认得郁谋。初中虽然不同班，但经常放学后几个班的男生凑一起打篮球，即使没说过话，至少也是眼熟的，篮球场上没有陌生人。再说了，那是郁谋，谁不认识呢？他也奇怪，好好一个人怎么又来普通班了呢？

贺然双手插兜昂起下巴冲郁谋"哟"了一声，立马被唐华用卷成卷的教案抽："哟什么哟，外面站着去！"

贺然嘻嘻哈哈地用胳膊挡着，带着施念站到教室外面。

门外两人靠墙站着。墙的一半是毛玻璃，从里面能看到两人模模糊糊的身影。

因为班主任站在外面，教室里开始聊天的聊天，吃早饭的吃早饭，赶作业的赶作业。班长文斯斯站起来，手里捏着纯牛奶的袋子，走上讲台组织早读。

外面，唐华不管说什么，贺然一律态度良好，但那嬉皮笑脸的样子就很欠收拾。

施念看看四周，其他班门口也都站着迟到的学生，女生很少，基本都是男生，还都是年级里数得上名字的"风云人物"——这可不是什么褒义词。

施念不属于迟到惯犯，平时在班里也不声不响、规规矩矩的。唐华看着施念，和女生说话就柔和了些，但也带着点批评口吻："你说说你，怎么也迟到了呢？鼻子怎么了？"

施念老老实实说："洗脸洗的。"

"啊？"唐华以为自己听错了，抬高声音，"什么？"

施念声音稍大了些："洗脸的时候小拇指戳的。"

唐老师露出一脸"我觉得你在逗我"的表情。本来她想着施念是初犯，小姑娘平时也挺腼腆，就网开一面，这下好了，她觉得施念和贺然是同伙，约好了来气她的。

贺然"扑哧"笑出声。

靠近门口的男生听到后，转头冲班里比画了个动作：小拇指戳鼻孔。

全班哄堂大笑。

文斯斯站在台上憋笑，拿语文课本拍了下讲台，假装严肃："安静安静，继续读课文。"

郁谋侧身走过过道。高一 (5) 班一共五十七人，座椅挤挤挨挨的，他手往后扶着书包，怕蹭到谁的桌面。

班里一共七列，有一列多出一个人没同桌，就是贺然。现在来了郁谋，他就被安排到贺然边上坐着。贺然的桌面干净得像白板，桌斗里却乱七八糟，各种纸啊本啊支棱着，还有空饮料瓶，椅子背上披着另一套校服外套，椅子下面还有一个瘪了的篮球。

郁谋前面的座位也空着，很显然，那是施念的位置。

他们俩即将是前后桌。

施念的课桌其实也没整洁到哪里去，上面胡乱摆着没能带回家的本子。

他那个角度正好能看到施念的桌斗里面用涂改液写了一行大字：

善藏锋者成大器。

下面一行字是：

11 点 58 分去食堂不用排队。

少年不禁莞尔。

郁谋刚坐下，坐他斜前面的男生，也就是施念的同桌，便转过身找他说话。

男生国字脸，又高又壮，他的课桌快把施念的课桌挤到过道上去了。

"学神，咱俩之前一个初中的。"傅辽把胳膊搭在郁谋桌面上套近乎。

"之前八班傅辽，我认识你。体育选修咱俩一起上的。"郁谋轻轻拉开椅子坐下。

"哇，你记性真好。"傅辽说完，帮郁谋正了正并不歪的桌子。

初中那会儿课后有篮球选修，基本全是男生选，乌泱泱六十几人聚在一块儿，来自不同的班级，郁谋竟然还能叫上他的名字，他有点受宠若惊。

之前一中的同学也都回过头，其中包括傅辽另一边的女生许沐子。她和施念、贺然一个大院里的，此时正躲在课本后面吃香蕉呢。听到傅辽的话，她在人头缝隙中点着自己问郁谋："我呢？我呢？"

许沐子大高个儿，女篮的，个子比贺然都高，说话声有点低沉，一天要吃三根香蕉，教练说这样长个儿。

郁谋笑了一下："之前六班的许沐子。你不是你们班的体育委员吗？"

他当然记得她，她和文斯斯一样，都是施念的好朋友。

班上有一半人是从初中部升上来的，和外面考进来的各占一半。大家见到郁谋都特兴奋，即使之前不熟，但在这种情况下立马就变成了自己人。

年级十几个班，七百来号人，抛去四个实验班两百人，五班的学生中考成绩的年级排名差不多在四百到五百名之间，不能算差班，当然也不能算普通班里的好班。年级里表扬谁，五班绝对排不上号，但揪出谁来点名批评绝对有他们班。

郁谋的到来就像天降紫微星，大家都跟过年一样，觉得有些不可思议。他们甚至觉得郁谋坐在那里闪闪发光，学神的光芒太耀眼了，格外期待他也能继续在高中称王称霸，自己与有荣焉。

傅辽直接趴在贺然的桌上伸懒腰，别的男生拍他屁股："傅辽，你裤衩儿蓝色的啊？"

他嚷道："滚，别闹！"然后从贺然的桌斗里掏出一包香辣味干脆面塞给郁谋，"谋，吃早饭了吗？随便吃，别客气。"

看上去特大方。

就在大家纷纷去找郁谋说话时，唐华进来拍拍手："大家今早这么兴奋哪？快点快点，到外面集合做早操了。"

施念和贺然因为一会儿要和其他班迟到的学生一起去领操台上做操，所以走在队伍末尾。

郁谋个子不比贺然矮，也在男生队尾。几个男生凑着，拉拉扯扯找郁谋八卦。施念感觉自己鸡立鹤群，很快就被小学鸡似的男生们挤出了圈。

贺然找到了机会同郁谋说话，他拍了拍郁谋的肩膀："嘿，真棒，我有同桌了。从小到大没有过同桌这么个生物。"他之前不是坐在讲台旁边，就是坐在最后面独自成一排。

贺然笑得太灿烂了，亮出一口白牙："你好，新同桌，以后互帮互助。"

"得了，谁和你互帮互助，你和郁谋怎么个'互'法儿？你帮他写作业拿零分？"傅辽吐槽，几个男生大笑。

"我帮学神打饭不行？我帮学神占篮球框不行？真是……"贺然"啧"了一声，非常自然地搭上郁谋的肩膀。

郁谋看着他，然后顺带着瞥了一眼他胳膊缝后面的施念。贺然顺着郁谋的目光也看向施念，这才想起还有一个小尾巴。要不是郁谋注意到她，她都要被挤到别的班排头去了。

施念一脸煞白。她迟到的时候本来就很紧张，一想到一会儿要在全年级前面做广播体操，面子就挂不住。而现在出现了一件更令她紧张的事，紧张到她现在一手心的冷汗，脑袋嗡嗡的。

她想起妈妈池小萍之前因为工作忙得一侧的脸上神经跳，为此还去找中医弄了膏药贴在耳朵旁的穴位上。这会儿施念也感觉自己一侧脸上有神经在跳。不仅如此，她一颗心也在怦怦跳：郁谋怎么就和我同班了？

刚刚班里同学陆陆续续出来排队，正如施念预料般那样，许沐子和文斯斯出来时就冲她挤眉弄眼。她呢，只能装傻充愣当没看见。

现在她脑海里就八个大字：大事不妙，搬石砸脚。

这事其实说来话长。

初中那会儿，许沐子和文斯斯有了有好感的男生，是当时一班的昌缨。三人小团体里的两人因为这层关系而变得更加密切，天天凑在一起叽叽喳喳，下操时会交流昌缨刚刚有多帅，放学时会去操场看昌缨打球，在楼道里看见昌缨还会暗地里互相掐对方尖叫……久而久之，施念就觉得自己好像被边缘化了，和她们失去了共同语言。

她那时想，不行，我也得找一个可以讨论的，就算实在找不到，也得编一个人出来。

这事迫在眉睫，她在心里仔仔细细地分析了一遍。

第一，不能找冷门男生，一定要找年级里的风云男生当自己的暗恋对象。

为什么呢？因为如果找一个冷门的，被那个男生发现了也许对方会当真，也会给对方造成困扰。而那些有很多很多女生喜欢的男生就不会在意这件事，多一个不多，少一个不少，正所谓大隐隐于市。

第二，不能找认识的、身边的、同班的人。

这首先就排除了贺然那个"二百五"。

贺然因为长相和打篮球厉害颇受女生欢迎，人缘也好，但绝对不能是他。就算不是贺然，其他身边的人也不行，因为小团体势必会为小姐妹创造机会。同班的低头不见抬头见，必须要找一个八竿子打不着的人才可以。

第三，不能是昌缨。

唉……施念真想抽自己一巴掌，当时她俩有苗头时自己为什么那么斩钉截铁地说"喜欢昌缨也太俗了吧"？导致现在自己不能临时变卦说自己突然又喜欢昌缨了，那样许沐子和文斯斯会觉得自己疯了。

种种分析过后，施念的脑海里只剩一个人选——郁谋。

郁谋，嗯，相当可以。年级这么出名的男生，和她不同班，两人也不认识，没什么交集。他家世好，学习好，性格好，还带点神秘感。喜欢他的女生那么多，自己就算是说喜欢他也不会引起怀疑，更不会给郁谋同学本人带来什么困扰。

于是在一个夏日午后，她们仨再次聚在女厕所里聊天时，她郑重地宣布了一件大事。

施念表情真挚，信誓旦旦地对文斯斯和许沐子说："话说，我也有喜欢的人了！我觉得郁谋很好！长得帅，学习好，聪明又低调。我很喜欢他！"

厕所闷得很，而且施念一想到自己不会被小团体抛弃就激动万分，满脸通红，双眼放光，甚至说话声音都大了点。

文斯斯和许沐子看她脸红扑扑的，立马就信了，然后也替她激动得不行，拉着她手蹦蹦跳跳："啊！真的吗！什么时候的事？快说说……"

施念这时适当地加了一句："你们要发誓给我保密啊！不许告诉其他人！"

文斯斯和许沐子伸出小拇指："那必须的，拉钩上吊。"

施念在内心开心得转圈圈：你太聪明了施念，从此她俩讨论时就可以拉上你了。耶！

也的确是这样，之后三人下操时，文斯斯和许沐子会拉着施念跑到郁谋身后，看着他上台阶。她俩好像比施念还激动，替施念寻找一切可以看到郁谋的机会。施念呢，则会配合她们说，我发现郁谋今天校服里面穿的是白色短袖，好干净啊！我发现郁谋的眼睛好好看啊，我超级喜欢内双的男孩子！我发现郁谋的声音也好好听！

然后三人乐呵呵地回班。

这个计划一直到今天之前其实都是非常完美的。施念觉得自己的逻辑思维能力简直满分。尤其是中考后听说郁谋要出国，施念更觉得天衣无缝。

哪想到能变成晴天霹雳。

刚刚她见到郁谋那张脸后，感觉有一道雷从天上劈下来，直接把自己劈成了两半。

现在她整个人中间是锯齿状的，自己曾经那么"痴狂的暗恋"一定会得到许沐子和文斯斯的"大力支持"。

完蛋了。

施念走路时宛若游魂，就在她思绪全都飘去想着怎么办时，被贺然拉了一把到前面："哎，跟上。"

贺然指指她，大刺刺冲郁谋问道："她也是咱们之前初中的，考考你，你认得吗？"

郁谋目光中流露出犹豫，他看了看贺然拽着施念校服袖子的手，随后视线转移到她头顶，没有回答。

一众男生都吱哇乱叫："哇，终于有个学神叫不来名字的了。"

"看来学神不擅长记女生名字。"

施念只好硬着头皮说："我叫施念，以前六班的。"

郁谋点点头，一直看着她的眼睛，坦坦荡荡："嗯，抱歉，没印象了……"又很认真地问，"哪个施？哪个念？"

施念在空中比画："施耐庵的施，念念不忘的念。没事啊，没印象很正常，其实你借过我书的……"

说到这里，她瞥了一眼走在前面的许沐子，许沐子那嘴角都要翘到天上去了。她当然知道许沐子在想什么，肯定在心里大叫，啊啊啊啊，他俩说上话啦！

郁谋则表现平淡，语气里带了点抱歉，嘴角一扯："真不记得了。"他没再多说，眼神转到别处去了。

贺然和施念又回到了队尾并排走。

贺然偏头看看施念，随后把校服拉链一拉。前面的傅辽看见了，说："哟，耍流氓啊？"

郁谋也回头看。

"屁！"说着，贺然把自己的校服盖在施念头上，"穿上穿上，你衣服上都是鼻血。你上台人家以为你怎么了呢。"他本是好意，但是校服拉链扯到施念的头发，又从发圈里拉出一绺，她痛得"哎哟"一声。

施念胡乱把头上的校服扒下来，憋得满脸通红："你自己穿着吧。你校服臭了吧唧的。"

贺然瞪大眼睛："姐，我这昨天刚洗的。你闻，我妈还给我洒了点花露水。"

他把校服举到施念跟前，施念掉他："那就是花露水过期了。"

贺然气笑了，用手背抹了抹鼻子："成。"

"洒花露水干什么？"许沐子转头问。

"防秋老虎。"贺然心不在焉，继续低头和施念开玩笑，"真不穿？我告诉你，别人想穿我校服我还不给呢。"

施念沉默。她心想：这人是不是电视剧看多了？

傅辽捏着鼻子说："然哥，我想穿，你给人家呗。"说完就被贺然"呼"了一下脑袋。

随后贺然开始唱走调的歌："狗咬吕洞宾，欸嘿，那个不识好人心……"

走到楼梯拐角，发现唐华从下往上的眼神射过来，施念伸手掐了贺然胳膊内侧一下："你闭嘴吧。"

施念掐那一下贺然躲都没躲，一大个儿男生被掐得龇牙咧嘴，言语上还不服软："哎哟……不闭！你让我闭嘴我就闭，你是我谁啊？"

"你别装了，我都没掐疼。"

"疼不疼你说了算啊？"

傅辽在前面耸着肩嘿嘿傻笑，然后转头问郁谋："你是不是觉得后面的人特幼稚？"

郁谋不置可否，眉宇间神色有些冷淡，似乎觉得那对话很无聊。

傅辽给他科普："他俩一个大院的，一直这么斗嘴。习惯就好。"

3

每天年级都有二十来号人迟到，好多都是惯犯，天天巴望着上台开始他们的表演，譬如贺然，譬如傅辽。傅辽今天刚好没迟到，因为他没去蹲厕所。没去蹲厕所的原因是施念来晚了，他没处拿纸。

还譬如说施斐。刚刚楼道里三个班会合，楼道瞬间乱成一锅粥，哪还有什么队不队的，人声鼎沸。

施斐站十班最后队尾，拍了下贺然。

实验一班数学课代表张达叫了声"郁谋"，然后把郁谋扯进他们班队里了。

实验一班都是初中升上来的，所以大多数人认识郁谋。瞬间，好几个男生就围住郁谋，张达则整个人几乎压郁谋身上，哼哼唧唧："谋哥来了，我要抱大腿。"

郁谋笑着扒开那人胳膊："滚，你抱的是我脖子。"

贺然看施斐脚上的篮球鞋："这款你买了？"

施斐撩起校服裤，脚尖点地转了转，展示新鞋："嗯，我爸出差带回来的。买了两双，穿一双收藏一双，嘿嘿。不过我爸没买到签名款的，有点可惜。"

贺然："码数大不大？我也想弄一双，蓝白配真他……"本来想说脏话，结果偏头看了眼被挤到他身后的施念，改了口，"真挺好看。"

施斐也回头，看见了自己姐姐："姐，你怎么也在队尾？"

施念平时哪会关注自己弟弟穿什么篮球鞋，她总觉得男生的篮球鞋花里胡哨的，穿脚上跟砖头一样，没办法理解那种审美。她低头看他脚上的鞋，新不新款不知道，但她看见鞋头有一处淡淡的脚印，像是擦过了，但是没擦干净。那种麂皮的材质落了灰很难擦的。

"谁踩你一脚？"她问。

施斐脸上没啥表情，看都没低头，直接就说："噢，没事儿。"

这时施斐班队尾的几个男生凑上来找贺然讲话，约晚上打球。也不知道他们是不是故意的，把施斐推到了一边去。

贺然皱眉，把施斐拉回来："你一胖子，两百来斤，这么不禁推？"

施斐"嘿嘿"笑了两声，眼睛眯着，像流氓兔。

施斐在十班，十班是赞助班。学生们有的家里给学校捐了新操场，有的给学校捐了化学实验室……施斐父亲施敬业，也就是施念的大伯，给学校每个教室捐了两台格力空调，这才把施斐继续送进全市最好的高中读书。不然以施斐的成绩只能去城郊沿河沿儿中学，那个中学在彤城出了名的乱，几乎相当于工读学校。小时候家长总说：你要是不好好学习，以后只能上沿河沿儿中学。

但是施念总觉得施斐在赞助班待得并不怎么开心。施斐没和她讲过，只是她的感觉。有几次在楼道里，她听见他们班人管施斐叫肥肥，施斐听了还嘻嘻哈哈的，让她不要管，说这是男生之间开玩笑。但她这个当姐姐的就很不开心，因为从小和施斐一起长大，她知道自己这个两百斤的弟弟看着人高马大，其实是个很敏感的男生。以前看奥特曼，奥特之父死的那集，施斐哭了一下午。施斐比她还喜欢看小樱，最喜欢的人是知世，因为知世会做很多美食。

和施念家这种工薪阶层不同，施斐家很有钱。施敬业现在是大老板，施斐的母亲斐春铃是公司会计，两人从创业初期就一直很忙，几乎没工夫管孩子。

2002 年，施念和施斐还在上小学四年级时，施敬业靠眼镜批发赚了第一桶金，买了整个彤城的第一辆宝来。他之后在彤城和周边城市陆陆续续开了几家眼镜城，从南方低成本买进镜架镜框，高价卖出，很快宝来又换成了奔驰。

施学进和池小萍那会儿也还没离婚，施斐经常吵着晚上要住到二叔家。施斐不在时，他们一家三口吃完饭时还会闲聊。施学进笑着揶揄："这小胖子，家里开奔驰，住复式楼，非要来和念念挤一屋。"

施学进是笑着说这话的，语气是假无奈，真自豪。他说是家里氛围好，小孩子才会愿意来住，所以说念念很幸福。

施念虽然小，也能听出施学进这言外之意：你大伯家那么有钱，又能怎样呢？

说不上为什么，她很不喜欢父亲这种笑容。池小萍给她买的名人大家的作品，她看了，没看懂，却学会一个词语——阿 Q 精神。

施学进的那种笑在施念看来就有点阿 Q 精神，毕竟那个时候她父母也在经历感情上的艰难时刻。施学进那样说，也不知道是在安慰施念，还是在安慰他自己。

更何况，这根本不是钱不钱的事，好像没钱就一定安稳幸福似的。再说了，她幸不幸福，他又怎么知道呢？还是说，对于家长来说，他觉得女儿幸福就足够了呢？

听了父亲的话，施念还升起另一种惆怅：大人对小孩其实一无所知。

她的小房间里放的是高低床，施斐睡下面，她睡上面。到了深夜，施斐会小声问："姐，你手能垂下来吗？我想拉着你手睡觉。"

施念那时候胳膊短，便把上半身垂下来和他拉着手。她说："你是男子汉，胆儿怎么这么小？"

施斐的手又胖又软，还带着冰凉的潮气，举得高高地拉住她的手。那时，他还没胖成一条线的眼睛幽幽地看着她，说："姐，你对我真好，以后我的零花钱都给你。"

施念还没来得及感动呢，他又说："今天小樱后半集我去上厕所了，你给我讲讲后面的剧情吧。"

那时候大清早，施学进骑着二八自行车，前面杠子上坐一个孩子，后面海绵垫上坐一个孩子。很公平的，施念和施斐轮流坐前面的杠子，不然太硌屁股。

施学进一路慢悠悠地骑，每天都换不同的路线，有时候穿过柳荫公园，有时候拐进小巷子，还拿周围看到的老头老太太编一路的武侠故事，说"这位大爷其实是武当派传人""你看那边那位奶奶，是峨眉派掌门，周芷若嫡传"……

施斐被哄得一路笑，施念却笑不出来。

施敬业有次特地开着车来院里接他俩，说今天要开车送两个孩子去学校。施念正呆呆地摸大伯的车标呢，车标锃亮，施斐一屁股跳上自行车的前杠，也不在意硌屁股了："我不，我要坐二叔的车。"

施念这时回头，发现自己父亲脸上又露出了那种笑容。

施斐上初中后，就不怎么来她家住了，一是孩子大了，没法睡一屋了，高低床也换成了上面床下面书桌；二是施念父母离婚了。

施学进一人去住爷爷奶奶留下的平房了，离大院其实不远，施念周末会去看爸爸。施斐却不好意思来了，来找施念都是站楼下喊。

池小萍还问施念："你弟干吗不上来？在底下喊多费劲啊。"

施念说她也不知道。

生活发生了这样的改变，家里亲戚都觉得施念有点可怜，这么小父母就离婚了，父亲还出了那种事，然后过年给压岁钱都给得比以往多。施念自己却没什么感觉，尤其是和弟弟的关系。她觉得和施斐除了不住一起了，其他好像也没太大变化。

初中那会儿，施斐时不时来施念班扒门框。

"我姐呢？找我姐。"

"施念，你带跳绳没？今天体育课要考试。"

"施念，你带鞋套没？今天计算机要上机。"

"施念，你饭卡给我，我的弄丢了……"

一米八的小伙子总是跟施念屁股后头。

后来有天他不来班里找施念了，不是因为独立了，而是他把施念班的门轴压坏了。

初中毕业，中考成绩出来，施斐考得很差。贺然成绩当然也差，但他是学校篮球队的明星小前锋，还要替学校打比赛，所以有特长生名额。

这么一比，施斐更觉得自己没出息，以为自己要去沿河沿儿中学了。一想到去了肯定天天挨揍，就和施念哭："姐，你知道吗，我总觉得小学那几年是我人生最快乐的几年。如果可以的话，我想永远活在那几年。"

施念却说："我可不愿意。"

施斐很不理解："为什么啊？"

施念撇撇嘴："那时候你黏人得很，每天都要拉着手睡觉。等你睡着，我手都麻了！"

这话不假，可不是真实原因。施念不会告诉施斐的是，小学那几年是施学进和池小萍吵得最厉害的几年。只有施斐在她家时，两人才不明着吵，但那种饭桌上暗藏的剑拔弩张、施斐睡着后两个大人在厕所里的窃窃私语、徘徊在争吵边缘的歇斯底里、白天上学时父亲在孩子面前粉饰太平……这些比明着吵架还令她不安。

她才不要回到那几年。

再后来，两人上了高中，施斐天天有车接送，却天天迟到。

想到这里，施念在心里叹了口气。她觉得施斐自从去了赞助班以后就有点变了，说话啊，做事啊，都不一样了，俩月不到还学了好多臭毛病。他以前是个胆小的胖子，现在变成了虽然胆小但会虚张声势的胖子。这令她有些许难过，还有些挫败感。

她的挫败感来自两方面，一是她感觉弟弟不黏她了，开始黏贺然了。男孩子突然有了慕强心态，喜欢跟着老大。

二是她意识到，弟弟已经不是那个一块钱买两根酸奶棒的小屁孩儿了，开始动辄花几千上百，好像那都不是钱似的，并且他早把当初的承诺忘了。

——"姐，我以后零花钱都给你！"

屁，他都用来买鞋了。

施念回过神时，自己班的队伍早不知道走哪儿去了。

许沐子和文斯斯也不等等她。她看了下四周，全是一班和十班的面孔。

她踮起脚往前望，自己班的人都在很前面，离最近的是贺然和施斐那帮人，于是她拨开人群努力往前挤："不好意思啊，让让。"

她快要挤到施斐身后时，十班几个男生逗着要踩施斐的球鞋，施斐一边试图挡开他们，一边慌忙往后退，手肘一下子就抡到了施念鼻子前。

施念蒙了，脚在原地动不了，第一反应不是躲，而是下意识闭上眼睛。她似乎都能听到手臂带起的风声。就在这时，一只手拉住她胳膊把她往后拽了半步。

施念吓得心怦怦跳，她睁开眼，发现郁谋正拉住她。隔着校服，她感到他手心滚烫。

他另一只手半握拳抵着施斐的后背，隔出安全距离。

少年眉宇间透着严肃，问她："没事吧？"

他的声音和平时不太一样，没那么"官方"，不像他国旗下讲话时的那种声音，也不像他和其他男生说话时的声音。

楼道里光线晦暗，施念看着郁谋，只觉得眼睛没法聚焦，整个人晕晕乎乎的。

他身上的味道和当初他课本上的味道一模一样，香味若有似无的。他站着闻不到，动一动才能闻到。

这味道简直是她的嗅觉狙击，很像幼儿园的某一天，吃完晚饭，老师把窗户打开，橘色的夕阳照在地砖上，梧桐树叶在窗外摇晃，风灌进教室，带来傍晚的味道，清冽中还带着温度。

这是第一个进入她脑海的比喻。

为什么想到这些意象她说不上来，但她能肯定的是，这天幼儿园的晚饭零食绝对不是黄豆。

她说"没事没事"时，还在盯着郁谋的脸看。在此之前，她从没这么近距离观察过他的长相。

大多数时候都是他在台上演讲，她在底下望着地面发呆，时不时抬头瞥一眼，也是怕班主任发现她开小差；要么就是她去借课本时看见他，然后猛地低下头避开眼神接触，生怕他又主动借她课本，所以几乎从没看清他到底长什么样子。

此时，在这千载难逢的机会下，施念觉得自己应该好好看看这个初中贴吧评选出来的帅哥，可她的注意力却偏向了一个微不足道的细节——她发现郁谋的左眼睑尾端有一颗浅浅小小的痣，隐在睫毛下面。

这颗痣没什么重要的，她却突然很想给郁谋讲个故事，说她妈妈之前眼睛旁边有一颗痣，后来找大师算命，大师说眼睛周围的痣几乎都不太好，要么破财，要么招病，要么人生漂泊，所以池小萍后来去点掉了。

随后，郁谋这颗痣在施念的注视下发生了小小的位移。施念以为是自己的意念移动了那颗痣，结果发现是郁谋看着她笑了一下。他笑起来，眼睛亮晶晶的。

少年的神态变得柔和，还带了点说不清道不明的自得，不知道在得意什么。

施念觉得有些奇怪。这种奇怪感源自郁谋的声音、郁谋的笑容，还有郁谋看她的眼神。他明明刚刚还问她叫什么来着！

少年一本正经地问她："看这么仔细，我的鼻子眼睛都还在吧？"

她愣了一下，随即意识到他在开玩笑。天呢，这玩笑真够冷的！

施念猛低下头，转向一边："谢谢你啊。"

郁谋脖子稍侧，避开她扫过来的马尾，轻声说："不客气。"

他觉得很有意思的一点是，他问"鼻子眼睛都还在吗"的时候，眼前这女孩的视线真的有去一一确认他的五官还在不在。她好乖啊！

想到这里，他意识到自己还在笑，立刻将嘴角的笑容收敛了。

他看着她的浅绿色头绳，发现那并不是纯色的，竟然还有白色的小点点。

少年又自然地补了一句："你就走我边上吧，别去前面挤了。"

4

在施念十六年的人生中，她最怕三件事。

第一件事是逢年过节去亲戚家做客，亲戚让她吃桃子、葡萄这类会滴汁水的水果。

她不是不爱吃，而是不想在别人家吃，因为她受不了吃完的果核果皮就摆在她面前，然后看着残余的果肉一点点氧化干掉。

这种衰败的过程令她浑身不自在，也说不上为什么。

第二件事是出门拎很重的包。

这是被池小萍搞出的阴影。

池小萍超级喜欢提东西，无论去哪里，都要背一个超大的单肩包，里面装一堆在施念看来到世界末日都不一定会派上用场的东西，偏偏池小萍觉得都有用。然后施念不舍得池小萍拎，于是每次出门都变成施念拎。

施念下定决心，以后自己长大了，成年了，可以谈恋爱了，一定要找一个出门只带钥匙和钱包的男朋友。两人都空着手，想拉哪只手就拉哪只手，渴了买水喝，饿了买饭吃，才不要什么都带在包里。

第三件事是当众出风头。

无论是上课起来回答问题，竞选个什么职务，或是当众表演，她都会手脚冰凉，大脑一片空白，不知道自己在说什么。

其实她小学四年级之前还没这毛病。

四年级之前啊，她是大院里最喜欢穿裙子的女孩子。

幼儿园时，贺然曾经当着所有大人的面宣布："以后我要施念当我媳妇儿！"

大人都乐，施念却哭了，她并不是很想嫁给这个挂着青鼻涕、个子还没她高的幼儿园男生。

上小学时，她超爱举手回答问题，无论老师问什么，她的手都仿佛要举到天花板上去。

有次班级组织背诗大赛，她太积极了，记忆力又好，分数全被她拿了，直接被老师限制回答次数，要她给其他同学一点机会。

她跳皮筋、踢毽子都是最厉害的，大家都想和她一队。

她还有一头又黑又直的长头发，每天让池小萍梳到脑瓜顶，跑起步来甩啊甩，骄傲得很。

可是小孩子的转变是很突然的。和大人不同，大人大多是因为日积月累的事情渐渐变得消沉，而小孩子则会在一夕之间变成另外一个人。

四年级重新评选班委，施念和另一个男孩子竞争学习委员。她势在必得，站在台上神采奕奕地说了好多，最后大声说："希望大家能够选我！"

大家在底下热烈鼓掌，贺然半站着，鼓得最起劲儿。

这时，竞争的那个男孩子将手窝成喇叭状，故意尖声细气，捏着鼻子说："可是她爸打牌欠了几十万。"

大家掌声渐息，那个男生在逐渐安静的教室里又说了一遍，声音清脆："她家欠了几十万，她爸是赌徒，她也能戴二道杠吗？"

第一遍因为教室嘈杂，没几个人听清，可是这一遍全班人都听得清清楚楚，包括施念。

教室里鸦雀无声。小孩子们并不知道这确切地意味着什么，总之是不好的事就对了。

施念站在台上，那天因为要竞选班委，她特地穿着最喜欢的裙子。裙子是白色的娃娃领，薄荷绿色的裙摆飘在膝盖上方，方头皮鞋配带花边的米色袜子。

这一身是姥姥在外贸小店给她买的，那会儿都要一百多块钱呢。她穿着它主持过期末联欢晚会，还主持过校园才艺大赛。

听到这话，施念的嘴角从扬起到垮下，只觉得脑袋被高高的马尾辫揪得好疼。她很想反驳说自己的爸爸才没有赌博，也不是赌徒，他是想给家里赚钱，结果被人下了套。但她的大脑里好像每周二下午的电视机，所有想好的自己当选后的场景，以及要说的话，最后都渐渐变成了雪花。所有的勇气和底气也都在那一瞬间远离了她。

放学后，她是一路沉默着回家的。贺然走在她身后，也很沉默，难得不喊她"屎攥儿"了。

他揪她的马尾，她没理他，默默将头发重新绑好。

他踩她的鞋跟，她就蹲下默默将鞋穿好。

他拎她的书包带，她就任他拎，在这样的阻力下像蜗牛一样艰难地一步步往前走。

最后，贺然开口喊道："喂！别哭了！"

施念终于回应他了。夕阳下，女孩子转身，泪光闪闪，最后又把眼泪全部憋回去："我可没哭。"

小男孩神色凛然："明天我去把他揍一顿！"

贺然那会儿个子还没她高，他的红领巾歪着，嘴角还挂着中午吃红烧鸡腿留下的酱。

施念抽了一会儿鼻子，声音很小："你还是先把自己管好吧。"

他好不容易选上的体育委员，两道杠呢，别因为打架丢了。

施念回到家时，池小萍正在厨房里炒菜，其实她在楼下就闻到了，青椒炒肉丝。

池小萍举着锅铲回头问她："今天在学校怎么样啊？"

她拎着书包站在厨房门口，嘴紧紧闭着，努了几下，最后实在没忍住，眼泪吧嗒吧嗒地往下掉。

后来，她妈她爸直接去找了班主任和校长。

施念坐在校长办公室，看施学进高声粗气地据理力争。她从没见过爸爸那么生气。爸爸最后说："不要以为谁都能欺负到我家头上来！"

那个男孩子向施念道歉，她一声不吭。校长拍拍她头顶，她抬头看校长，看班主任，看池小萍，看施学进，最后抿抿唇，说："好。"

才没有好呢。

施念一日一日地沉默下去。她不断地回想那一天在校长办公室的场景，还有每一个大人脸上的神情，每次回想，都能休会出一些新的东西。

她变成了内向的女孩子，很乖，超级乖，乖到在任何场合都没有任何存在感。她害怕别人注意她，讨论她，知晓她所有的底细。她的朋友圈子缩成了大院里这帮小孩，她不想再结识新的小朋友。

这种害怕倒不是出于自卑，坦白说，池小萍已经拼尽全力维系这个家了，生怕施念感受到生活发生变化。面包依旧一周买一次好利来，别的小孩子买的香喷喷的子弹头铅笔施念也都有，包书皮也买最贵的那种亮面卡通书皮……可是十岁的施念却慢慢意识到，即使是父母，也有无能为力的事情，大人才不是神通广大，大人也超级脆弱的。她在外面受了委屈，池小萍比她还难受，而她能做的，反而是反过来照顾他们的情感。

小孩子在外面受了委屈，可以回家找家长。可是家长在外面受了委屈，要去找谁呢？

上了初中，施念什么班委都没选上。

池小萍很疑惑："你成绩不错啊，班主任不喜欢你吗？同学不喜欢你吗？"

施念则假装很骄傲："才没呢，班主任让我当眼保健操检查员！"

眼保健操检查员，是她初中当过的唯一且最大的"官儿"，当得很认真，虽然只当了一年。

十五六岁时，施念开始喜欢那种半长不短的头发。

池小萍说："头发剪短多可惜。"

施念说："太长了发梢会分叉，而且会吸收我大脑的营养，做题都做不出来。"

于是，马尾也从脑瓜顶降到了后脑勺中间。

姥姥说："这样多不精神，小孩子就是要有朝气。"

施念说："梳得太高了头皮疼，发际线还会往后移，以后跟我姥爷似的。"

她把裙子全叠到了衣柜最上一层，夏天只愿意穿长款校服。周末补课也穿校服，长袖长裤遮得严严实实，就是不穿自己的衣服。

贺然说："你穿这样丑死了。"

她瞪他，他又改口："我说的是衣服丑，你人还是挺好看的。"

下操后上课前，很多同学还留在操场上，男生抓紧时间打会儿球，女生一小簇一小簇地聊天散步。

文斯斯和许沐子在台下等施念。两人揣着手，笑意盎然，施念一看那笑容就知道她们俩要找她讨论什么。她从高高的领操台跳下来，比了个"no"的手势："不要和我提那个人，我现在完全没心情。"

她刚在台上度过了她人生最艰难的十分钟。

上台前，施斐和贺然安慰她："没事，台上站两排，到时你就站我俩后面，我们给你挡着。"

结果她被体育老师看见。体育老师是染了一头红头发的谢老师，谢老师拉住她："哎，今天竟然有女生啊。得，小姑娘形象不错，你站领操台正中央吧！"

然后施念就站在了第一排，正中央，面对着全体高一年级，做了两遍第八套广播体操。

这还不是最关键的。最关键是她面朝着的一班，排头罗子涵在做踢腿运动的时候直接被后面的张达踹了一脚，罗子涵非常浮夸地跟跄了几步，恰巧被她看见了全过程。

她在心里和自己说：施念，这有什么好笑的？一点也不好笑，不许笑！不、许、笑！

可是好好笑。

主要是罗子涵还往后飞踹了一脚，张达猛地避开，然后那脚踹在了前来视察的年级组长鄂有乾身上，蓝色卡其布裤子上立马出现一个大鞋印。

施念深呼吸：不可以笑，真的好无聊，一点不好笑啊，你为什么要笑呢？

她的肩膀耸动着，嘴唇紧抿，脸上露出痛苦的笑容。

她在生生硬憋。

这时，一班女生排头的谈君子大笑出声："哈哈哈！"

这简直犯了憋笑的大忌。憋笑的时候就怕有人突然开始笑，然后就一发不可收拾。

"啵"的一声，施念鼻孔里的纸团被她喘的粗气喷了出去。她皱着眉头憋笑，整个人都因为控制不住的笑在抖动。

不可以再看了，听见没？好，现在把你的视线上移，平复你的心情，深呼吸……

施念憋到极限，只觉得自己的腹部酸痛，一直在快速抖动。

她开始望天，一行热泪竟然被逼了出来。

这时，她听见台下的男生说："咦，你们看，领操员怎么在翻白眼？"

施念此时给许沐子和文斯斯讲刚才台上发生的事，许沐子和文斯斯一脸冷漠地听完："不好笑啊，我发现你笑点好低。"

施念茫然："这不好笑吗？你们说实话！"她还给她俩比画那个鞋印，"有这么大！"

"不好笑啊。"

"好吧。"她不服气，"那是你们没看见，光听我说，没法感受有多好笑。"

文斯斯干笑两声："哈哈哈，这下行了吧？"

"你好敷衍。你们根本就没在听我说话！"

"是啊，我们在看昌缨打球。郁谋也在呢，快看！"

这一天，每当施念意识到郁谋就坐在她后面时，她都能立马想起今早上操时的尴尬。这两件事完全不搭边，非要说原因的话，应该是一件令她紧张的事情被另一件尴尬的事情支配了。所以她完全不紧张，甚至忘记了后面还坐着一个人。

最后一节自习课时，唐华进来发通知。

通知条一张张发下去后，班主任说："这是周末补习班报名通知。声明啊，这不是咱们学校办的，和咱学校没关系，只是给大家提供一些信息。同学们自愿参加，自愿参加啊。"

小条儿传到施念这里，她就没往下传了，自觉把多余的通知塞进桌斗当草稿纸。

她看那通知，语文数学英语，每科占一个周末的半天。看完她就给夹记事本里了，然后翻开练习册开始写数学卷子。

过了一会儿，后背被什么捅了一下，她惊得弹起来，回头，看见郁谋的手臂搭在桌面，手里转着支圆珠笔，态度看似闲适，其实是摆好表情等了好半天。

等半天都没见前面的人转身，男生长腿长脚，感觉不是他在坐椅子，而是椅子在坐他。

"你是不是有什么东西忘记传过来了？"他问道。

"噢！噢噢！"施念这才想起身后还有这么一尊佛。

她满脸通红，翻课桌找通知，假装自己不是忘记，找补道："通知是补课信息，你这样的人也需要吗？"

郁谋微微挑了一下眉毛，没说话。

施念把余下的通知递到他跟前，他缓缓伸手接过，然后看都没看就原封不动地塞进桌斗了。

郁谋旁边的贺然正侧头假寐，伏案笑得肩膀耸动，学施念的声音："噢——噢噢——施念你是大猩猩吗？"

第二章

小白人，小灰人

Lagou Gaizhang
Yibainian Buxubian

1

施念"咝"了一声，回头瞪贺然。贺然依旧趴着，但是头扭过来抬眼瞅她："'咝'什么啊，你可不就是那样'嗷'的嘛？"

贺然为什么说她是大猩猩，其实是有原因的。

池小萍曾经向许沐子的妈妈取经，问沐子是怎么长那么高的，她也希望念念能再长长个儿，怎么着也争取过一米七。沐子妈妈说，七分靠基因，三分靠后天，沐子篮球队的教练说，青春期一天吃三根香蕉就能长高个儿，还有就是多喝纯牛奶。

然后池小萍便像领了圣旨似的，也逼施念一天吃三根香蕉，还在小饭兜里给她带两盒牛奶，每天晚上回家都要检查，看吃没吃光。

可是施念不喜欢吃香蕉，一吃香蕉就口腔疼。她也不喜欢喝牛奶，觉得牛奶有点臭臭的味道。于是每天她的牛奶都给文斯斯喝，文斯斯超爱喝牛奶，把牛奶当水喝。

但施念的香蕉打发不出去，每天求爷爷告奶奶试图给周围的同学发香蕉，实在发不出去了就只能自己解决。

贺然手机里就有一张施念窝在座位里满面愁云吃香蕉的照片。因为她整个人窝着，眉头皱着，眼神还冲一处发呆，贺然说特像动物园里被关在玻璃后面无所事事的猩猩。

他还说施念应该边吃边抓抓肚皮，挥挥苍蝇，那样更像。

后来，施念在杂志上看到，说动物园里的动物会产生刻板行为，会不停地重复很单一的动作，这是因为被关着，可做的事情太单一导致的自闭现象。像贺然说的，猩猩发呆呆吃香蕉、抓抓肚皮什么的，也许就是刻板行为。她很伤心，觉得贺然的这个比喻不仅不好笑，还令人难过。当时她跟贺然讲了，贺然想了半天，一本正经地说："噢，那我每次下课铃一响就跑去操场打球，是不是也是刻板行为？"

她要气死了。

此时施念的视线落在贺然桌面脏兮兮的笔袋上，贺然立马就明白她在想什么，把笔袋塞回课桌："你够不到。"

她又去看桌上的物理书，贺然又立刻把物理书塞进课桌："这你也够不到。"

施念从自己的小饭兜里掏出一根香蕉，越过傅辽递给了许沐子："沐子，给你一根香蕉吃，你帮我抽他。"

许沐子将手从校服袖子里伸出来摆了摆，不接香蕉："我今天已经吃够三根了，再多消化不了，教练也不让我吃太多。"

傅辽正从施念课桌上堆着的一堆书本里找卷子呢："哎，施念，你英语阅读做完没？借我看一下。"

施念又把香蕉递给傅辽："你吃不吃？你吃的话帮我抽贺然。"

傅辽理所当然地接过香蕉，将香蕉皮撕开，咬了一口，兀自继续翻她的书堆："谢谢啊，正好饿了，但我不抽然哥，我们是好兄弟。"

施念死死按住自己的书堆："那你不许看我英语卷子了！"

她那小劲儿根本按不住，傅辽还是把卷子抽了出来。他翻了一下，一看，就做了单选题，后面的完形填空和阅读都空着："哇，施念你真是睁着眼睛说瞎话，还不让我看，你这不也没写嘛。"

贺然这时直起身伸了个懒腰，翘着椅子腿晃悠，笑嘻嘻在施念身后说："你看都没人帮你，没辙了吧？"

施念一下一下按着签字笔的笔帽，气得不行："你都和郁谋坐一起了，也不学学好。你看人家在那里安安静静做什么呢，再看看你，招完这个招那个。"

贺然大言不惭："没有啊，我只招你了啊。"说着，他去瞅一旁的郁谋在做什么，而周围的同学也都下意识去看郁谋。

郁谋确实一直安安静静的，甚至对耳边贺然不断找施念碴儿的聒噪感到有些心烦意乱。

他刚刚本来在看大学数学，看到勒贝格积分的存在性证明，实在静不下心，便开始看《体育周刊》。此时突然被提到，他有些茫然，又莫名心虚，立马把手里在看的杂志往桌斗里一塞。

贺然却伸手去掏，封面滑滑的，摸着不像正经书，心里一喜，立马抽出来摆桌面上。

大家都看到了，自习课上，学神在安安静静地看《体育周刊》。

但是吧，被贺然翻开的那页正好是广告。广告给了个拉拉队员的比基尼特写，旁边还写着××队拉拉队长莫妮卡，身高167cm，三围……

许沐子、傅辽、施念、贺然，几个人面面相觑。

其实广告有美女很正常，但是摊开在桌面光明正大的就不太正常了，而且在学校嘛，屁大点事就能被起哄。

郁谋也有一瞬间的愣神。他趁着这空当瞟了一眼施念，不知道是不是他的错觉，他看见施念眼里崇拜的光碎了。他脑袋里警铃大作，飞速运转起来。他深知此时解释就是掩饰，掩饰就是事实，只能将计就计。

于是他捏了捏眉心，面不改色心不跳地将书合上，拍了下贺然的肩膀："我看完还你，谢了啊。"

泰然自若的。

大家又去看贺然。

贺然也有一瞬间的不确定。他确实每周都买这个杂志，所以不确定是不是郁谋从自己座位里拿的。他犹疑的这一下，直接让大家认定杂志就是他的。

傅辽意味深长地说："然哥，你一翻就翻到这页了，说明经常看这页。"

贺然推他："滚。"

周围一圈男生已经在晃着桌子笑了，讲台上督着大家自习的文斯斯实在看不下去了，拍了一下讲台："后面安静点。贺然、傅辽，尤其你俩，给我闭嘴。"

贺然长号了一声："班长，和我没关系啊！郁谋也说话了，你怎么不说他啊？"

文斯斯又拍了下讲台："就编吧你，反正我就看见你俩讲话了。再顶嘴就记你俩。"

许沐子悄悄鼓掌，认同文斯斯。

施念也觉得解气，转过身继续做卷子，但是越想越好笑，莫妮卡好笑，三围好笑，杂志也好笑。她干脆将自己埋在臂弯里抖着肩膀笑，无法停止，连同早上罗子涵和鄂有乾那份儿一起笑，把和傅辽并在一起的桌子震得开始晃动。

贺然说："快看啊，施念疯了。"

施念停下，笑呵呵反击："莫妮卡。"

贺然"啧"了一声，但一时想不出反驳的话，只好看向郁谋："谋谋，这真是我的书？"

这声"谋谋"说完，让周围的人都身躯一震。

郁谋不置可否，从课桌里翻出干脆面递回给贺然，学着他的语气说："然然，这也是你的，还给你。"

周围人又身躯一震。还是头一回有人这么叫贺然。

而且这个"也"字很有灵性，让周围的人更加坚信贺然有一本将比基尼那页翻了又翻的杂志。

周围恢复平静。只有施念时不时埋下去笑一会儿，然后又坐好写卷子，写一会儿又笑。施念一笑，带着傅辽也笑。傅辽笑声傻呵呵的。

这两人坐贺然和郁谋前面，笑的时候椅背会撞到他俩的桌子。

贺然觉得不爽，拍开一袋干脆面，倒了一口进去。见傅辽和施念又开始偷着乐，他气不过，便拈了一粒干脆面碎出来砸傅辽的脑袋："差不多得了。"

傅辽剃的是圆寸，干脆面卡进圆寸丛林中。他大叫一声，对着过道拨头发："你扔什么呢？"转身一看，是干脆面。

傅辽手伸进干脆面袋里，抓了几粒碎碎出来也扔贺然。郁谋也被波及，额前碎发上落着一粒。

贺然眼皮被打，立马把座位往后一撤，将干脆面塞给郁谋："谋，这场战役我们不能输！快拿子弹！"

郁谋眼疾手快地拿起体育杂志当护盾，捏了几粒干脆面稳准狠地投掷。

贺然是无差别攻击，许沐子和施念都被砸到。

施念准备写"A"，"A"中间那横刚要落笔，直接弹了个碎碎上去，笔尖落在碎碎上画出老远。

她猛地转身："有病吧？"

郁谋吓了一跳，觉得女生生气好吓人。明明是贺然打的，但他又突然想看施念对自己发脾气，于是把无辜的眼神换成一贯的淡定："抱歉啊。"尽量做到不动声色地气人。

施念简直不敢相信学神也如此幼稚，郁谋那睿智沉稳的容颜瞬间变得有点无赖，而他手里的确正好捏着干脆面。

施念想发作，但碍于和郁谋不熟，不好拿他开刀，便直接从他手里夺过干脆面去扔贺然。

郁谋竟还有点失望。

干脆面顺着许沐子的领子掉进去，许沐子猛的一下站起来，伸手问傅辽要干脆面。傅辽给了她几粒，她按着贺然的脖子全撒进贺然的领子里，贺然吱哇乱叫。

场面彻底失控，变成了乱斗。

教室里闹开了，全是吆喝声、助战声。

文斯斯在讲台上声嘶力竭地喊道："别打了！别打了！"

就在这时，教室里突然鸦雀无声，所有视线集中到教室后门。

后排用干脆面打架的这几个从后门的玻璃缝里，看到年级组长鄂有乾正怒气冲冲地看着他们。

鄂有乾奔到前门，大声喝道："整层楼就你们班最乱！还能不能好好地学习了？"

他指着后面那几个："你、你、你、你……"指到郁谋时他愣了一下，最后那个"你"字气势弱了几分，眼神飘走，但还是把郁谋喊上，"你们都给我出来！"

鄂有乾又看文斯斯："班长起不到带头作用，也给我出来！副班长继续看自习！"

2

此时离最后一节课下课还有二十几分钟，六个人被带到年级组大办公室。

好多任课老师已经走了，班主任唐华正在边收拾包边打电话："亲爱的，今天我去接儿子……嗯，对，你直接回家就行，记得买两根葱……哎你稍等。"

她眼睛往门口一瞟，看见自己班的六个学生被鄂有乾领进来，其中还有班长和郁谋，神色立马就变了。

"鄂老师，这是？"她捂着手机听筒，电话没挂，所以声音还挺温和。

鄂有乾把空干脆面袋子往她桌上一扔："自习课，用干脆面打架。听听，多大的人了，再过两年就高考了，还用干脆面打架！"

他的手指一一点过几个人头："就这几个，其中也不乏好学生。唐老师啊，这就是刚刚在你们班发生的事。我整个楼道走过来，就听见你们班最闹腾！"

鄂有乾是个小个儿，站在几个高个儿面前，矮了将近一个头。尤其是许沐子，看上去能单手把他拎起来。

他干脆站施念面前，背着手看他们，鼻孔一张一合："唐老师，这几个我就交给你了，一定要好好教育！检讨，八百字的检讨是必须。除此之外，必须搁这里站着，直到下课！都给我好好反思！"

唐华本来站着，鄂有乾走后，她拉过转椅坐下，身子往后一靠，手架在了胸前，眉毛吊了起来。

站排头的是施念，鄂有乾喊他们几个出来时，她是第一个站起来的。她从没犯过事，胆子小得要死，吓得一抽一抽的，觉得此时此刻唯有态度诚恳才能逃过一劫。

唐华看着她，先是生气，然后又看小孩儿脸煞白，时不时吸一下鼻子，衣领裤脚皱皱巴巴的，她本来酝酿好的杀神语气变成了一声轻叹。她伸手帮施念把衣领掖回去："平时没看出来啊，你怎么也参与进来了？嗯？"

唐华教数学，对施念的印象一直不错。这个小姑娘平时不言不语的，虽然在年级里成绩撑死了算中等，但数学成绩一直很好。好几次周测的最后两题一般很有难度，有些超纲，但她都解出来了，用的方法还都很有灵气，不是那种制式解法，而是"草台班子"式的神奇解法。年级里对的一共没几个，挺给老师长脸。

施念嘴角一直往下撇，从嗓子到鼻腔都酸酸的，那是要哭的征兆。她哼了几声，没说出话。

站她旁边的郁谋低头看她，觉得她像只被水淋湿的鹌鹑，又抖又怕，很想把她塞到那种捅了好多气孔的纸箱子里静静。

因为忙着接儿子，唐华只是板着脸说了两句，交代让他们在这里写检查，等她接完孩子回来要看的，说完就拎着包还有自行车钥匙走了。

几个人拿了纸和笔到一张宽桌子前写检查。椅子不够用，施念和文斯斯个子矮，就说在地上写。大办公室对着一班，郁谋直接跑到一班一手一个架了两把椅子进来。少年的校服袖子挽上去，手臂挺白，修长，还带点流畅的小肌肉，架着椅子时上面有青筋突起。

袖子他是故意撩起来的，他觉得这样比较帅。他常年打篮球，对自己的肌肉线条还算满意。倒也不算自恋的程度，都因施念那个夏天的话语，让这个少年开始观察自己到底哪里是优点。

有优点就要巩固，万一她又不喜欢了呢？真让人压力大。

他将椅子撂下："坐。"

施念仰头看他，有些犹豫："你怎么拿人家班的椅子？"

郁谋对她的这个质问感到有些茫然："借了再还啊。"

施念其实不是那个意思，她当然知道借了得还啊，不然还拿走人家班两把椅子？她问的是人家班他怎么说进就进，还能扛两把椅子出来。

可是她再一想，一班的人都认识郁谋，而且郁谋这样的学生，在学校中央光着膀子跑步都没人管他吧，又何况拿椅子呢。

想到郁谋这张脸光着膀子跑步，施念觉得有点好笑，于是露出浮想联翩的笑容。

这笑在郁谋看来傻兮兮的，他以为是自己刚刚的行为成功令她花痴了。站着的少年面上平静，心如擂鼓，碎发盖住的耳郭边沿开始发热，心说：郁谋，你一直脑子不错，没想到在这种事情上也这么机灵。

他又想，她表现得这般明显会让人看出来，于是假装不小心碰到她："哎，抱歉啊。"

他用手肘轻轻点了她头一下，让她低头看纸，不要让别人看见她对着自己露出那样灿烂的笑容。真是，明明有小心思的人是她，还要他帮忙打掩护，天下哪有这样的事！傻不傻啊？

几个人边写边互相参考，说着说着就开始八卦郁谋。

"郁谋，"傅辽说，"你不是一开始说中考完要去美国吗？"

郁谋："听谁说的？没有要去。"

文斯斯点头："我好像也听说了。听谁说的……总之年级里都那样传，说你有个舅舅在那边。"

郁谋否定："没有。"

许沐子："噢，懂了，就是你舅舅没在那边是吧？"

郁谋顿了下，在怀疑是自己表述有问题还是大家的理解有问题："是有舅舅在那边，但我不会去。"

傅辽面露疑惑，随后恍然大悟："噢，懂了，你签证没过是吧？"

郁谋淡淡地看向他们几个。

一般来说，他露出那样的神情就是已经在不耐烦了，可是几个人完全没有领会到。

贺然笑出声，拍了下傅辽的后脑勺："你蠢不蠢，人家郁谋就没说要去美国。"

郁谋点头，终于遇到个明白的了。

然后贺然看向他，一脸真诚地发问："那你本来要去哪个国家？英国吗？"

郁谋深吸一口气，缓缓吐出。

施念一直在假装写检讨，实际上默默偷听他们讲话。她其实也很好奇郁谋为什么开学没在，两个月后才作为插班生出现。但是她不是那种自来熟的人，没有办法像其他人那样很坦然地问问题，你来我往，就好像认识好久一般，所以只是支着耳朵偷偷听，想了解这个新被纳入他们圈子的男孩子更多一些。

她偷听时好认真，屏气凝神，攥在手里的笔压根儿没在写，脸却一直冲着面前的纸，一点都不敢看那边。

过了一会儿，她听他们那边先是没动静了，随后又爆出笑声。

这时，贺然弹了个橡皮渣过来，弹到她的脑瓜顶："嘿，发呆呢？叫你为什么不理？"

施念这才转过头，一脸茫然："啊？"

众人又笑。

郁谋也侧头看她，笑得很浅。

他笑的原因和其他几人不太一样，他笑是因为施念坐他身边在发呆。

她在想什么呢？是在想自己留学的事吗？

这个猜测令他多多少少有点雀跃。

而且，他离她这么近是吓到她了吗？她为什么动都不动？

少年的心里升起一种很奇妙的感觉，难以形容，说不出是高兴还是什么。

好像也没有非常高兴，一定要描述的话，应该是带了一点得意。

他知道她的秘密，对，文斯斯和许沐子也知道。或许他应该观察一下她好朋友们的表情。

于是郁谋假装往后靠着伸懒腰，手臂张开，自然转头，看见了许沐子和文斯斯脸上如他预料般，有着奇怪又满足的笑容，果然。

施念看他们："你们叫我什么事？"

这么一打岔，大家都忘记一开始叫她是为了什么。

笑完后有一会儿的寂静。

贺然这时往后仰头，去看窗外。

秋末冬初太阳下山早，朝西的一整面窗户里有一颗橘红色的太阳。大办公室里没别人，白墙上的剪影是橘色的窗框、树叶、摞起的书堆，还有几颗毛茸茸的头。他们坐在大大的桌子前，都往那边看，阳光照得他们眯起眼睛。

"几点了？"贺然问。

施念看了下手表："五点多快六点了。"说着，外面响起了下课铃。

只听得"轰"的一声，传来椅子移来移去、学生们聊天的声音。

"对了，今天有训练，我得先走了。"贺然拎起书包，将自己写好的检讨一推，推到施念跟前，"一会儿唐华来你帮我说一声。"

许沐子想了一下："哦对，今天女篮也有训练。"她也将自己的检讨递给施念，"谢了谢了。"

傅辽已经开始抖腿，也站起来："我去操场上跟他们蹭会儿球，唐华回来叫我一声。"

文斯斯立马警觉起来，她用余光看了看一脸"发生什么了吗"的郁谋，还有一脸"不要走"疯狂使眼色的施念，也笑嘻嘻站起身："我得回班督值日。"

几个人走后，施念坐在那里浑身不自在。办公室外面是熙熙攘攘放学回家的同学，办公室内是她和郁谋，两人都不说话，也不知道说什么。她觉得她尴尬，郁谋也尴尬。刚刚那几个人里，她感觉她和郁谋是最不熟的两个人。

郁谋明明写好了，却不动，也不说话，就看着那张纸，反反复复，好像在检查写得怎么样。果然，学习好的孩子无论写什么都有检查一遍的习惯。

为了不让彼此都受折磨，施念鼓起勇气，试图去拽郁谋胳膊下的纸，怕给捏坏了，只用食指和拇指轻轻一点点地扯："其实你也可以去打球，检讨也搁我这里，等差不多了我去叫你们，不用客气。"

纸刚刚被她扯走一小半，郁谋的手"啪"一下子按在了上面，五根修长的手指压着，把她吓一跳。她拽，拽不动，这样僵持着，她手里的汗将她捏着的那一块纸浸软了，微微一使劲，竟然捏下来一块小圆纸片。

她"咝"了一声，感觉头发都要竖起来了，连忙抬头："对不起对不起！我不是故意的！"

同样是坐着，少年比她高些许，郁谋垂着眼皮看她一眼，轻叹一口气："唉，明明检查完就可以去打球了。"

"对不起对不起！"施念欲哭无泪。

郁谋慢条斯理又抽出一张纸，单手拔开笔帽："只能重新抄一遍了。"

施念"啊"了一声，觉得自己耽误他打球了，给他想办法："其实……也不用重新写吧？我帮你用胶带纸粘好不就行了？可以吗？"她看看他，又看看自己手心里那块滑稽的小圆片，总觉得他有点小题大做，但也许是学习好的都有点儿完美主义吧。

郁谋刚刚没见生气，此时的表情里却升起一丝微妙的愠怒。他看着她"我是不是很聪明"的表情，有点气闷。

我在给她创造机会，她为什么想赶我走？

随后，他的视线转移到她的额头上。她额头上碎发的边沿还挂着一粒刚刚贺然弹上去的橡皮渣。碎发本来是支着的，被橡皮渣坠出一个弧度，很像小蜜蜂的触角。

他伸出手指，犹豫了下，随后换成笔杆，用笔的一端轻轻刮了一下她的额头。

橡皮渣掉下来，被他轻巧接住。

少年全程都面无表情，动作流畅自然，非常坦荡。

他的手指摊开，露出掌心的一点橡皮碎，解释："你头发上的。"

施念眨眨眼，那一瞬甚至谈不上接触的接触令她心跳突然杂乱且剧烈，整个人的灵魂颤悠悠的，脸颊的红晕开始蔓延，很快就蔓延到整张脸和脖子。

她从没有和男生有过这样的接触，贺然那种张牙舞爪的进攻不算。她很没出息地"哦"了一声，什么话都说不出。好歹要和郁谋说一声谢谢的，他也是好心。

可她不想说，因为有些懊恼，气自己没见过世面。用笔端拨一下头发就慌成这样子，根本连碰都没碰到嘛。

少年的心跳也超快，如果施念注意到的话，郁谋的耳朵也全红了。可是施念没往那处看，谢天谢地。

刚刚那个动作其实还挺正常的吧？同学之间是会这样的吧？他应该也还算有分寸吧？

当他最终在心里得出自己好像是越轨了的结论时，暗骂了自己：哪有"认识第一天"就这样子的？

他很想把戳了气孔的大纸箱子搬来，将鹌鹑彻底塞进去，这样他安心，她也安心。

可是，在这场内心忏悔风暴中，一个不合时宜的念头悄悄升起：我的天，她好可爱。

刚才施念扯纸时，就在他眼皮子底下，在他胳膊下面，她那种小心翼翼真的很可爱。少年心里的那个小人儿在打滚。他偷瞥她，那个鼓起来的脸蛋，很想拿笔帽戳一下，看看是不是会陷进去一个坑。女孩子的脸就是这般样子的吗？可比男人的脸有意思多了。

随后心里的小灰人被一个小白人吊起来打。

呸！你又在想什么啊，灰郁谋！身为男生的你自己真是可怕哪。

他伸手扶了一下额头，装作抓了抓额前的头发，实际上是在缓解紧张。

一、二、三……

他在给自己做镇定催眠。

好，从现在开始，恢复理智，你是一个成熟的人。

随后郁谋别开眼，没事儿人一样转了下笔，回答好早之前她的疑问，义正词严："还有，不可以。"

3

施念呆愣了一会儿才反应过来是什么不可以。很多人说话说着说着就会只关注眼前的话题，而郁谋则好像不受影响一样，一个个问题都要给出准确的答案。

不可以就不可以啊，为什么这么凶？

她想。

可是她也好奇怪。男生里，除了她弟弟，她就和贺然还有傅辽关系近。贺然和傅辽平时的行为都挺莽莽撞撞的，说话也粗声粗气，和女孩子接触往往也没把握力道和分寸。有时候傅辽叫她，拍她肩，那一巴掌下来能让她痛好久。贺然撑她时，什么"大猩猩"之类的字眼也经常给她头上安。

但她从不会给他俩贴上"凶"的标签。

郁谋呢，自初中起就一直是温和的好学生形象，口碑也好，为何她会觉得他刚刚那个语气是"凶"呢？大概是因为有种突然拉下脸来的严肃和紧绷感。

外面楼道人群熙攘，路过的学生会下意识转头看进来。他俩比较靠里面，坐在隔板后面，属于视觉盲区。

外面吵吵闹闹，大办公室里却安静得不太正常。两个人都面对着自己跟前的纸，安静又沉默。那个独属于郁谋的味道又开始萦绕在施念的鼻子边，若有似无，挥之不去，好闻得很。但是等她深呼吸时，却一点也闻不到，必须要静静地等那个味道主动窜进来。

一天经历两次这样的近距离相处，那种味道仿佛得意扬扬：记住我！记住我！

这个味道真的很神奇。除去之前她想到的那个比喻，此时她又闻出一些新的层次来。她觉得这个味道有点诱人的危险，是大自然界猎手吸引猎物的味道，是猫和老鼠里夹着奶酪的捕鼠夹。她闻一闻，就很想闭着眼睛垂手凑上前，想闻得更多，怎么闻也闻不腻。

她不禁在想，自己身上有没有什么特别的味道呢？好羡慕郁谋啊，他要是生在古代，就是男版香妃！她开始觉得有些不公平，都说人人生而平等，绝对是骗人的话，像郁谋这样的男孩子，个子高，长相好，学习厉害，脑子聪明，竟然还带着这种蹊跷的香味。

与此同时，郁谋那边则只有一个念头：她为什么不说话呀？

脑海里闪过这个念头，郁谋觉得有点稀奇，好像自打见到施念以后，和她有关的想法都会不自觉地在大脑里带上一些可爱的语气词，比如刚刚的"哪"，现在的"呀"。

他有些后悔，对啊，自己内心多温柔，为什么要表现得这么难伺候呢？他的确很讨厌任何缺角或破损的东西，但他那样说，更多的只是想多在这里待一会儿。明明可以答应让她帮着用胶带粘好的，这样也同样能达到耗时间的效果，还可以假装监督她粘得好不好，随意说几句没营养的话，然后这不就说上话了吗？这下好了，两人谁也别说话了。你就抄吧，傻抄吧，真是给自己气死了。

可能是他的错觉，他觉得空气中湿漉漉的。这种黏乎乎的感觉让他觉得有点胸闷。他知道这大概率是自己的心理作用。一般来说，他很少会有这种懊悔的情绪，因为他几乎从来不做蠢事，说的话、做的事，都是反复思量过的。当然，用干脆面打架不算……拨她头发也不算……

他有些无法容忍一天做了两件蠢事的自己。

就在此时此刻，郁谋听见旁边挪椅子的声音。

施念正轻轻地、悄悄地将自己的椅子往旁边移了移。其实是非常短的距离，只是为了让她的校服袖子不碰到他的校服袖子。

郁谋听到了，余光看到了，手上写字不停，心却猛地坠了下去，笔迹也开始潦草。我被讨厌了吗？我的天。

而施念为了让自己刚刚那一系列的动作师出有名，假装自己是为了翻找放在二人之间地板上的小饭兜。

她此时冲向郁谋那边弯腰，装模作样在小饭兜里掏了掏。

还剩最后一根香蕉。

郁谋也看到了，她原来是在翻小饭兜。女孩子那颗毛茸茸的头就在他跟前，她好像在极力避免影响到他、碰触到他，可他还是看见了，她的一绺短发隔着校服轻轻搭到他的手臂上。

少年的喉头动了动，感觉半边的臂膀都要废掉了。他觉得自己辛辛苦苦打球练出来的肌肉正一点点融化。

而她动作时，还有女孩子的香味传过来。他哪里闻过什么女孩子的香味啊，更无从寻找证据，但他坚信那就是女孩的味道，因为那味道闻起来就很软。他觉得自己似乎是撞进棉花糖里去了，并且绝对不是香精调出来的糖，而是有某种谷类的清香。

真是奇怪的感觉。

施念掏出那根仅存的香蕉，用香蕉头碰了郁谋的胳膊一下："你吃不吃呀？"她其实心里有愧，明明是想赶紧将它在回家前打发出去，如今却装作用它来赔礼道歉，还有打破沉默。幸亏郁谋今天刚来，并不知道她发香蕉这个事情的起因。

蓦地被碰，郁谋顿了下，换了另一边的手接过香蕉。

"谢谢。"他因为喉咙干涩，所以声音略略有些沙哑，他自己都惊讶了。

他用手指去抠香蕉屁股，试图自然地寒暄："你为什么带那么多香蕉？"

施念无奈："我妈想让我长个儿。"

郁谋抠了半天，没抠开，有些尴尬，因为他感觉施念的目光在他的手上。于是他使了大力，按了个坑进去，从里面剥开："你不矮啊，有……一米……六？"他随便估了一个数字。这其实有点难，因为他差不多一米八五，曾经一个假期蹿了十厘米，在那之后，他看低于一米七的都差不多，而且女生究竟平均身高有多高他也不知道。

没想到施念目露凶光："谁说的？我将近一米六五呢！"

"啊……"他刚想咬下去，结果被她的怒意吓到，无辜道，"刚刚我瞎说的。"

一米六五，可是厉害呢。

他漫不经心地想着，带了点揶揄的那种。

他又补充道："如果想长个子，别人吃进去的香蕉也长不到你身上啊。"

很好，郁谋，你现在说话都要带语气词。

施念看着他有些无语，有个"啊"也于事无补。

"刚刚就想问，你知道剥香蕉要从头部开始剥吗？"

她指了指被郁谋弄得乱七八糟的香蕉皮，他刚刚几乎是又捅又撕才揭开的，那"聪明"的样子真的不太像年级第一。

郁谋指了指被自己手托着的底部："你是说要从这里撕吗？"

施念点点头，看他那副恍然大悟的样子，继续问："从小家长就教过，你不会不知道吧？"

郁谋眉眼间神色淡淡的，"嗯"了一声，将吃完的香蕉皮捋好放到一边，答非所问："我母亲一年前去世了。在此之前，她身体一直不好。"

这下轮到施念"啊"了。她明显有些应付不来这种场面，急急忙忙伸手拉他胳膊，他目光看向她的手，她又缩了回去："对不起啊。"

为了表现诚意，她又大声重复了句："对不起！"

郁谋笑了笑："没事。"

施念吓得没有再问了，低头抠笔帽。郁谋却很想多告诉她一些关于他自己的事，于是他说："我初中那会儿她就一直住院。每天下学我都去医院找她，陪她，所以我一直在普通班，普通班下课早。"

施念这才知道，原来他一直待在普通班是这个原因。这事其实初中一直在传，因为大家都好奇。可她现在知道了以后，发觉这并不是什么可以和人津津乐道的八卦。

她说话时看着他的眼睛："我不会告诉别人的。"

郁谋本也不在乎，只是懒得说，可是他察觉到了她这话背后的爱护，明白她在意他的秘密，于是他点头："谢谢你。"

"你和你母亲的关系一定很好吧？"施念又问。

郁谋犹豫了一下，他想说，恰恰相反。

在母亲生病之前，其实他一直怀疑她并不爱自己。她对他十分严厉，甚至可以说到了严苛的程度，因为一些微不足道的小事都能将他揍上半小时。她从不给他拥抱，他体会到的母亲的柔情直到她生命最后也只是握了握他的手，更不要说告诉他任何生活常识了。小时候，她经常忘记给他剪指甲，他只好自己啃，指甲啃得参差不齐，被她看到，揪着耳朵就是一巴掌。还譬如说剥香蕉、系鞋带这样的事，这些事情并不十分重要，不是说不会做就世界末日了，所以他一直也没有刻意去学。他到现在都不清楚到底该怎么系鞋带，于是每次都是胡乱打个死结。

这部分教育他一直都是缺失的。

可这些他要怎么说呢？很多事情他至今也想不明白。他家可没有什么狗血的事情发生，他很确信自己是母亲亲生，父母关系似乎也还好。在他开始理解金钱时，他意识到，家里似乎也挺富裕，并不是生活上的压力导致了母亲这样的行为。

郁谋觉得此时此刻并不是更深剖析的好时机，也不是抛出更多关于自己不幸的事的好时机，于是他说："还好。"

两人陷入沉默了一会儿，郁谋在心里叹了口气，这并不是他想要的交谈氛围。

怎么更僵持了呢？"初次见面"就聊到这个，她会不会觉得我很奇怪？

这时，施念的手越过桌缝伸过来，点了点他放在桌上的香蕉皮，一脸认真地告诉他："那你记住，以后吃香蕉时记得从这里开始剥。"

似乎是觉得这样说太抽象，她又说："哎呀，没关系的，我天天带香蕉，明天给你演示一下，你这么聪明，看一下就懂了。"说完，她忍不住露出微笑。

这叫什么事啊，她在教年级第一如何剥香蕉，还用那种安慰的口吻？

郁谋没有笑，就看着施念，瞳孔黑得不见底。没有人告诉过他，当他不笑时，摆出他现在看着施念的表情时，别人一点也琢磨不透他的想法。此时他既不是灰郁谋，也不是白郁谋，而是回到了很多年前的黑郁谋，是母亲举起衣架子时，站着一动不动的小男孩。小男孩内心茫然又害怕，深处还有悄然滋长的怨恨。这就是他此时的表情给人的感觉。

施念还以为自己流露出的关怀冒犯到他了。

实际上他在想，她对他笑的样子真好看。光是看着这个笑，他就感觉自己好像一头栽进了漂着绿萍的春水里，不停地沉下去，温暖的水从四面八方灌进来，眼前却是一片光亮……很像初一时，他做眼保健操走神，被她轻轻捉着食指放到正确位置时的感觉。女孩子的指腹带着点潮，又暖又软，碰到他时，他抖了一下。那是他今生第一次被这样轻柔地触碰，自那之后便再也忘记不了。

少年的心在这一瞬间再次有了悸动。

蓄满春水的小池塘，漂萍浮绿下，一条小鱼摆了尾。

池塘看着浅，实际上深不见底，小鱼在水面掀起的小涟漪，荡到了最深处。

眼前的这个女孩子应该还不知道，在她偷偷和朋友们说"喜欢"他之前，他就注意到她了。

那是在初一，那时她是眼保健操检查员。

那，才是他真正的秘密。

4

晚上七点半，郁谋进家门，嘴角挂着的笑在防盗门打开的那一瞬被他谨慎地收了回去。

小叔正面朝电视吃西红柿鸡蛋面，见自己这酷侄子进来，嗦了一口面条，指了指不锈钢盆盛着的卤："面条去厨房捞，这里有卤拌着吃。"

郁谋小叔，三十出头，没有正经工作，喜欢打游戏，白天在家睡觉，晚上通宵写小说。爷爷之所以还不把他轰出去，是因为他做饭还行，省得请阿姨了。

郁谋点头："爷爷呢？"

小叔指指紧闭的房门："早吃完了，搁屋里背单词呢，临时抱佛脚，明天老年大学要考试。"

郁谋走到爷爷房门前敲了两下："爷爷，我回来了。"

爷爷在里面大声回答："h-a-p-p-y，嗨呸！嗨呸是快乐的意思！哎，好！"

郁谋洗好手在桌前坐下："爷爷这么努力啊？"

小叔发出一声闷笑："可不嘛，说是班上有个老姐姐一直对他这个班长的位置虎视眈眈的。"

郁谋对老年大学的恩怨情仇并不太感兴趣，用汤勺舀卤。

小叔接着说："但我觉得你爷爷暗恋人家，天天回来说人家这，说人家那。

"刘大妈也住这一片儿。对了，她外孙女好像和你还是一个学校的。施念，你在学校见过吗？可秀气一小女孩了，不过挺可怜的，爸妈离婚了。"

郁谋的手悬空，看着小叔。

小叔继续闲聊："好几年前的事，说是她爸在外面和几个老板打牌，被合伙算计，欠了好几十万。千禧年那阵这个数目可太吓人了，你想你爸那会儿一个月才赚几百啊。债主找上门，堵门口嚷嚷，给小孩儿吓得哇哇哭，全院都听见了。"

"你爷爷那天还把小女孩领咱家里来，不让她看见她爸和那帮债主点头哈腰……我记得特清楚，那个小孩才多大啊，才上小学吧，这么大点儿。"小叔比画，随后指了指郁谋坐着的凳子，"就坐你那里，腿悬空着。你爷爷给她洗桃子，她接过去说谢谢，咬了一口那眼泪就吧嗒吧嗒地掉。你爷爷和我也没哄过小女孩啊，而且知道小孩子自尊心强，总不能说你别哭了，所以只能装傻，扯张纸塞过去，说吃桃滴汁水，用纸接着点儿。

"我对这个小姑娘印象不错，每次院里见了我都叫人。你知道，好多小孩子越大越就不爱叫人，路上见了就低头看手机，装没看见。她呢，每次隔老远就喊我郁叔叔，可有礼貌了。"

郁谋闷头扒了几口面，觉得这个卤闻着香，吃的话有点咸，筷子拿手里有一瞬间恍神。

小叔看郁谋不说话，以为他不认识施念，对这事不感兴趣，于是岔开话题，问："今天怎么回来这么早啊？"

郁谋一愣，这还早？他们在学校等唐华等到快七点，然后他跟着施念坐公交车回来的。她知道他跟她住一个院子时，眼睛瞪得比路灯还亮。他没公交车月票，也没零钱，兜里最散的钱是五块，本来想跟司机说要不就别找了，结果还是施念给他掏了一块钱。女孩子从月票卡夹里抽出两张五毛，月票卡夹背面还贴着卡卡西。她抢到一个座位偏要他坐，按着他的肩膀把他按下去，供着他跟供菩萨一样。那座位在司机正后方，左前轱辘上，前腿空间小，架得高，他一大高个儿坐在那里就像岔开腿的青蛙，睥睨全车，怪不好意思的。

小叔看着电视，说："想我当年上学那会儿，每天晚上最早都是九点多回家。逃自习，和女孩儿压马路……嘿嘿。"

郁谋想了一下小叔这话里到底有多少水分，因为据他所知，小叔至今没谈过恋爱。

小叔看郁谋没反应，回过头看他，小声八卦："哎，你们学校里有女生喜欢你吗？"

郁谋用筷子搅了搅面："没有。"

小叔目露同情。

郁谋思量再三，觉得可以和小叔用化名的方式探讨一下这个问题，于是他说："其实……是有一个，她……"

"才一个？"

闻言，郁谋叹了口气，低头吃面："算了，当我没说。"

小叔啧啧道："我们老郁家到你这一辈算是完了。你看你爷爷，上老年大学班里还一堆暗恋他的呢，再看看你……"他扒郁谋的碗，"还有心思吃面呢。只有一个女生喜欢我大侄子，这像话吗？"

郁谋不理他，去厨房加面。说实话，他刚刚听了小叔说的施念家的事有些没缓过来，到了厨房，手臂支在灶台上盯着一锅泡在凉水里的面条发呆。

他是真没想到施念家还出过这种事。倒不是说他觉得这事有没有可能发生，各种各样不幸的事总会在任何时候降临在任何家庭中，没有什么不可能，而是他从施念的性格判断，他不会觉得她曾经历过那样的事，只能说她家里人把她保护得还是挺好的。

但是想到这里，反而让他从胸腔到腹部一阵酸涩地痛。

被保护得好，难道不是一件好事吗？他想不明白自己为什么会有这样大的反应。

屋里小叔放下遥控器，喊郁谋过去八卦，退一步海阔天空："一个也行。那这一个好看吗？"

少年回到餐桌，椅子略微有点高，他弓着背就着桌子继续吃面："好看。"没下文了。

小叔觉得没劲，追问："就一句好看完事了？你还中考状元呢，状元语文这么差？还是说压根儿不好看，你虚荣才说人家好看的？"

小叔使用激将法，前两句不管用，后一句成功了。

郁谋想了下："还能怎么好看？好看就是好看啊，眉毛是眉毛，眼睛是眼睛，越看越好看，而且可白了，睫毛这样儿的。"说着，他放下筷子，用手指在眼睛前面比了个卷儿。这还是他今天才发现的，发现人家姑娘的睫毛是翘上去的，看他时忽闪忽闪的，弄得他的心也一会儿上，一会儿下。

这还没完，他继续说："个子不高不矮，嗯，一米六五，到我这儿，瘦瘦的，脸却鼓。"他比画了一下肩膀，说着说着他停住，意识到给的信息有点多，况且小叔还认识施念，于是开始找补，"不到一米六五，一米六出头吧，脸也没有太鼓。"试图模糊一下。

"可以可以。"小叔点头，"人怎么样？"

"可爱，可爱之外还有那么一股劲儿。说内向吧也不是，说开朗吧也不是，但总之一点也不死板。她老背着人偷偷笑，笑就笑呗，还要憋着，可逗。"郁谋一时半会儿想不出别的很准确的形容词。想背句古诗出来，什么"垆边人似月"之类的，又觉得在这语境下有点酸文假醋。

自己这侄子来之后就寡言少语，装冷酷，现在满眼带笑地叽里咕噜说这么多，小叔琢磨出味儿了："明白了，你也喜欢她。"

郁谋愣住，最后一口面不上不下，呛了一口，起身找抽纸。

"一般吧。"他咳嗽着说。

"喜欢就是喜欢，不喜欢就是不喜欢，什么叫一般？"小叔露出玩味的笑容，一副过来人的样子。

"一般的意思就是，我不告诉你。"郁谋吃完起身去厨房洗碗。

爷爷家是老式家属楼，哪里都小小的，小叔看着郁谋这冷漠的背影，进厨房前还碰了冰箱上的八仙过海花瓶一下，给他乐得不行。小子，跟这儿装什么啊。

郁谋就着水池洗锅洗碗，小叔端着空碗进来，撂进水池。郁谋侧头，看见小叔抱臂靠在厨房的推拉门框上似笑非笑。

郁谋正用手掏下水口堵着的西红柿皮呢，他看小叔那样，于是先发制人："小叔，以后你做菜，这种直接扔垃圾桶，不然堵住了我还得掏。"

小叔话里带话："这不给你练习机会呢嘛，以后你去你老丈人家洗碗，就那个喜欢你的睫毛卷卷儿家，也得掏这些。"

郁谋抿唇，不愿和他斗嘴。

小叔直接切入正题："哎，我问你。像你这情况，都保送了，你老师应该不管这些了吧？"

郁谋用手臂蹭了一下溅到下巴上的水："老师不管我，那我也不能耽误人家啊。噢，你是有大学上了，人家还要好好学习呢。再说了，我同学都不知道保送这事。"

也就个别老师知道，包括校长、唐华，还有鄂有乾。他当初进学校提的要求就是不想告诉同学，想像其他同学那样好好度过正常的高中三年。老师们当然也愿意配合，毕竟有这么一保送生在同学堆里会影响军心。

小叔点头，伸出手拍郁谋的后背："确实。不错，我侄子是个有责任心的男人。"

郁谋被小叔这一拍，头直接撞到橱柜上，意识到小叔刚给他挖了个坑，他就直挺挺往下跳。

小叔逗他："唉，不能谈恋爱，青春就这么荒废了，可惜。"

郁谋瞥他："你想什么呢！"

随后郁谋想起什么，看着小叔："保送这事你别到处说，尤其是院里的人。"

小叔觉得没劲："我跟谁说去啊，我都不怎么出门。"

郁谋不相信，还看着他，一双眸子黑沉沉的。

小叔说："哎呀，放心！你怎么跟你爷爷似的。"然后摆着手出厨房，"对了，你一会儿洗完碗洗完澡记得关掉热水器啊，不然你爷爷又要叨叨。"

2007年9月末，经过国家集训队以及大学入学资格考试，郁谋拿到Q大预录取保送通知。同年10月中旬，他进入了彤城一中高中部普通五班读书，搬去了爷爷家同爷爷和小叔一起生活。

爷爷家浴室小，才三平方米，淋浴头装得不高，郁谋得略微弯腰就着洗。他洗头时，眼睛一闭，小施念坐在他家凳子上两腿悬空抹眼泪吃桃子的样子立马就蹿进脑海里了，吓得他赶忙睁眼，结果洗发香波顺着流下来，进了眼睛。

他暗骂一声去揉眼睛，结果苦了吧唧的泡沫又进了嘴里。等他把沫子都吐出来，喷头里的水开始变温，随后变凉。破热水器总是时好时坏，估计没热水了。

少年在冷水里匆匆忙忙将自己冲干净，拉开浴帘，扯了条毛巾裹住下身。

因为浴室里温度不高，洗手台前的镜子没有太多雾气。郁谋看了眼镜子，自己的膀子被冷水激得发红。他抬起胳膊，除了看到隆起的肌肉小线条，还看到那上面一层细小的鸡皮疙瘩，随后他想到今天施念的头发隔着校服搭在了这上面。光是想象，那种被触碰的感觉就又回来了。大概是身处浴室里这样的狭小空间，他的思绪开始肆无忌惮，小白人被牢牢地锁在脑海里，小灰人在叫嚣：郁谋，你承认吧，你再一次进普通班可不是为了什么早下学打篮球这种鬼扯的理由。

正当郁谋面对镜子目光放空时，楼下传来贺然的喊声："施念！我妈做了四喜丸子！问你要不要！要几个！"

第三章

天才但喜怒无常的少年

Lagou Baizhang
Ybainian Buzubian

1

施念家分的这套房其实不能算是两居室，按现在的规格只能算一居。老的家属楼没有客厅，两间卧室中间是厕所，进门餐客厅一体，是个小正方形，只够摆下一张餐桌，右手边是细长条形的厨房。

院里的房子除了文斯斯家是大户型，其他大多是这个户型。文斯斯爷爷以前是纺织院的院长，住干部单元，干部单元的房都是大三居，除了房间宽敞，连房顶都高很多。施念想起来，今天郁谋进的也是干部单元。

池小萍在市药品检验局的实验室工作，每天白天穿着白大褂在实验室里用烧瓶，晚上回家倒酱油的手势都不带变的。施念最喜欢的时刻就是晚上妈妈回家做饭，她搬个小马扎坐在厨房门口和妈妈讲一天学校发生了什么。

厨房太小了，所以没有安装抽油烟机。这在大院里并不罕见，很多户人家都把灶台放在阳台窗边，炒菜时开窗，风灌进来，把菜味带出去，这样全院基本都知道你家今晚吃什么了。

贺然给施念打电话打了三遍都没人接，那会儿施念正坐在厨房大声同妈妈聊天，手机放在卧室充电。贺然见电话打不通，干脆下楼大声喊，那一嗓子直接把施念喊得从马扎上弹了起来。

"哎——"她答应，急急忙忙跑到窗前和池小萍挤着，对着纱窗回答，"等下，我下楼啊！"

施念换上鞋开门时，池小萍从冷冻室里拿出一盒包好的春卷："给那个谁拿去。"

池小萍不擅长记人名，院里这几个和施念同龄的小朋友的名字，她花了十几年也没记住，每次一说起，就说那个谁。但施念每次都能知道她说的那个谁是哪个谁。

大院中央一半是自行车棚，一半是小花园。小时候几个孩子骑小三轮围着花坛转圈，现在小花坛变成了他们集会的地点。

贺然蹲在高高的花圃台子上，手里拿着手机。见施念下来，他跳着蹭下去，站起身。他刚训练完回家，外面穿着无袖的篮球服，里面是黑色长袖紧身衣，风一吹，外面宽松的篮球服贴在身上，勾勒出男孩子的身板。这个年龄的男孩子，只要不胖，都给人一种又壮又薄的复杂感，既肩宽高大，又有点摇摇欲坠。

"打你三个电话不接，还得我出来叫你。"贺然手揣兜，见施念走到跟前，伸出一只手抓球一样抓她头顶，"你看我能把你脑袋盖住。哇，你脑袋好圆。"

刚训练完，他看什么都像篮球，都想抓一抓。

施念裹着明黄色的珊瑚绒睡衣和棉鞋下来的，整个人显得圆圆滚滚的，领子上还挂着两个绒线球。她看贺然穿这么少，推着他往他家单元门走："你这么扛造啊，走走走！我妈说四个就够了，都吃不完，然后这是给你的。"她将塑料袋交给贺然。

池小萍不怎么会做肉菜，每次贺然妈妈李春玲炖了肉，就派贺然来问池小萍家要多少。池小萍则喜欢包各种带馅儿的，饺子啊春卷啊什么的，包了就让施念给贺然家送去，礼尚往来。

贺然打开塑料袋："什么啊？"

施念头探过去："新包的春卷，这边就是普通的馅儿，这边是芋头馅儿的，我妈自己蒸的荔浦芋头碾碎，还加了点炼乳，煎了以后和外面买的没两样，甜甜的，可好吃了。"

贺然撇嘴："甜春卷能好吃吗？女人是不是都喜欢吃甜的？"

施念瞪他："你不爱吃李阿姨爱吃，有本事你别吃，这辈子都别吃甜的。"

贺然觉得施念生气特搞笑，放的狠话也跟小孩儿过家家似的，都是什么"有本事你这辈子都别怎么怎么样"，以为能威胁到他，其实一点也起不到威慑作用。这辈子除了吃喝拉撒睡他必须得做，其他的都可以不做。这辈子别吃甜的，OK 啊，他觉得没什么问题。

但他不能那样撑，那样撑太没有格局了，他有气施念的技巧。

男孩子嬉皮笑脸地说反话："我没这本事，也没这么高远的志气，行了吧？"

果不其然，他看见施念气得脸鼓了起来，她听出了他话语中的反讽意味。

他玩她领子上挂着的绒线球，施念"唑"了一声，把他手打掉："有病啊？再给我揪掉了！"

正在这时，两人身后传来动静。

二人转身，看见不远处郁谋戴着耳机，眉宇间神色疏淡，下来扔垃圾。

郁谋从浴室出来时差点滑倒，他揪了条大短裤穿上，上身穿着抓绒白色连帽卫衣，上下半身明显不是一个季节的。

他在厨房里逡巡，看有什么东西可以拿给施念的，结果就只看见晚饭剩下的半盆卤。总不能给她舀一碗卤吧，太奇怪了。

然后他看见了垃圾桶。

少年弯下身系垃圾袋，小叔路过，说："明天再倒吧，不差这一晚上。"

郁谋冷静回答："有西红柿皮，不倒容易生果蝇。"

小叔挑眉："一晚上，不至于，现在天冷。"

郁谋没理，头发梢还滴着水，就急急忙忙去门口穿鞋。他出门时还犹豫了一下，从书包里掏出 MP3 揣在了兜里。压根儿没开音乐，但他把耳机挂上了，要显得自己是听着歌顺手下来倒垃圾的，什么都没听见。虽然他知道没人在乎这种细节，但他自己在乎。

贺然看见郁谋时愣了一下，两个男生原地不动遥遥看着，连姿势都差不多——手揣兜，肩膀展着，后背微驼。

贺然指郁谋："他……"

施念把他胳膊打下来："别指了，就是郁谋。他现在来和他爷爷还有叔叔一起住。"

"噢！"贺然实在是吃惊，冲郁谋笑，小跑几步过去捶他肩，"你站在这院子里，怎么看怎么奇怪，像微服私访来的。"

说实话，施念也有这感觉，因为郁谋看着好"新"。她知道这形容很诡异，但这么新的郁谋站在这么旧的院子里，就是好奇怪，他和整个院子里的楼、人、树，以及每一块砖都显得格格不入。可以说，郁谋的到来，是这十几年一成不变的大院里唯一的新鲜事物了。

"你要不要来我家打会儿游戏？傅辽也在。大家都在。"贺然邀约道，然后根本没等郁谋回答，扯着他的袖子把他拽到了单元门前，胳膊立马架到人家肩膀上，"走吧走吧，一起走吧，去我家。我还没吃饭呢，饿死我了。"

两个男生在前面走着，狭小的楼道里一下子就没位置了。

施念在后面气喘吁吁地跟着，她的棉鞋有点不跟脚："你俩站一块儿，像黑白无常。"

贺然一身黑，郁谋一身白，底下都穿着短裤，露出小腿。打篮球的男生跟腱修长，脚踝线条流畅好看。

施念却没欣赏二人的小腿，反而是在想这俩人谁的腿毛比较长。

经她比较，二人不分伯仲！

贺然家住最高层，五层，到了第四层，楼道全黑。

贺然回头和施念说："这层灯坏了，你小心点儿，刚文斯斯差点摔一跟头。"

施念嘟囔："你们楼这层的灯压根儿就没好过吧，次次来次次是坏的。"

郁谋心念一动，次次来……

到了第五层，贺然敲门："妈！开门！"

李春玲系着围裙来开门。

贺然大大方方介绍："妈，这是郁谋，就我跟你说的，我们初中的状元，他爷爷和叔叔住这儿。"

"来来来，快进来。哎哟，冷不冷呀？我就说，现在的男孩子都不怕冷，这都冬天了还穿短裤。我刚还说然然呢。"李春玲看见郁谋也穿着短裤，边拍他后背边叨叨，"学习好啊，状元啊，早听然然说过你，说一中有个学神，走楼道里脑袋上都放光。"

"妈！你别叫我小名！"贺然抗议。

施念在后面笑出声，也跟进门："哈哈哈，阿姨好！"她补充道，"阿姨，我和您说，贺然现在有了英文名，叫莫妮卡！"

李春玲看施念的眼神满是笑："谁给起的？还挺好听。"

文斯斯和许沐子大笑，她们冲郁谋打招呼，冲贺然则是："莫妮卡回来啦？"

贺然家的餐厅摆了一张小方桌，和客厅的隔断就是一米宽的架子，架子上放着几个飞机模型。

郁谋进来，看见沙发上的文斯斯和许沐子都穿着施念同款珊瑚绒睡衣，只不过文斯斯的是粉色的，许沐子的是深蓝的。

贺然率先吐槽："你们这睡衣丑得太统一了，一个明黄，一个亮粉，就许沐子的颜色能看。"

文斯斯慢条斯理地剥橘子："本来就是一个早市买的。睡衣舒服就行，你管好不好看呢。"

许沐子站起身："我这个是男款，说女款没有我这个号。"

傅辽坐在贺然家地板上，正对着电视打游戏，手柄按得啪啪响。他抽空转头看门口，看见郁谋，惊了一下，控制的小人立马被干掉。

施念就跟来自己家了似的，找了块垫子过来也坐在地板上，看傅辽打游戏。她在旁边眼巴巴地说："你这把打完给我打啊，我着急回家。"

傅辽"嗯嗯"敷衍，点了开始，重新开了一把。

贺然默不作声地走过来，拿起另一个手柄递给施念，直接按了下游戏机上的键，紧接着，屏幕跳出"退出"字眼。

傅辽大叫："哎哥，我这把还没打完哪！"

贺然蹲着给施念换她要玩的极品飞车的卡带，说："你没听人家着急回家啊？"

傅辽抗议："对啊，我打完换她打，我这不还没打完吗，你怎么给我退了！"

贺然回头笑："你现在这不是打完了嘛。"

傅辽将手柄一摔："靠……靠山山倒，靠人人没。"他立马反应过来贺然妈妈还在旁边。

屏幕再次亮起，贺然揪着傅辽去餐桌。路过施念时，他看她盘腿坐在垫子上，眼睛盯着电视的样子太乖了，尤其还穿着睡衣，没忍住摸了一下她的头顶。施念这次没抗议，因为她的注意力都在屏幕上了，她要抓紧时间玩一把，然后回家吃饭。

餐桌那边，郁谋把 MP3 摘下来，明明白白看见了贺然摸施念的头顶，也清清楚楚看见了贺然嘴角浮起的笑容，更确确实实地看见施念没躲也没吭声。

贺然这笑痞了吧唧的，挺碍眼。

贺然没事儿人一样，立马从荡漾的小表情转换成对男生的那种大大咧咧，招呼郁谋和傅辽："坐，站着干吗？你别管其他人啊，她们就是来我家遛食儿的。"

李春玲说："我给你仨盛饭，盛完我就走，不耽误你们学习。"

贺然冲郁谋说："一会儿你就在我家吧，我们几个打会儿游戏就写作业，我妈在旁边有家棋牌室，得通宵看店。我爸夜班，也不回来。家里就咱们几个。"

郁谋犹豫了一下："作业我写完了。"他又冲厨房说，"谢谢阿姨，我吃过了。"

文斯斯腾一下站起来："你全写完了？我的天！那我有题想问你，我现在回家拿卷子！等我啊！"说着便趿拉着棉鞋跑去门口。

李春玲觉得这个学习好的孩子说话怎么听怎么好听，她笑眯眯地看着郁谋："就吃一碗，阿姨做的饭可好吃了。小伙子长身体，永远都吃不饱，吃过还能吃！"

然后她转头问施念："我儿媳妇不吃啊？"

郁谋微微侧头，扫了一眼施念。

施念玩得专注，没反驳这称谓，也皆因李阿姨总这么喊，有时候喊她"我大闺女"，有时候喊她"我儿媳妇"，不当真的。

她说："阿姨，我一会儿回家吃，我妈还等我呢。"

贺然夹了一个四喜丸子到碗里，说李春玲："妈，你别管她了，她晚上吃得比猫还少，咱家这大碗能给她吃顶着。"

李春玲擦擦手："好，那我走了啊，你们该干什么干什么。念念别忘了拿丸子。"

施念抽空回头："阿姨再见！"

饭桌上只剩三个男生，傅辽边吃饭边看施念玩的游戏屏幕。贺然干脆端着饭过去坐地上看。许沐子把书包拿来了，此时正窝在小茶几前写语文卷子。

施念全神贯注地按手柄，所有操作一气呵成。这种游戏力道和角度大一点车就会失控，但她的手特别稳，一点失误都没有，弯道超车、漂移、踩油门、氮气加速……

她余光看见贺然来了，随口问道："你信不信这把我还能刷新纪录？"

贺然扒拉着米饭看了看左上角的秒数："这把悬。不过分数也够好了。"

施念拿着手柄时的气质和平时很不同，有种霸王之气。

她听贺然质疑，"喊"了一声："那你好好看着，可别眨眼。"

傅辽和郁谋聊："我跟你说，你一定想不到。"他压低声音，略带些神圣，"施念玩游戏一绝，甭管什么游戏，我和贺然都打不过她。"

2

傅辽话一说完，立马就精准地捕捉到了郁谋的某种情绪。

"哇郁谋，你这什么表情？我和你说，真别不服气。当时贺然和我讲的时候，我脸上的表情和你一模一样，最后还不是被施念'教做人'。"傅辽捶了下郁谋的后背，"真的，别不信邪。"

郁谋顿了下，心想：我有表露出什么吗？

他刚刚正在努力咀嚼一块被他误认为是笋丁的生姜，或许是皱了下眉，被傅辽当成了不屑。

不过说真的，他的确不相信。这倒不是出于"女孩子怎么可能玩得好游戏"的偏见，他相信施念玩得好，刚刚他看了几眼，确实操控很厉害，手又快又稳，但他不认为自己会被"教做人"。他对自己有足够的信心，可以说他学习不好，但不能说他打游戏不好，这是男生的基本尊严。

贺然家的这个游戏机有些年头了，郁谋初中时和一班张达他们周末去街边小卖部玩过。那种小卖店，明面上卖杂货，实际上走进去有一个个小黑屋，得管老板要钥匙开门。小黑屋里摆着电视机和小板凳，一个小时八块钱，什么都有玩，格斗、策略、开车……不过主要还是踢实况足球。

后来郁谋就不怎么去了，一是里面空气不好，但凡哪个屋子有人抽烟就会熏得不行，熏个把小时脑子就开始发涨。

二是去这种店经常被老师抓住然后通报批评，他倒不怕，但是张达他们怕，所以他们都是跑到别的学校门口玩，一来一回特耽误时间，有次还差点和别的学校的学生打起来。

三是主要原因，现在他们都基本上改玩电脑游戏，不怎么玩这种游戏机了。

但不玩不代表不会玩，好久不玩不代表玩得不好，但凡他上手练练，把手感找回来，真不信他能输。

郁谋把生姜咽下去，试图显得平静："哦，是吗？"

那边贺然回来夹菜，继续激他："是'妈'？我还是'爸'呢。谋谋啊，你还是太年轻了，没有见过真正的高山。"

到此，郁谋意识到，原来傅辽和贺然在合伙拉他下水，而且意图非常明显，就是想看他出丑，让他也输得一败涂地，这样三人才算是有了真正的共患难经历。

呵。

正当郁谋缓缓放下饭碗，揪了揪手指指节打算活动一下时，施念喊了一声："我说什么来着，我就是这个游戏的神！"

她兴冲冲地指着电视机，看向他们几个，眼里放光。

电视屏幕上显示"刷新个人最好成绩"。

贺然端着碗站着吃饭，给她捧臭脚："真刷新了？厉害厉害。"

施念撑着地起身，右脚点地，脸上带着那种试图低调但失败的笑意："脚麻了。话说我又发现了一个技巧，你记不记得我之前告诉过你漂移后车头回正要立马氮气加速，现在我发现车头没回正前就应该氮气加速，这个时机和角度非常微妙，稍微掌握不好车就容易飞出去，但是一旦掌握了时间就能再缩短……哎不说了，走了走了，我得回家了。"

她一边说着回家了，一边还拨动手柄反复看自己的数据，恋恋不舍。

傅辽叫她："施念，郁谋表示不服。"

郁谋说："倒是没有不服，不过可以切磋一下。"

大概因为傅辽的提醒，还有郁谋的出声，施念才意识到郁谋也还在这里。她飞速回头看了一眼郁谋，又把眼神别开。

"改天吧。"施念抬头看了眼电视机上方的挂钟，"真的该回家了。"

有点勉强自己和郁谋熟络起来的意味，但她的语气明显没有刚刚那么嚣张了。

傅辽叹了口气："没劲。"

贺然说："原来你也有怕的时候。"

施念本来都退出界面了，听这话那劲儿又上来了。她想了想，又点进去，调出一个中等难度的路线地图，对郁谋说："这样吧，你什么时候把这个地图的分数刷到和我一样，我就跟你比。"

她又补充道："你要是想玩别的也行，只要我会的，我都能跟你玩。"

郁谋摇头："不用，就极品飞车吧，反正单机游戏都差不多。"

施念拿起饭桌上李春玲给她盛好的丸子饭盒站在门口，眉宇间神采飞扬，这神情看得郁谋有一瞬间的愣怔。女孩子脸上的表情很生动，即使穿着厚重的珊瑚绒棉衣，脚踩大棉鞋，都无法掩盖那种气焰。

但这光芒只一下就被她收敛起来。她背过身去拧门把手："不欺负小男孩好多年了，你先把分数刷上去，不然我怕再把谁气哭。"

"我走啦，大家拜拜。"施念一秒钟恢复乖巧的样子，轻轻把防盗门关上。

过了十几秒，四楼那里传来"扑通"一声，刚刚还气焰嚣张的女孩子"哎哟"一声。

贺然冲过去开门，对着黑漆漆的楼道问："没事儿吧？"

施念拍拍膝盖："没事，绊了一跤。关门吧！"

门再关上时，贺然耸肩："估计是在四楼那个台阶摔的。"

三个男生有一瞬间的安静。那种"事了拂衣去，深藏身与名"的气质被这么一打岔，显得有些滑稽。他们怔缓了会儿才又想起施念刚刚放出的话。

傅辽猛拍郁谋的后背，看热闹不嫌事大："这你能忍？也太狂了吧！"

郁谋想了下："她说她怕再把谁气哭，是什么意思？"

贺然老老实实坐回座位，用咳嗽声掩盖尴尬，卡住傅辽的脖子："不许说啊。"

许沐子本来正写文言文翻译呢，闻言"扑哧"一笑，眼睛都没抬，说道："之前有一年暑假，就是前几年吧，贺然他爸刚给他弄回这台机器。就这两块料，外加施斐。"她用笔杆指贺然和傅辽，"和施念打格斗车轮战，谁输换人。结果玩了一下午，施念没输过。三人轮番上，最后贺然还哭鼻子了，气得。你敢信吗？"

这是初中时候的事。那会儿贺然刚开始长个子，终于比施念个头高了，那段时候他就特别得意，成天拐弯抹角说施念小矮子，结果玩游戏被施念按在地上摩擦。一米七几的男孩子，窝在沙发里一边流鼻涕一边拉过手柄："不服，再来！"

施念说："再来多少次你也是输啊。"

贺然气得捶胸口，那里堵得慌。

打游戏总输的这种委屈实在难以形容，可以跻身委屈排行榜第一，比李春玲揍他还让人委屈。尤其是后来心态崩了，他眼角带泪时被施念嘲讽。

女孩子冲他笑："哟，哭了啊？"

他擤鼻涕，嘟囔："没哭。你才哭了。"

施念故意气他："我没哭啊，我一直赢我哭什么？"

贺然将脸埋垫子里，后背起伏。好气啊，气得人牙痒痒，这个女孩子说话怎么这么气人？

施念憋笑说："那我让让你，我放水行了吧？别哭了，小朋友。"

贺然大声说："都说了我没哭！还有，不许让我！我看你就是侮辱我！侮辱我……呜呜呜……"

最后实在没绷住，他奔回屋子里，锁上门，在屋里沉默了一下午。后来听李春玲说，从来就没见贺然主动写过作业，结果那天晚上他竟然气得摊开练习册开始写暑假作业了。看来是真气，把脑子气糊涂了。

那天之后，贺然开始在这方面对施念心服口服，还给她起了一个封号：南三里街道游戏之王。

很久以后，火影更新到忍界大战篇，Xbox 里也有了火影格斗游戏，他用火影里斑对凯说话的语气对她说："我贺然愿称你为最强。"

施念慢悠悠地说："你搞搞清楚，人家斑那样说，是上位者的语气，因为他最后打败了凯，你可从没赢过我呢。"

贺然一口气又噎在了那里。

贺然此时默不作声，一个劲儿扒拉饭，往事被许沐子重提，他也觉得有点丢人。

其实在那之后，他在心里仔细盘算了两件事。

其一是他要把施念吹成神，这样他败在神的手下就显得没有那么菜。

其二是他以后要把施念变成媳妇儿。不能赢她，那就和她成为一伙人，输给媳妇儿似乎也就没那么丢人了。以后再说"我媳妇儿特厉害"，他也能跟着沾光。

文斯斯背着书包回来时，除了郁谋，其他三人正挤在饭桌上写作业。而郁谋坐在沙发上神情严肃地打游戏，嘴唇抿成一条线。

三人有问题了便喊："郁谋，我这题不会，你这把打完给我讲一下。"

郁谋便说："好，稍等。"

文斯斯踹了一脚贺然的凳子："给我腾个地儿。"她问，"郁谋怎么了？"

贺然转着笔嘿嘿笑："又疯一个。"

文斯斯转头看许沐子，许沐子说："学神想刷新施念的纪录，玩了几次发现有点难。"

郁谋在那边很严谨地纠正："不难，我可以，但是需要一些时间……嗯，这手柄不太顺手。"

文斯斯压低声音："这就已经开始给自己找理由了？"

傅辽作业翻面："可不是吗？"

3

早上的时候，啄木鸟还是没叫，幸好施念长记性，定了个闹钟。

她刷牙的时候趴窗台上去看，看半天没看见个所以然。也是，她既不知道它有没有在这棵树上做窝，也不知道它是不是只有这一棵树可以啄。她长长久久地受它恩惠，却对它一无所知。它这一走，她一点办法也没有，也没什么可抱怨的。

　　窗台凉丝丝的，施念嘴里的泡沫滴了一滴到上面，她低头抹掉，然后看见郁谋从他家单元门走出，走向她家单元门的身影。

　　她叼着牙刷，心脏有那么一瞬坠下去。等心跳重新开始时，她扒在纱窗上往下看，少年的身影已经不见了。也许他只是走向这边去坐车，她这样猜。可是他起得好早哦。

　　不知为何，她清楚地知道刚刚自己紧张不是因为期待。说真的，她有点不想和他独处。倒不是因为她觉得郁谋不好，反而是她觉得他太好了，她和他独处会非常有压力。有他在的地方，她总是下意识就端着劲儿，小心翼翼维持温柔、美好、娴静等虚假形象，就连和他讲话，声音都会下意识放低。

　　原因是什么呢？一是还不算熟，她没法同他打打闹闹开玩笑；二是她觉得他很像她姥姥家供着的观音菩萨。不是长相像，而是气质像。他往那里一站，她都不敢贴近，怕蹭到他的翅膀踩到他的光晕什么的。不对，菩萨没有翅膀，但总之就是那个意思：他身上没什么人气儿。

　　昨晚她和池小萍说起郁谋。池小萍这个脑子好像只记得住学习好的同学，对他们学校以前初中部的好学生如数家珍，一班的秦阮书啊，普通班的郁谋啊，甚至连他们中考考了多少分都记得清清楚楚。所以当她说"妈，你知道我们初中的郁谋现在就住咱们院子吗"时，池小萍立马反应过来："他爷爷不会是郁长柏吧？"

　　院里就这一个姓郁的老头。

　　施念说："他住6号单元门。"

　　池小萍："那就是了。郁爷爷你还有印象吗？是你姥姥的老领导。小时候对你可好了。"

施念点头，当然有印象，去他家时，他洗了个大桃子往她手里塞，平时在院里碰见还会背手弯腰做着夸张表情管她叫小念念……

他们家一说起这个郁爷爷，总会提他年轻时差点当了飞行员，后来去了纺织院，身高长相迷倒一堆院里的女同志。即使他现在成了老爷爷，施念还是依稀能看出他年轻时有多帅。

池小萍又说："郁谋来和他爷爷住啊？"

施念觉得池小萍不用"那个谁"指代郁谋真是稀奇，而且池小萍的表情更是令人玩味。每当池小萍挂上那种表情时，施念就知道妈妈一定知道一些八卦，或许还知道郁谋的母亲去世这件事。

施念"嗯"了一声，但没有问，虽然她知道池小萍在等她问"怎么啦"。她坐在小马扎上假装对自己的脚趾感兴趣，不吭声。也许是在学校里知道了郁谋的"秘密"，她对他生出一种怜爱。她想，失去母亲的小孩都好可怜啊。她小时候每次听《鲁冰花》都会哭，就是因为那句"夜夜想起妈妈的话，闪闪的泪光鲁冰花"。她哭的时候，贺然还会问："爷爷为什么想起妈妈的话，所以是太奶奶吗？"她觉得这一点也不好笑。

没想到，施念不问，池小萍竟然没有拉着她继续聊这个话题，而是去厨房又往她第二天要带的小饭兜里装了点吃的喝的，还嘱咐道："明天记得给郁谋也吃点！"

见施念看着自己，池小萍便捂着心口说："唉，小孩子也挺不容易的。你知道吗，当了妈的人就见不得这些，听到这些总会想，万一是我家念念遭遇这些事情呢？我这颗心哟……"而后立马把话题转到自己身上，"所以我要好好保养身体。哼，我要是有什么三长两短，我可真不敢指望你爸！"

施念下楼时开始哼歌。

她们这个单元二楼左边那户人家的儿子曾经因为高考落榜，在门框上上吊。这是她听大人说的，这事给她的心理阴影太深了，以至于都十六七岁了她上楼下楼都是用跑的。

老居民楼没有电梯，她爬楼梯时总害怕在拐角处看见门框上有什么人上吊，要么就是在她开门锁时有僵尸蹦上来。现在她还没下到二楼时就开始害怕了，一颗心怦怦跳，两个台阶两个台阶地往下蹦。

她哼伍佰的《挪威的森林》。这是施学进最爱的歌手，施学进告诉她，伍佰老师的歌邪祟不侵，用越塑料的普通话唱，唱出浪子的感觉，威力就越大。

所以"让我将你心儿摘下"，她大声唱成"浪我脏你心儿栽下"。

当她飞下最后一级台阶要往门外冲时，一个煞白瘦高的身影从扶手旁闪了出来："早上好。"

"啊啊啊！"她吓得栽了一跟头。

郁谋拉了她手里的小饭兜一把，连带着把她也拉直。

施念看清是郁谋，少年有非常深的黑眼圈。

"是你啊！"她说，仿佛声音大能给自己壮胆。

"是我。"郁谋回答，"怎么吓成这样？你以为是谁？"刚刚他还听她在唱歌。

"我以为是鬼。"施念心有余悸，下意识就想离他近一些，这样如果后面的鬼追上来还能犹豫一下抓她还是抓郁谋。

她拉住郁谋的校服袖子半推半搡地带他出门："快走快走。"

郁谋侧头看施念拉着自己的胳膊，感受到女孩子凑上来的热乎气像刚从蒸锅里拿出来的老玉米，头上还带着细须。本来昨晚熬了个通宵让他觉得心脏有点遭不住，一下一下在嗓子眼处跳，这下心跳直接停了……这也挨得太近了。

出门后，施念才把手放下来，压低声音给他解释："我和你说，我们楼之前有人上吊。"

二人往车站的方向走。

郁谋："哦？然后呢？"

"没然后，就是告诉你这个事。你不觉得很吓人吗？"光天化日下，施念觉得刚刚自己的反应有些滑稽，她胆子又大起来，"哎，你怎么在我们单元门待着？是等我吗？"她没说刚刚在楼上看到他的事。

郁谋此时脑子都是木的。出于本能，他想掩盖一下，于是说："不是。"总不能说不知道你什么时候下楼，于是来楼下干等着碰碰运气吧？

施念看着他，在等一个更详细的回答。不是等她，那他在那里站着干吗？

郁谋大脑里的齿轮嘎吱嘎吱吱动了一格，便卡住了。

实在太困了，编瞎话都编不出来，他只得放弃，改口："是等你。"说出来他觉得自己好蠢。

女孩眨巴了一下眼睛："等我干什么？"

郁谋："问你件事儿。"

施念带着他去车站，认认真真地说："这边走。什么事啊？"

郁谋压根儿就没想好要问什么事："嗯……上车再说。"

13路车来，施念刷了一下月票，又问郁谋："你自己有钱吗？"

郁谋"哦"了一声，从兜里掏出一堆块八毛的，找出一块钱，投了进去。

他看施念好奇，给她解释："我找贺然妈妈换的。"

施念想了想："你最好还是办张月票，这样不划算。或者你会骑车吗？男生不都愿意骑车上学吗？"

郁谋没接话，又拿出一块钱还给她："昨天的。"

施念不伸手："不用。"

因为一块钱，两人在晃晃悠悠的车厢里僵持了一会儿，施念觉得特别窘。

后来，郁谋干脆拿起她胸前挂着的月票小卡夹，这个泛黄僵硬的塑料卡夹打开很费劲，他一点点将一块钱塞进缝隙里。

等他完成这一步骤，发现施念正一动不动地看着他，眼神里有疑惑，也有审视。

施念看他，是因为意识到他这样坚持要还一块钱，是不是知道了她父亲欠人家几十万的事。院里就这么大点地儿，就这么些人、这么些事，他肯定早晚都会知道，或者说已经知道了。他会怎么想她呢？觉得她因为一块钱的事肯定一直惦记着，生怕他不还她吗？

她可没有这样想。其实恰恰相反，可能是因为父亲的事，她从来不管别人借钱，反而很乐意借钱给好朋友。她的零花钱、压岁钱基本都攒着，自己不怎么花，却很喜欢送文斯斯、许沐子她们礼物，这让她安心。

想到这里，她突然沉默下去，刚刚有人陪着一起坐车上学的开心也荡然无存。

她肯定不能问郁谋是不是知道她家的事了，只能装作没事人一样，强迫自己笑一笑："请客喝饮料就行了呀，不用特地还钱。"

她特意用市侩的语气说话："现在一瓶饮料怎么也要两块钱了？"她想装作大大咧咧，你看嘛，我是想占你便宜来着，你不给我这个机会。

两人站着，有点尴尬，所以都不说话。

郁谋将手伸进挂圈里，困劲儿上来了，他闭上眼睛。可眼睛一闭上，就开始想施念的眼神是什么意思。她对他好警惕啊，为什么呀？

车子一会儿停一会儿走，两人板板正正站着。因为刚刚的插曲，施念错过了自己的王之宝座。她试图像往日那样看看窗外的风景，可脑子里一团乱麻。

她不想，非常不想，特别不想在郁谋面前矮一截，出于自尊心，也出于她自己也说不上来的原因。

就在她暗自委屈时，身旁的少年远离她，在她陷入更加委屈之前，伸出手拉住她后背的书包带，带着她一起走："这边有座位。"

两人座，他让她进去靠窗。

少年神色严肃，一个笑都不愿意给她。他本来因为严重缺觉而有些烦躁，此时更是因为他不知道自己到底哪里得罪她了而感到费解。

他等她坐好，学她之前的语气："女孩子不都愿意靠窗吗？"

4

郁谋抢到的这个座位是车厢的右侧，施念很少坐这边。这边的风景对于她来说有点陌生，所以她现在强迫自己去数路边一共有几个早餐摊子。

而看到早餐摊子时，她想到自己的小饭兜里还有池小萍特地给她多带，让她分享给郁谋的零食，就更有一种说不出的难过。他连一块钱都要还给自己，说不定还瞧不上她家在福客隆超市买的小蛋糕呢！

公交车再起步，到了路口转弯，因为惯性车上站着的人拉着拉环，身体往左边倒，施念的身体也往郁谋那边倒。

她已经很努力地缩在窗边了，腿并拢，腰挺直，书包放在膝盖上，还另外腾出一只手握住前座的把手。可是校服裤子的面料太滑了，她清晰地感觉到自己在慢慢往郁谋那边滑。

郁谋呢，本来座位对他来说就有点窄，坐进去时身子是侧着的。两人在最后一排，不会有人经过，他刚把腿屈起转向过道，稍稍感觉好些，紧接着司机一个大转弯，整辆公交车几乎斜成了四十五度角。施念反应过来时，她的头已经"咚"撞在了郁谋的后背上。

这一下子，在施念看不到的地方，少年面向车厢另一侧瞪大了眼睛：真是奇怪的和好信号。

哎，这个司机的技术也真不赖。

郁谋的后背僵硬，一个激灵似的，所有困意都没了，这比一百个闹钟都管用。

他维持这个姿势不动，一秒钟被他掰成十秒钟过，脑海里一片空白，唯留所有的感官一起为后背服务。

只是非常寻常的、恰巧的、一瞬间的头靠后背，郁谋却在发散思维：以后，如果，只是说如果，面对面拥抱的时候，她这颗头会不会也这么鲁莽地撞上来？那我得帮她托着点。

这样想着，少年猛捶了自己的大腿一下，下定决心般，正常地、轻轻地、力图表现得平静地转过头看施念。既然司机都发话了，他也没理由装死，和一个女孩子怄什么气呢？

郁谋的思绪翻江倒海时，施念早就重新坐好。当她看到郁谋狠狠地捶他的腿时，她也瞪大眼睛，他这是在干吗？

再配合学神那扫过来的冷酷眼神，她实在没忍住，问道："你刚刚那一下，本来是准备打我的吗？"

郁谋愣住："不是……我打你干什么？"

在郁谋看来不能理解的事情，在施念看来其实是有一条严谨的逻辑链的。昨天他吃香蕉，因为不会撕皮，干脆"气急败坏"地用手指捅进去；刚刚两人陷入冷战，他"气急败坏"地拉她书包带；如今坐下，她不小心撞了他一下，他又"气急败坏"地捶自己大腿。

郁谋，一个天才但喜怒无常的少年，很想要和她划清界限，并且还会时不时露出意味不明的笑容。这是她目前给他的评价。

嗯，还要再加上一条，连一块钱都要推推搡搡的男孩子。

而关于"打"这个动作，显然施念说的打和郁谋想到的打是不一样的。施念想起贺然总说她"你知不知道自己倔起来有多气人！

气得人牙痒痒"，然后贺然就会嘴里配音"发射"，缓缓对她放出一个光波，说她要是在《龙珠》里，早就被他的气功轰出去十米远了。

郁谋想的则是男生之间的打，你捶我一下，我踹你一脚。那不真成打架了？况且他从来不打人，也没有暴力倾向。他妈妈有归他妈妈有，他的确没有。

施念直言不讳："因为咱们刚刚吵架了呗。"

郁谋内心里的那个小人开始坐立不安。啊？刚刚是在吵架吗？他以为只是她单方面因为不明原因生气，而他仅仅是困和疑惑。

他现在可一点不困了，聪明的大脑开始高速运转。他的智慧告诉他，此时不应该立刻反驳吵架这个她单方面下的定义，而是应该顺着她的话往下接。

"那我们现在和好了吗？"

施念扭头看窗外："没有。"

少年等了一会儿才又问道："那怎么才能和好啊？你可不可以给我一个提示，我很蠢。"

刚"认识"第二天就冷战，也真是够可以的。

施念想了想，低头去拉月票夹，从里面把郁谋还给她的一块钱重新拽出来，胡乱扔到他的腿上："这样的钱你不可以还。"因为很伤自尊。

说完，她又把头扭向窗户，留给郁谋的是一个后脑勺。

郁谋静静地看那被月票夹压得平平整整的一块钱，心却皱皱巴巴起来。他伸出手按住那一块钱，缓缓地重新塞回兜里。

原来是因为这个。

一些昨晚的、今早的，包括半梦半醒间所有有关她的杂七杂八的情绪和想法，在这一瞬间突然全部联系到了一起。

如果她说，一块钱不要还来还去，也许他还会继续不理解她为什么生气。

可是她说，这样的钱你不可以还。这样的钱是哪样的钱呢？他太懂了，这样的钱是把他当成朋友的钱，是小小不言却意义重大的钱，所以不可以还，还的话会伤她的心。

她似乎是那种需要从对别人的付出中获取安全感和尊严的人。

意识到这点以后，郁谋进而又意识到这个女孩子比他起初以为的样子要复杂许多，才不单单只是乖和内向……可他却发现自己并不讨厌这样的她，反而更激起他想要了解她的欲望。

但不是现在。

现在他很想逗她。

于是郁谋说："这一块钱是有点旧，我换张新一点的给你。或者钢镚儿可以吗？两个五毛你介意吗？"

如他所料，他看见施念深吸一口气，气哼哼地转过头瞪他："我不是这个意思！"

很好，至少转过头来了。他冲她笑，很没心没肺的那种浅笑，试图做到比她气他还要气人。

施念发现自己上了他的当，他是故意那样说的！

郁谋则指了指她的小饭兜："有吃的吗？我没吃早饭。"他伸手过去掏，掏出一个独立包装的小蛋糕，"我吃了啊？"

施念"哼"了一声，手摊开："那你先给钱。"

"你要多少？"郁谋撕开包装。

"一百万！"施念去抢郁谋手里的蛋糕，"不交钱不许吃！不许吃！"

郁谋手举高，就着高处赶忙咬了一口："先吃再补啊。"

"你学习这么好，人怎么这么幼稚啊！"施念抗议。

"一个蛋糕管我要一百万，你不幼稚？"郁谋笑眯眯的，三两口吃完蛋糕，把包装纸往兜里一塞，"得了，现在蛋糕死无对证，这钱我不给了。"

耍赖皮这种事虽然很久很久不干了，但捡起这个技能来还是得心应手的，谁叫他聪明呢？

施念本来气着，但听他说一个蛋糕一百万，也觉得自己这话幼稚得可笑。想了一下，她嘴角下意识上翘。

郁谋指了下她的脸蛋："笑了。"

陈述事实。

施念扭过头看窗外："我没笑。"

郁谋又去拉她放在膝盖上的小饭兜，拿出一盒牛奶来，自顾自插管开始喝。

施念"啐"了一声。

郁谋大言不惭："都是朋友了，前后桌，现在又和好了，这个给我打个折吧？五十万我可以接受。"

"五十万零一块。"施念板着脸说。

"成交！"少年眉眼带笑。

以前没发现，现在发现了，逗女生生气是件好有意思的事啊，怪不得贺然乐此不疲。

嗯，说到这里，郁谋才想起他刚刚本来要和她说什么——有关那个游戏。

"施念。"施念还冲着窗外，郁谋轻轻拉她的袖子，"你脖子不难受啊？"

施念还是没回头，趴在窗子上往后看。郁谋顺着她的姿势看向窗外。

一个穿着他们学校校服的男生，很胖，很壮，没穿鞋，脸上全是灰和土，书包挂在胳膊上，垂着头走在路边。

是施斐。

施念立马站起来，脸上所有的笑都不见了，急急忙忙推开郁谋：

"你先去学校吧！我下站要先下车！"

郁谋神色一凛，也随她站起来，喊司机："师傅，能停下吗？有急事。"同时，他护着她来到后门，"一起吧。"

第四章
顶天立地的姐姐

1

施斐低着头走路，书包不好好背，带子挂在胳膊肘那里，书包几乎拖到地。

周遭车水马龙，过往的行人偶尔会好奇地看看这个狼狈的胖男生一眼，只有一个站在路口抽烟的老大爷喊了他一声："孩子，出门忘穿鞋了？"

怎么可能忘记穿鞋呢？老大爷闲得和施斐开玩笑，可施斐却一点也笑不出来。他冲老大爷望了一眼，老大爷看见这个男孩子脏脏的脸，校服上全是灰，也不笑了。这一看就是被欺负了。

学校隔着两条街，走路七八分钟。家在身后，回家要十几分钟。

兜里有手机,最新款诺基亚,第一代触屏手机5800。他有三个选项,要么去学校,要么回家,要么打电话给爸妈或施念,可他一个也不想选。去学校丢人;回家,家里只有做饭阿姨;打电话给爸妈,他们大概率会让他自己解决,打了还不如不打;告诉施念……他不想让他姐觉得自己在赞助班过得不好。

除此之外,还有一些别别扭扭的隐晦情绪在里面。大人的世界对十六七岁的孩子开了道小缝,那些父母闲暇时的闲言碎语显然对他的判断产生了一些影响。

"你姐家欠了钱,咱家帮着垫了一半的钱,让他们不要着急还,实际上就是没指望他们还。咱家虽然说有点钱,小富,但钱也不是大风刮来的。你天天去他们家待着,别让他们以为咱还能支援他们更多的钱。你去他家吃住才花几个钱啊,而且就算是小学那几年一直在他们家吃住,我们每年给念念的压岁钱对比这些生活费绰绰有余。说不准人家还就牢牢记住了这份'恩情',觉得咱家掏钱是应该的。"

"你看看你这次中考,再看你姐的成绩。我不是挑拨离间啊,我觉得你叔叔婶婶肯定暗地里得意呢:你们家有钱怎么了,我们家欠钱怎么了,我家闺女不是照样比这个弟弟有出息?"

"都是小伙子了,还成天追着你姐屁股后面转,老是上赶着你姐家啊?你也不想想,你姐有主动找过你吗?"

……

正当施斐在这条街上漫无目的地走着时,他眼前出现了两双鞋。

"你鞋呢?谁弄的?"施念挡住他的去路。

"你别管,同学之间闹着玩的。"施斐不耐烦道,打算绕过她往前走。

相比施斐那小身板儿,施斐就像座小山。小山垂头丧气,不想多解释。小山往右走,施念往右挡;小山往左走,施念往左挡。直到后面有人按着自行车铃催促他俩不要挡道,郁谋拽着两人到了墙角边。

施念完全没理会施斐那恶劣态度，围着他转圈，帮他把身上的灰拍掉："闹着玩往你身上印大鞋印子？你当我傻啊？自己一个人可怜巴巴地在路上走，你是演戏呢还是要走去西天啊？干吗不打电话给我？"

施斐扭动身体不让她拍："你别动我。"

施念气得直接一个大巴掌拍他后背，然后她自己手疼半天。

拍这一下，施斐一点也不疼，但突然就开始委屈。刚被人把新鞋脱了揍一顿都没这时候委屈，眼泪吧嗒一颗落下来。为了不让施念和郁谋看见，施斐直接靠墙缓缓蹲下来，将头埋进膝盖："我自己走路摔的行吗？可不可以不要问了？"他声音闷闷的。

"走路能把鞋摔没了？"施念都要气笑了。她也蹲下来，正对着她这个弟弟——两百多斤，一米八几，蹲在墙角怄气的样子像个寺庙里的金刚大石礅子。

她去掰他，想把他的头从膝盖里掰出来，结果一使劲，掐了个指甲印在他的大脑袋上。

两人较了半天劲，最后施斐的脸被她硬生生掰出来。她捧着他那颗南瓜样的大头，男孩子眼睛眯成一道缝，眼泪顺着肉脸蛋滑下来，北风一吹脸上就发红，嘴里嘟嘟囔囔："你弄疼我了！你可不可以温柔一点！你这样以后都找不到男朋友！"

"跟你说对不起行了吧？"施念嘴上敷衍，转身从书包里翻纸巾。

郁谋则提前拿出一包纸递过去。施念接过来抽出一张，发现郁谋带的纸巾是维达的，厚厚软软，还印着哆啦A梦图案。她愣了一下，随后去帮施斐胡乱擦擦脸："你瞅瞅你瞅瞅，这么大人了还哭，还哭！别哭了！"施念又捶他胳膊一下。

被她一捶，施斐大声抽噎了一下："我就哭！谁规定我不能哭了？我这是被风吹的……他们欺负我，你也欺负我！你还打我！你是我姐吗？"随后冒了个巨大的鼻涕泡出来。

施念看他，他不服输地也瞅她，姐弟俩怒视对方。最后施念叹了口气，又拿出一张纸来堵住他的鼻孔："恶心死了，你自己擦，我可不帮你擦鼻涕。"

施斐哭了好一会儿，眼看着郁谋的一包纸要用光，施念把自己的纸巾塞了过去。施斐不想用她的，于是说："我只想用带哆啦A梦的，我要高级的。"

施念立马拍他脑袋一下："要求还那么多！"

施斐屁股撅地，脚往前一蹬，头别到一边开始生闷气。他觉得丢脸，觉得难过，更重要的是，他觉得施念的态度令他很委屈，凶巴巴的，好像这一切都是他的错一样。

他想着想着，泪水又开始往下滑，这次哭起来是憋着的那种哭，从嗓子眼到肺一阵阵抽痛。

施念看施斐这个样子，心里也酸酸的，可是架不住一阵阵来气。今天要不是她坐在平时不经常坐的位置，要不是她往窗外看，还发现不了施斐。以前两人感情那么好，有什么事情弟弟都跟自己唠叨，现在一个人光脚走大街上都不告诉自己。她不太明白为什么，是男生青春期叛逆吗？

施斐一个劲哭着，闹得施念的鼻子也开始发酸。她吸了一下鼻子，推推他胳膊："你跟我说谁欺负你，你们班的是吗？我早发现不对劲了。"

施斐把鼻涕抹在校服袖子上，闷声道："和你说，你是能帮我出头吗？"

施念说："我能啊，我告诉老师。"

男孩子"喊"了一声："就好像我不知道可以找老师一样。要是可以找老师解决，你以为我不愿意吗？你总是这样，老觉得自己聪明，把别人都当傻子。"

施念噎住，这前半句好像就事论事，后半句很明显是翻旧账。

她咬着牙根说："哦，那你说，我怎么'总'是这样了？你对我意见很大啊。我从小到大没罩着你吗？"

施斐转过头，吸着鼻涕气哼哼地说："幼儿园，那个谁抢我积木，我和你说了，你是怎么做的？"

施念回想了下："我不是帮你报仇了吗？他搭积木差一个房顶，那个房顶就是被我藏起来的。你还要我怎样？他比你都高，比你都胖，我难道上去硬碰硬揍他吗？"

施斐又说："好，那小学时我同桌用铅笔扎我胳膊，我找你，你又是怎么做的？"

施念很坦荡："我趁你同桌扫地的时候绊了他一个跟头。你是不满意吗？后来他还因为这事拿沙包砸我头呢，我说什么了吗？"

随后两人开始拿小时候的事一一对账。

施斐深吸气："好，你都对，你是姐姐，你对我哪儿哪儿都好，成了吧？"

施念也开始生气："不成。你说这话我很不开心，我明明就是对你很好！"

施斐眼泪又上来了："那你有没有想过，你所谓的帮我出头，从来都是治标不治本。你的那些方式就是幼儿园小孩才会用的！"

施念瞪大眼睛："可是我们当时本来就是幼儿园小孩啊！你有病啊？"

施斐嘴角缓缓往下撇，眼睛眨巴了几下，放出狠话："我就是有病！我真后悔，为什么贺然哥不是我亲哥！他比你强多了！他要是我哥，就没人敢欺负我！"

施念觉得自己的心被重击一下，这话简直太伤人了，太伤人太伤人了。她本来就能力有限，但已经在有限的能力里努力去做个顶天立地的姐姐了。施学进出事以后，她都假装自己很好，因为她知道她是姐姐，不想让施斐觉得她弱。

此时施念的眼睛也眨了眨，嘴角往下撇："你别以为只有你能哭！"她猛地站起来，丢下施斐和郁谋往学校走，大声说，"那你去找你贺然哥吧！"

郁谋本来插着兜背身站在一旁，不去看他俩，给他俩空间。现在情况急转直下，施念几乎是跑着往前走的，施斐则还坐在原地呜呜。

今早风大，郁谋看施念离去的背影都有些发抖，时不时还抬起胳膊擦眼睛。

郁谋皱着眉头看手表，拎起施念忘在原地的小饭兜，还顺便把施斐的书包扛起来。想去追女孩，又不能把施斐丢下。

他低头看施斐的脑瓜顶，随后点了点施斐的肩膀："先去学校吧，我找住宿生给你借双鞋。"

这话施斐听见了。因为施斐和郁谋不熟，于是止住哭，在寒风瑟瑟中点头，但没有立刻站起来。

郁谋伸出手，无奈地问："你自己起来，还是我拉你？"

施斐没去拉他的手，自己蹭着墙慢慢起身。

两个男孩子对视，郁谋把眼神别开，不想让施斐觉得难为情。

郁谋扛着几个包走在前面，施斐跟上去。

施斐走了几步后哭劲儿过去了，抽噎了几声，渐渐回归平静。他开始想其他的，试图和郁谋搭话，换了男生之间聊天的语气，一副无事发生的样子："郁谋，你现在是我姐的男朋友吗？"

郁谋平静地回答："不是啊。"

施斐"哦"了一声："那我看你俩一起上学。"

郁谋："我搬你姐那个院去了。"

"这样啊。"施斐说，"那就好。"

这句"那就好"成功地让郁谋又看了他一眼。这人刚刚还哭呢，现在说起八卦来又神采奕奕，挂着大鼻涕说道："哦，你刚来，可能不知道，贺然哥喜欢我姐。贺然你知道是谁吧？他一直让我帮忙盯着，我姐有什么动向我都得汇报给他，所以我才问你。"

郁谋面无表情地继续往前走，一副"和我无关，好无聊"的样子。

实际上，他很想把施斐的书包扔到马路中央去。

2

施念进校门时正好碰到从自行车上下来，准备推车进自行车棚的文斯斯和许沐子。

"施念！"文斯斯推着自行车追上来，"跟我们进去锁车！有事告诉你！"

自行车棚是细长形的，来得晚的话得往里面走好长才能看到空位。三个人走到最末尾，周围已经没什么人了。许沐子锁车时，施念看着她的车座椅发呆。

许沐子骑的是一辆黑红配色的山地车，28寸的，带变速，车把像山羊犄角，坐上去后背几乎和地面平行，蹬一下就能蹭出去老远，可酷了。施念一直想要一辆这样的自行车，曾经还骑上去试过，脚都碰不到地，太没安全感。再一问价格，小两千。这是许沐子篮球赛拿MVP后家里给买的。

文斯斯的自行车是女士26寸的，浅蓝色，白筐，是她上初中那年家里给买的，当时也要八百多。天气好的时候，就可以看到文斯斯的爷爷拎着水桶和抹布在院里给孙女擦自行车，所以这辆小蓝一直崭新，一点锈都没有。

施念梦到过自己也有一辆自行车。她梦里其实想要过好多东西，自行车算是出现频率高的。除此之外，还有施斐的GBA游戏机，贺然的Xbox，这些东西有的贵，有的不贵，即便如此，哪一样她都很难开口问妈妈要。

文斯斯是不太能理解的："想要的话就跟你妈妈说啊，有那么难吗？"

"难得很！"施念深沉叹息。

施念其实也不能理解文斯斯她们俩，她实在不清楚，她俩是怎么开口问父母要东西的。她们好勇敢啊。

这种"要"在她看来并不只是说"妈，我想要这个"这么简单的，应该还包含漫长的心理上的自我说服过程。

她先要鼓好久好久的勇气，然后挑一个合适的时间，换上一种非常自然的态度，才能和池小萍提要求。

之所以会这样，大概是因为池小萍从小就教育施念："出门去商场，小孩子不可以主动要东西。家长可以给你买，但你不能要。你主动要的，但凡表现出一丁点这个倾向，我都不会给你买。"

更不要提寻死觅活、满地打滚要东西这种行为了，施念每每在外面看见其他家小孩子这个样子，心里都替他们感到害怕：你们这样会被揍得很惨啊！快别打滚了！

不仅如此，池小萍还会旁敲侧击地给施念灌输真正的乖小孩应该有的模样。

她下班后会给施念讲同事小孩各种各样的八卦。

"那个谁谁谁，竟然放学以后自己去逛街，看上一件羽绒服，打电话叫她妈来结账。我和你说，这种孩子以后不会有出息的，这么小就知道要这要那，可怕！"

这种事情听多了，可不可怕施念不知道，但她看着池小萍的表情，听着池小萍的语气，会从心里生出一种烦躁。她既屈从于从小到大被驯服出来的本能，迫切地给母亲表忠心，"妈，你放心，我不会那样的"，又隐隐觉得这种暗示她真的听够了。她听池小萍的描述，那个同事的闺女看上的是一件长长的、蓬松带毛毛的白色羽绒服，说实在的，她也觉得那样的羽绒服很好看啊。如果可以的话，她也真的很想要……但是乖小孩不可以主动要东西……知道了知道了……她只是偷偷想想，想想也不可以吗？

不可以。

有喜欢的东西，清晰地表达出来，主动去争取，这是不被允许的，而是要默默地、偷偷地暗自期待别人会给自己。如果别人不给，那就断绝这个念想，不要提，永远都不可以自己开口。

施念也会疑惑，这就是"乖"吗？这样对乖的定义未免也太一刀切了。可十六岁的她很难再往更深层次去怀疑，怀疑这是身为家长在教育上的惰懒，她只会觉得"乖"好累哦。

这样的"乖"好像是夸奖，实际上是负担。做个"乖"小孩的代价是自己天天难受。但从小到大都是这么过来的，她似乎也对已经成了型的自己感到无能为力，进而觉得说不定这就是自己的意愿。自己已经被从外界、从内里，由别人、由自己，完完全全地驯化了。很多在别人看来自然而然的事情，就算打死她也做不出来。

就比如想要一辆专门属于自己的、新的、最最喜欢的自行车，好难。

她家其实不是没有自行车，但她一直搭公交车是因为家里那辆自行车太丑了。那辆自行车是池小萍的，一辆粉不粉、棕不棕的女士自行车，车筐、车把、车杠、车蹬全是锈，蹬起来嘎吱嘎吱响。后轮还有点弯，池小萍却说那不碍事。

她曾在中考出分后有过一次尝试。这个时间点她掐算得非常巧，既不会使池小萍觉得她是依仗自己还不错的中考分数要东西，又赶在池小萍对她考得不错的满意劲儿完完全全消失前。

当时她坐在小马扎上，深吸好几口气，状似无意地提要求："妈，我想骑车上学，和文斯斯、许沐子她们一起。"

池小萍用锅铲指了指门口："骑啊，我这辆给你骑。"

施念静了一会儿，再次鼓起勇气："我想买一辆新的。"她又抬声补充，"用我自己的钱！我有攒下来的压岁钱。"

池小萍眼神古怪地看了施念一眼，什么都还没说，施念的勇气便消失殆尽，她甚至都替池小萍想好说什么了，譬如：小小年纪就嫌弃家里的东西了？你的压岁钱还不是爸妈之前给出去的人情？家里有还要买，你当家长赚钱很容易啊？小孩子不可以攀比……

一想到这些，她的头便大了，于是她赶紧说："算了！没事，我就随便说说的。"

这是她有且仅有的一次尝试，以失败告终。

许沐子看施念怪怪的，以为她还觊觎自己的自行车，拿装着篮球的兜子轻轻砸她屁股："你发什么呆呢？"

三个人并排往教学楼走，文斯斯将手伸进施念的臂弯里："哎对了，刚刚路上我和沐子还在说呢，话说你昨天有没有看咱们学校的贴吧？"

施念还在想自行车的事。她想啊，自己对池小萍忠心耿耿却没换来一辆喜欢的自行车，还总被怀疑自己是不是叛逆了，是不是学坏了。这不就跟自己对施斐关爱有加却被他说"你还不如贺然，我要贺然当我哥"一样吗？自己怎么这么惨啊？

许沐子又拿篮球兜子砸她屁股一下："你到底有没有在听？"

施念停住："什么？"

文斯斯："昨天贴吧有人发了一个有关你的帖子。"

施念换了个语气："什么？！"

她又解释："我没看，我妈晚上不让我看电视和上网。帖子说我什么了？"

许沐子笑得贼兮兮的："别紧张，夸你的。"

施念更紧张了："千万别，夸我什么了？"

啊啊！她要抓狂了，怕什么来什么，她最怕出风头。

文斯斯掏出手机，调出网页："其实也没啥，底下个位数回复。你自己看吧，昨晚我和沐子都笑疯了。"

楼主：有人知道昨天早上带操站中间的女生叫什么，是哪个班的吗？挺可爱的，想认识。

A：我以为就我发现了呢。脸一直是红的，还老笑。

B：高一（5）班的施念，以前也是一中的。

楼主：有男朋友了吗？

B：回楼上，据我所知啊，没有。

楼主：想追。

C：她一直都很可爱啊，哈哈哈，每天带好多零食，过年还会给大家写贺卡！

文斯斯没骗人，果然没什么回复，而且也没热度，已经被刷到很后面几页了。

施念看完，脖子都红了，满脸发烫，指着那个"C"问她俩："这人是你俩谁？"

许沐子举手："我。"

施念抱住她的篮球反砸她："你凑什么热闹？"

许沐子笑着躲开："一直潜水，终于有一个我认识的人了，凑凑热闹呗。你急什么，就这小帖子，分分钟不见，不会怎样的。你又不是咱们年级什么风云人物，还没我有名呢。"

文斯斯补充："对，也没我有名。贴吧里和我有关的帖子都有五个呢，见怪不怪了。"

说着，施念又点进帖子，想把那几个除了许沐子以外留言的 ID 细细推敲一下，尤其那个"B"。可她刷新，发现才一会儿的工夫，这个帖子又多了一条回复。

艾弗森是神：回楼上几个，施念有男朋友了，别惦记了，是 5 班的贺然，个子高，人又帅，对她又好又专一，了解一下，谢谢。

三颗头挤在手机屏幕前，面面相觑。

这 ID，这语气，三人不用猜也知道是谁——就是贺然那个"二百五"。

施念雄赳赳气昂昂进班时，贺然和傅辽在座位上吃鸡蛋灌饼，一股子味儿。

贺然把手机放在跟前，正用没有沾到油的小拇指点着键盘傻乐。见施念进来，他赶忙把手机丢到桌斗里去了。

"哟。"他打招呼，云淡风轻，心情挺好。

"哟你个头。"施念"咣"的一声把书包往椅子上一放。

她在质问他之前，其实惊异了一下，今天他俩竟然没迟到。

她一天当中对第二个人说了同样的话：

"你有病啊？快把评论删了！"

3

傅辽本来转过身和贺然一起瞧手机呢，贺然回复的评论他也看到了，他刚还说："然哥，你这么回，施念看见肯定得揍你。"

贺然当时是这么说的："揍呗！她从小不会别的招儿，一是揍，二是掐，完后就是告诉我妈，我都习惯了。"

两人对着嘿嘿直乐。

此时施念站着，傅辽赶紧把鸡蛋灌饼塞嘴里，转回身双手捂住耳朵嘴里开始背课文，实际上手稍稍抬起来了些，支着耳朵听两人吵架。这两人吵架太逗了，他当家庭情景喜剧听。

教室后墙有一溜儿的挂钩，贺然此时双手挂在挂钩上，前椅子腿悬着，一晃一晃地仰头问施念："什么评论啊？"

施念看郁谋的位子是空的，她便把郁谋的椅子拉开，站在贺然面前，居高临下，压低声音："你说什么评论？别装傻！"

贺然摇头："我不删。"他晃啊晃，一副欠打的样子。

施念瞪他，他就冲她笑，生怕她不揍他。

施念是真的着急，贴吧里大家都穿着马甲，啥都敢说。她知道学校老师也会潜水浏览贴吧，所以特别怕班主任或是年级组长知道了，然后告诉她妈妈。就她那屁大点胆子，哪敢早恋啊，这要是被看见了就太冤枉了。

所以她也不跟贺然废话，直接蹲下去掏他的桌斗，翻手机。

贺然桌斗里东西又多又杂，她一边翻，贺然一边俯身在她旁边做思想工作："其实我这是帮你。你看啊，万一那个人真来追你，你还得花工夫拒绝。我这是当你的挡箭牌呢，你应该付我出场费。"

施念恨不得将他桌斗里的东西全倒出来："我真谢谢您了，我、不、需、要！而且你不回就行了，你一回又把这个帖子顶到第一页，我看你就是害我。"

手机终于翻出来，她按了半天屏幕提示要解锁，她把手机放在贺然面前："解锁。"

贺然："你猜我密码是多少？猜对了就给你删。"

施念坐在郁谋座位上开始按，先是按了贺然的生日，失败，随后猜了他手机后四位，也失败……试了差不多十次，最后猜班级加学号，还没按呢，手机便被贺然捏过去："算了，别试了，你是猪脑子，再试您再把我手机锁死了。"

他咧开一嘴白牙："看好咯。"一个数字一个数字在她面前按。

0825。

是施念生日。

成功解锁，贺然坦坦荡荡地把手机推回到她面前："浏览器你知道怎么开吧？"

施念垂眼，发现他手机屏幕的壁纸竟然是她坐着生无可恋吃香蕉的那张照片。

照片里她好丑，因为是抓拍，一只眼睛竟然还是闭着的，又因为是俯视，显得她人好矮，脸好大。

施念愣住了，手机就在眼前，但她突然有点不敢碰那个手机。密码、壁纸，都和她有关……

她其实有仔细考虑过贺然对她到底是什么感情这件事，甚至还和文斯斯、许沐子她们两个探讨过。当时她们得出的结论是贺然这种小男孩就是幼稚和欠。

许沐子是贺然打不过的人，无论身高、力气，还是篮球，贺然从小就干不过许沐子。人家可是四岁上公交车就得买票的小姑娘，贺然见了她绕道走，更不要提逗她了，直接一巴掌就把他扇晕。

文斯斯呢，爷爷之前是纺织院的院长，虽然已经退休了，在院里人家也都"老院长"或"老领导"地叫。她妈妈经常出国，给她带衣服带玩具带各种东西。现在这些都不稀奇了，可千禧年前后用这些可都洋气得很。文斯斯本人也洋气，一直都走在同龄人的时尚最前沿。不光如此，她还长了一张天生就是当班长的脸，这是一种很难形容的气质，看到她那张脸，总感觉下一秒她就会把你的名字记在黑板上。一般男生遇见文斯斯都会感到自卑，所以即使有人暗恋她，也都是偷偷地，根本不敢造次。

施念，既没有许沐子的体格，也没有院长爷爷给撑腰，在她看来，贺然之所以老招她，就是因为他们两家都是普通职工家庭，加上她没什么个性，蔫蔫的。非要逗一个人，那肯定选她啊。

这是她们之前的结论。

施念并不认为贺然有多喜欢她，那只是他自己的错觉，只不过他还没有意识到而已。他们几个因为上一辈的原因，又恰巧在同一年诞生在同一个大院里，一起长大，一起学习，一起玩。等贺然成年了、上大学了、工作了、情感开蒙了、见过世面了，也就不会觉得全世界只有一个叫施念的小女孩了。那时他会喜欢可漂亮可洋气的主流女孩子，去用成熟的方式追逐超级优秀的人，才不会一会儿揪人家辫子，一会儿给人家起外号的，也根本不会再把她放在眼里——至少她是这么想的。

可现在……

她神色复杂地看着贺然。她有点害怕，对"他也许真的喜欢我"这件事感到害怕。她不是害怕他这个人本身，而是害怕"喜欢"这种情感。

在她看来，喜欢和爱，都是披着美好外衣的恶魔，所以她一直很逃避这个问题，甚至对这类情感嗤之以鼻。

大概是因为父母的原因，她见过相爱的两个人似乎都没什么错，但就是因为一件事情导致信任破碎，最后撕破脸皮的过程。因为爱而在一起，但爱不是长久的，而是脆弱易变的，会变成一厢情愿和自以为是，会变成猜忌和怨怼，会变成失望和绝望。这简直太可怕了。

而这一切当中最最可怕的，是他们经历过幸福，又陷入深渊，从此再没办法感到真正的开心。

这绝对是诅咒。

这……还不如不爱呢，太累了。

十六七岁的施念总觉得自己以后不会和谁谈恋爱，也不会结婚，因为那真是自找苦吃。真正的聪明人就是赚好多好多钱，然后谁也不喜欢。

如果人生是一场游戏的话，这才是游戏最优解，而她最擅长玩游戏了。

故而在施念这里，谁喜欢谁这样的事情，就和她非常不想要出风头这件事一样，是她疲于面对的。倒不是说她有多么高的觉悟，或是有多不食人间烟火，而是她害怕。

他可千万别是认真的……拜托拜托。

她害怕贺然的手机锁屏密码0825，害怕贺然的屏幕壁纸是她的照片，也害怕此时此刻笑着看她的少年——他的眼神里写满了毫不掩饰的嚣张。如果眼神会说话的话，那这眼神肯定是在说：呀，被发现了？真不错，我压根儿就没想藏着掖着！

贺然趴在桌上侧头看施念，眼神直勾勾的，一点也不尴尬。可他即使再厚脸皮，也能发现施念此时的不自在。女孩子坐在座位上一动不动，眼神躲闪，带了点惊惶，沉默地尴尬着。少年眼神一黯，随后眨眨眼，语气里全是嘲笑："哇，你这是什么表情？8月25日是宋丹丹老师的生日，那是我偶像！你不会真以为我把你生日当密码吧？笨蛋！"

8月25日的确是宋丹丹老师的生日，那也是贺然之前闲得没事就在网上搜施念的生日，然后几乎把所有和她同月同日的名人记下来的缘故。他对这些人爱屋及乌。嘿。

贺然又指着壁纸说："这照片太搞笑了，你不觉得吗？"

施念嘟囔："不觉得。你赶紧把它换掉。"

贺然装作不以为意："等我觉得不好笑了再换。"

施念点开帖子时，贺然突然说："你这么一删，不是此地无银三百两吗？本来没什么，这下别人肯定以为有什么了。"

女孩的手指顿住："那怎么办？"

贺然轻轻巧巧地拿过手机，语气里带了点意味不明的冷淡："不回不就行了，这个帖子已经掉到很后面了。你还真以为别人都盯着这个看啊？也就你自己。这条总共也就个位数回复，没人看的。"

施念坐回自己座位时还是止不住地担忧。也许贺然说得没错，这种事情除了她本人，根本没人在意。她在年级里默默无名，也根本就没人真的会喜欢她，只不过是和她有关，她把这个帖子无限放大了而已。大家都只会关注和自己有关的事情，然后觉得这事不值一提。

道理是这个道理，可她的一颗心还是忽上忽下的，思忖最坏情况，发散到被请家长，被池小萍批评，被……

她此时此刻这么烦躁和担忧，都是贺然害的。早上和施斐吵架，自己这个姐姐的地位岌岌可危，也有贺然的原因。贺然带施斐打球，带他打游戏，认识贺然大概是一件在男生堆里非常有面子的事吧？相比之下，她这个姐姐就非常没用。

文斯斯带着大家早读，施念将语文课本摊开，糊里糊涂地跟着读，脑子里却是乱七八糟的想法。姐弟吵架其实很正常，他俩从小到大也经常吵架，都是因为一些小事。可今早这种对人不对事的吵架还是头一回，这令她难过和失落。

郁谋找认识的住宿生同学借了一双鞋。

施斐正要穿时，郁谋把自己的鞋脱下来给他："你穿我的，我穿他的。"

施斐"哦"了一声。

两人换好鞋后，郁谋犹豫了一下，还是给他解释："因为我和他熟，你和我熟，所以给你穿我的。"他怕施斐觉得被那个住宿生同学嫌弃才不给自己穿。

　　男生之间其实不用说谁嫌弃谁什么的，基本不会往那处想。可他从刚刚施斐和施念吵架中感觉出，施念这个弟弟心思挺细腻的，怕对方多想。

　　施斐闷头"嗯"了声。

　　说实在的，他都有点麻木了。来自同龄人的轻蔑和来自长辈不经意的嘲笑一直伴随着他。郁谋能给他找鞋他已经很感激了，而刚刚郁谋又专门给他解释，竟令他有点想哭。

　　郁谋进教室时，施念双眼发直，像没看到他一样。

　　而贺然则望着黑板上方的国旗发呆，见郁谋来了，眼神才收回来。

　　"你猜怎么着，刚刚唐华都惊呆了。"贺然跟郁谋汇报，"我和傅辽头一回没迟到，还把所有作业都交了，唐华一开始不相信，以为我们是抄的，挨页检查。哈哈哈，我俩站旁边一点儿不带怕的，太有面儿了。你真应该看看唐华当时的表情，太逗了！"

　　他拍郁谋的肩膀："哥们儿，以后欢迎你天天来我家打游戏。我家大门常打开。"

　　昨晚郁谋在贺然家打游戏打到四点半，中途困了就把贺然和傅辽拎起来讲题，讲到他们明白为止。而郁谋的脑子非常清醒，他俩想糊弄都不行。

　　郁谋坐下，贺然往郁谋这边挨过来时，膝盖不小心顶到桌子，撞得施念的椅子一晃。

　　"抱歉啊，不是故意的。"贺然大剌剌地说。

　　施念没回头，只是默默把椅子往前挪了挪，给郁谋和贺然腾出好大一截空位。

　　完全不是她平时的作风。

贺然一脸了然，还给郁谋小声解释："怄气呢。"

4

出操时，贺然难得没在队伍里讲话，几个男生凑一起聊 NBA 赛，贺然就老老实实站队伍末尾往前走。上操时，贺然和施念身边的男生换位置，他换好以后去拉施念的校服，刚"哎"了一声，结果施念立马和最末尾的许沐子换了位置。贺然本来就是从队伍最末换到队伍中间的，不能再调换了，只得黑着一张脸听其他班男生嘘他。

下操后，男生聚在操场上打球，分拨时人数不是双数，不好分，贺然直接就退出去："我看着就行。"

傅辽投进一个三分，学着加内特的庆祝动作使劲捶自己胸口。他看向贺然，发现贺然在篮球架下坐着，望着白云发呆，根本就没看见自己的精彩进球。他把球推给其他人，下场挨着贺然坐。

这时，另一边的郁谋换了张达上场，跑到场边喝水。

傅辽蹲着，用胳膊撞贺然："还想呢？"

贺然摇头，没说话，眉宇间是很少在他脸上见到的烦恼。

傅辽笑了："然哥，你安静的时候我害怕。你说几句话，快点。"

贺然"啐"了一声："你想让我说什么啊？"

郁谋咕嘟咕嘟喝完水，垂眼看了下贺然，随后拧好瓶盖用空瓶敲了下坐着的少年的脑袋。

贺然往边上蹭了蹭给郁谋腾地方，扬眉看他："你也不打了？"

"嗯，喘口气。"郁谋撑着地坐下。

三人挨一块看着篮球场内的热火朝天。

张达问郁谋："你上不上？"

郁谋摆手："你继续吧。"

郁谋从刚刚到现在一直以为贺然之所以低落，是因为施念为了施斐的事情和他生闷气。这让郁谋心里很复杂，而这复杂之中，倒是没有幸灾乐祸。郁谋不认为自己和贺然是"情敌"的关系，觉得自己对于施念仅仅只是"额外在意"。

仅仅是他曾经体会过她扶着他手指的不经意的温柔，就一直记到现在；仅仅是因为他知道她喜欢他，所以对她产生的类似护犊子的情感。

小叔问他学校有没有人喜欢自己，他说就一个，其实他在撒谎。初中好多女生喜欢他，施念只是其中一个。但他对她额外在意，有一部分原因是他发现她是她们当中唯一没有任何表示的，不仅没有表示，还躲着他。他都替她着急，这人怎么那么木呢？

郁谋好像一直是个很早熟的人。从小在母亲的反复无常和暴躁中夹缝生存，因此练就了察言观色的本事。他知道人们一句话、一个表情背后的意思，也知道自己说什么话做什么事可以为自己谋得好感。和很多智商高但天性单纯的人相比，郁谋擅长伪装、隐忍和理解，但这并不代表他就是个自私自利的小人。他认为自己这些不能算作坦荡的本事也只是为求活得轻松，本质上他是清高和骄傲的，所以虽然有无数次他很看不惯贺然对施念那种明目张胆地"据为己有"的自信，但也不想看到两人因为这种事情别别扭扭。他不愿把贺然放在对立面，还因为他觉得贺然这人不赖，直率仗义，只是有点蠢罢了。

他评价自己的童年是悲戚且孤独的，战战兢兢，小心翼翼，所以他很羡慕他们从小到大的友谊。这份羡慕使得他不可能，也不愿意去挑拨离间。

当然，他也不屑这样做。

于是郁谋说了句："其实这事和你没有关系，不必太纠结。"

贺然转头看郁谋："嗯？你也知道了？"

郁谋点头："不就早上那事吗？"

早上施念和施斐吵架的事。

贺然说："对。唉……其实我也不知道自己是怎么想的，一时冲动吧，现在也觉得自己好像是有点过分。虽然是出于好心，但也应该考虑一下人家女孩子的感受。"

在说贴吧那事。

郁谋觉得有些奇怪。一时冲动？带人打球可以用"一时冲动"来形容吗？

傅辽插话："然哥什么时候觉悟这么高了？"

贺然踹他："滚，我一直觉悟都很高！"又转头继续和郁谋说，"所以你真的觉得我实际上没做错什么，是吗？"

郁谋沉吟："哦……嗯。就像你说的，你也只是想帮忙，你是出于好意。"

贺然带施斐玩，无论如何不能算是他的错，帮理不帮亲。

贺然拍郁谋的肩膀："对啊！所以我在纠结要不要删掉。"

郁谋心想：因为这事就删施斐吗？不至于吧？

"不删，干吗删？这是他俩的问题，本质上你只是导火索。"

贺然觉得郁谋说得有道理，这事是发帖和跟帖那两个傻子的问题，他只是导火索。

贺然问郁谋："那你说我用不用特地去道个歉？"

郁谋语气肯定："不用！她可以自己消化。这是她自己的事，等她想通了自然不会怪你。"

贺然被他的语气鼓舞了："好。"

傅辽有些犹疑地看着面容坚定的两人，悻悻道："想不到学神是个这么刚的人。你这么理智，我感觉以后谁做了你女朋友会好惨。"

贺然换上了过来人的语气："是啊。话说回来，郁谋你大概没有和女生打交道的经验。得哄着，你懂吗？这是我教你的，你好好记着。你就是太实诚了。"

傅辽表示同意："郁谋，你是拿贺然当朋友，所以站在他那一边。说实话，这事我觉得然哥有点鲁莽，也是有错的，道歉不冤。"

郁谋心里疑惑更胜，带着施斐玩就是"鲁莽"吗？那他还帮施斐找鞋穿呢，那不是更鲁莽？奇怪。

他实在没忍住，问傅辽："哪里鲁莽了？"

傅辽瞪大眼："这还不鲁莽吗？要我说，不回不就行了，没必要去留言，没事找事。"

郁谋意识到不对劲："回什么？"

贺然掏出兜里的手机，把帖子甩给郁谋看："你不是知道吗，还问回什么，那你以为我们是在说什么？"

郁谋静静地看完帖子，神色逐渐变得凝重。

他后悔了，他觉得自己刚刚就是个傻子。这人吧，有时候就是不能当好人。

贺然推他："那你刚刚是在说什么？"

郁谋觉得操场上空气稀薄，他有点呼吸不畅，深吸了好几口气才些微缓过劲。他看见施斐在操场边沿蹲着，犹犹豫豫不敢过来，便指了指施斐。

贺然直接一嗓子："嘿！"

施斐站起身遥遥看着他们仨，然后一晃一晃走过来，郁谋的鞋不太合脚。

傅辽看他的鞋："小胖，你的限量版呢？"

施斐一屁股坐下，气喘吁吁："柳荫公园的某棵树上。"

傅辽不解："什么意思？臭显摆被人盯上了？"

施斐有点尴尬地挠挠头："我没臭显摆，他们就是看我不顺眼。对了贺然，昨天下学我去找你，你怎么不在？"

贺然说："我昨天放学训练啊，然后还被拉去写检讨。"

施斐"哦"了一声，沉默。

贺然："问这个干什么？"

"没什么。"施斐说。

三人都不信没什么，一齐盯过来，施斐这才说："昨天我和我们班那几个说，我能带他们和你们一起打球，然后又没找见你人。"

学校里，男生打球也是江湖。一共六个篮球框，郁谋、昌缨、贺然、张达他们几个固定用一个篮球框。虽然不是谁制定的规矩，但男生都默认谁和谁是一拨儿的，外来的人想硬加入就会显得臊眉耷眼的。

贺然一直带施斐玩，但贺然不在时，施斐就不敢加入。昨天施斐和班上男生吹牛，说可以带他们一起，结果去了5班发现贺然不在，傅辽也不在，外加上班上男生本来就看他穿限量版新鞋的那个嘚瑟劲儿不顺眼。

"所以他们就把你鞋扔树上去了？"贺然又看施斐的校服，"那你校服怎么回事？他们还打你了？那些臭小子，等着，放学我去你们班。"

施斐着急："别，他们倒是没打我。我们班一男生好像是认识沿河沿儿中学的人，今天我在路上走，三四个穿沿河沿儿中学校服的男生找我，把我鞋扒了。我感觉我们班男生也挺聪明的，不自己来，搞得我也没证据。"

郁谋问："那鞋呢？抢劫的话，超过一定金额就可以报警，你那鞋得有小三千吧？"

施斐摇头："鞋是给扔到公园河边的树上了。现在不是冬天了嘛，水都干了，他们让我爬树自己找，踹了我一脚，我没站稳，掉河沟里去了。

"对了，你们谁放学陪我去趟公园，我的鞋还在树上挂着呢。姐夫你来吗？"施斐无比自然地喊贺然。

结果贺然和郁谋同时回答："来。"

第五章

拉 钩 的 承 诺

1

郁谋回答完，贺然、施斐，还有傅辽同时用怪异的眼神望着他，空气有那么一瞬的凝滞。

而后郁谋面不改色地又接了一句："来。"顺带着把施斐拽过去，"来，我帮你再把身上的灰拍拍。"好像他最初的那句"来"不是回应施斐，而是招呼施斐过去。

傅辽嘀嘀咕咕："吓我一跳。"

四个人盯着篮球场内看，各怀心思。

下操后的大课间有十五分钟，对于男生来说是天堂一般的存在。

看了会儿，施斐突生感慨："要是我能替我姐选未来姐夫就好了。我要选个厉害的，哪儿哪儿都好的。"

贺然挺直了背。

郁谋不动声色地听着，垂头，用手指在塑胶操场上画出一条白道道来，甚至嘴角还挂上笑意。

施斐说："如果我可以选，那我选……选科比！要是科比是我姐夫就好了！"

说着，他重重地砸了下地："真的，我经常幻想，要是科比是我姐夫，那我们班那些男生肯定天天巴着我，我还能不用排队就买到球鞋！多好！"

他话刚一说完，贺然捶了他脑袋一下："你脑子是不是有病？"

郁谋直接在塑胶操场上抠出个印子，笑意收起。

"平时白疼你了！你怎么不嫁给科比呢？你嫁给科比，人家更巴着你！"贺然指着施斐的额头说。

施斐捂着脑袋："我说实话嘛。你们几个能有科比牛？你们不在，人家照样找我碴儿。"

傅辽说："你这块头，能一屁股坐死我，但凡硬气一点也不至于这样，还赖上我们了。"

施斐摇头，很多话憋在嘴边说不出来。他面前的这三个男孩子不会懂，因为他们三个是幸运的，所以不能体会。

因为集体缺觉，一上午，三个男生都在瞌睡中度过。但是三人一起趴桌上睡觉，任课老师只叫贺然和傅辽，根本不管郁谋。

郁谋一上午醒醒睡睡，一个梦做得断断续续。他个子高，趴在桌子上头基本就挨到边沿了，施念的发梢在他的鼻尖上扫来扫去。她又扎着不高不低的马尾，用绿色带白点点的头绳绑着。她的头发很顺，发丝又细又软，有种绒绒的质感，到了末尾发棕发黄。

郁谋半梦半醒时，会努力和困倦做斗争，勉强睁开眼。棕黄色的头发尖悬在他眼睛上方，动一动，抖一抖，灵动中还带有洗发水的清香味。他很想伸出手攥住那个发梢，让它乖一点，不要动，不要干扰他睡觉。

但他显然并没有胆量去那样做。他没办法像贺然一样，明目张胆地在肢体上捉弄施念，碰她的头发或点她的肩膀，即使她烦了还依然不收手。他怕自己动一下，就让女孩将身子倾到前面去，于是就一直维持一个姿势不动，就连呼吸都试图像吹一根羽毛那样变得轻和慢。

他觉得这样小心翼翼的自己并不常见。从小被揍到大，却并没有让他变成畏畏缩缩的性格，他的性子里，有一面继承了他母亲的执拗。小学时有次他回家，进门时发现钥匙弄丢了，母亲因此扇了他一耳光，用衣架打到他半边身子几乎没了知觉。那时他一滴眼泪都没有掉，一句求饶的话都没有说，反而内心不停地和自己说：你没有错，即使是忘带钥匙，也不该被这样对待，错的是她，不是你。

是的，他是一个很少会"胆怯"的人。在大部分场合，他都可以做到游刃有余，可是面对施念，他总是会立马切换到另一种状态。这个状态下的自己，连呼吸变粗都会自我谴责。

他同时也清楚地知悉自己心底的欲望。好学生的外表下，实际是个再普通不过的青春期躁动的男生，不会比贺然那小子好多少。

另一面，他在窃喜。

在母亲给过他的所有有用的和没用的教导中，他对一个原则印象深刻。母亲说，有教养的人，不会在得到一样东西后立马使用，而是要等那种会令自己失态的激动过去后再用，比如买了新衣服，要等到新鲜劲儿过去后穿；买了好吃的，要等馋劲儿过去后再吃……

当然，这个原则可并没有被教导说可以用在人的身上。

但他是郁谋，向来擅长融会贯通。在他看来，这个原则用在人的身上没有半点问题。他知道施念喜欢他，真巧，他也不反感她。

那么作为一个有教养、有风度的人，他不会立马去使用这份"喜欢"。他要磨着自己的性子等，将一份期待拉长到足以对她负责任的年纪。这个过程有一种自虐般的爽感，心痒痒，又要自持。从初中开始，每挨过一天，他就会在最终奖赏自己的筹码上加上一个待办事项。他对这样成熟的自己感到十分满意，成熟的人值得奖赏。

成熟的人在做梦时也会稍有懈怠。

所有棕黄、浅绿、清香，还有想象中的触感，都会被他带到一段又一段梦境中。他的梦境像蜻蜓的眼睛，有无数碎片折射着他从别人那里听来的有关施念的事情。

昨晚他们聚在一起写作业，聊到施念玩游戏。他们说她妈妈管她管得非常严，周末不让用电脑，周中不让看电视，出趟门要再三报备，即使是去给同学过生日，也得下午七点前回家。他们还说，她妈妈之所以这样，是因为她爸爸。

讲到这里，大家都不说话了。文斯斯岔开话题，大家也都开始装傻。

早上郁谋好奇，问小叔："施念的爸爸是个什么样的人？"

小叔说："家道中落的二世祖。这不是贬义，他没出事前，全院的小孩子都喜欢他，管他叫帅气叔叔。"

"面皮白，皮肤好，一双杏眼，男生女相，文质彬彬的，讲话细声细气，像是之前文工团的。说话也逗，会讲故事，特别会哄小孩儿。他在全院出名，不仅仅是因为一副好皮相，还因为他特别会打牌。其实不光打牌，凡是跟数字啊逻辑啊挂边的，都玩得好，几条街的象棋摊子没有老头儿下得过他。"小叔用手指点点脑袋，"说白了，就是脑子好使，记忆力好。脑子好的人都不屑作弊，所以他后来出事，我觉得就是被人冤枉的。

"几个南方来的大老板攒了个牌局，听说他打牌好，请他去炒气氛。陪玩嘛，陪大老板打开心了，给介绍生意做。说好了哄人家玩，结果牌桌上几句话不对付，他看有钱人不顺眼了，心想自己家以前也不是没见过世面的，于是就开始局局赢，还是赢那种大的，连赢三个晚上，大老板不开心了。"

"后来呢？"郁谋问。

"这么说好像我在现场似的。实际上我也是听人说的，说是牌桌掀了，让人捆着，翻袖口衣兜，什么都没翻出来，还非要说他出老千。几个晚上的钱一算，让他翻倍赔，不赔就把他手指剁掉。说他出老千反正我是不信，因为我见过他打牌，打过两轮就知道谁手里有什么牌，都在脑子里，根本不需要出老千。你以为都跟电影一样，赌神呢？"

"那为什么不报警？"郁谋又问。

"所以说你还是小孩子，想事情天真。这能报警吗？逢年过节家里打麻将，一圈几块几十的，警察管不了，也不能算赌。人家那个牌局，几个晚上几十万，你去报警警察一抓抓一桌，全按赌博算。你说能报警吗？报不了。你说就是大家一起玩，谁信？灰色地带的事情，只能吃哑巴亏。"小叔熬夜写小说，给郁谋讲的时候直打哈欠，"大早上问这个干吗？我不和你说了，去睡了。出门记得把门锁上。"

郁谋看见施念时，还在想她爸的事。他想，施念不仅继承了她爸的杏眼，也许还继承了她爸在游戏上的天分，所以她妈妈管她跟管犯人一样。这种管教跟给一只霸王龙套上龟壳一样，没有说服力。

中午前的课间，唐华说让每组最后一个同学收一下之前补课通知的回执。补课在期中之后的周末开始，而期中考试就在下周。

郁谋那会儿已经醒了，只是还趴着醒觉。他听到唐华的话后，本来准备站起来，结果他感受到施念转头看了过来，立马把眼睛闭上，鼻息控制得恰到好处。

施念的视线在他的侧脸上停留了一会儿，判断这个睡男子肯定是没有听到老师的话，于是自己起身去收。

郁谋就这样闭着眼睛，听到她站起来，先去收前面人的，等啊等，她终于走回来了。一阵风扑面，她站在他身旁，视线落在他身上。他是能感受到的。郁谋觉得自己好像对施念的注视过敏，因为此时此刻他觉得自己脸颊处血液蹿上来了，幸好埋在胳膊下面。

"郁谋，你醒醒，收回执。"她轻轻推他手臂。

郁谋一动不动，女孩子动作好温柔，动作间还香香的，但他无暇去闻。他浑身紧绷着，哪里都僵硬。

2

郁谋虽然闭眼装睡，但是他大致能判断施念的动作。她先是俯身在他桌面上翻了翻，所有纸张都被他压着，她只好掀起一角一张张地找。

施念翻找的时候不经意低头，看见郁谋侧着脸。少年面庞澄净，嘴角微微扬起。

她好奇，他是做了什么梦，怎么还笑呢？有工夫在梦里笑没工夫起来拿回执，这人真是……

而后她又蹲下，从他的胳膊下面去掏桌斗。学神的桌斗实际上不比贺然整洁多少，甚至更乱。贺然的桌子里无非就是零食、饮料瓶，还有课本。郁谋的桌斗里有好多施念叫不上名字的装置，更夸张的是竟然还有一个小马达。她小心翼翼的，生怕把他那些"贵重"物品碰掉。

施念蹲在郁谋身侧时，郁谋缓缓地向下转头，透过胳膊圈起的洞悄悄看她。碎发遮眼，也给了他恰到好处的屏障。他黑漆漆的眸子注视女孩的脑瓜顶、额头，还有睫毛，从上至下。离得好近啊，他不经意地屏住呼吸，很奇特的感觉，每当她一挨近，即使不触碰到他，他都会从脖颈到后脑升起一种麻麻的感觉。

"施念，吃饭去吗？"许沐子拍着教室门喊道。

"去！稍等一下。"施念抬头，撞了郁谋的胳膊一下，正好撞到他的胳膊肘。

"哎哟……"她蹲着捂头。

少年身子一震，像是被吵到。他打了个哈欠，睡眼惺忪地就势醒来。他的头依旧枕在胳膊上，还像伸懒腰一样扭了扭脖子，关节发出僵硬的"咔咔"声，然后他转过来自然而然朝下看，由他胳膊圈出来的小小天地中，只有他们两个。

施念的眼神里写满了"谢天谢地，您老人家终于醒了"，而他充满倦意地笑了一下，一只手滑到她的头上被撞到的位置，轻轻地点了点，收回手时还趁机捏了下那根绿色头绳："没事吧？抱歉啊。"

只一瞬间，他的手就移开了。

郁谋干脆直起腰来，伸开双臂活动筋骨，声音带着刚睡醒的沙哑："什么事？"

施念本来蹲着就脚麻，老太太一样扶着膝盖缓缓起身。郁谋摸了摸她的头，她一个激灵，慌忙往后退，然后感觉脚后跟不稳，下意识抓住郁谋课桌的桌腿，整个人坐了个大屁墩儿。

"咣——哗啦啦——"郁谋的书桌被她拉得往后倒，书桌里所有的东西一股脑儿撞到了郁谋肚子下方的部位。

郁谋此时正张着手臂，以一种毫无防备的开放姿态承受了这一切。《体育周刊》，那个曾给贺然带来新外号的家伙，硬邦邦的棱角瞬间戳到要害。

彗星撞地球。

"呃……"少年闷哼一声，捂着下面闭上眼，热泪浮上来，一颗晶莹剔透的泪珠挂在眼角。

什么发圈、清香、酥麻……通通被疼痛支配。他觉得自己的灵魂在这一刻飞升了，心灵澄净无比，白色的小人在脑海里打坐。

郁谋将头狠狠砸向桌面，身体缩着，很无助，一时半会儿没法直起身，身下一亿条神经都在喊疼。果然，没忍住贸然出手是会被惩罚的。母亲的教导还是有点东西的。

施念被郁谋癫狂的举动吓呆了。她站起身，手伸在半空，却不敢碰学神，感觉他此时脆弱得像一株在风中摇曳的小花，肩膀都在抖。

"你、你还好吧？"

郁谋转头眯眼看这个罪魁祸首，声音嘶哑，气若游丝："要……死了……"

许沐子在催："干吗呢？怎么了？"

施念慌张到口不择言："快来看看吧！郁谋死了！"

贺然和傅辽也醒了。

"谁死了？谁死了？"傅辽回身，不小心猛地又撞了郁谋的桌子一下，小马达被弹飞。

脸埋在桌子上的学神又发出一声闷哼："呃……你……"

他似乎还嘟囔了一句骂人的话，但大家都没听清。

夕阳西下，四个男生沿着河堤走，去找挂鞋的那棵树。

这条河穿过柳荫公园，直到市郊。沿河沿儿中学的沿河，沿的就是这条河。

政府疏于管理，所谓的河其实空有堤岸没有水，只在下雨的时候才能积上薄薄的一层水。不下雨的时候，河道里都是干的，里面是各种垃圾。

贺然和傅辽都推着自行车，闲聊起来："郁谋，我记得你初中时都骑车上学。"

"对，之前骑。"

贺然："现在怎么不骑了？你要是骑的话，以后咱仨可以一起上下学。有车方便，周末还可以去远一点的篮球场打球。"

郁谋说："我车在我旧家，我爸那儿，要骑我得回去一趟拿车。哪个周末再说吧，暂时不太想回去。"

施斐："你爸家住哪儿？"

郁谋指了指东边："再往南去。"他说了一个小区名字。

傅辽："嚯，你家住那儿啊？我听我爸说那个小区可贵了。他不是开出租车嘛，经常接那个小区的活儿，都是跑机场的，一单赚一百多，他可喜欢去那里蹲点了。"

"买的时候并不贵，搬进去那会儿我还没上小学，也就这几年房价才起来。"郁谋回答，"不过确实好多做生意的喜欢买在那边。环境相对安静，而且上高速方便。你爸开出租？我记得贺然的父亲也是。"

贺然"嗯"了一声："你记性真好，说过一遍就记住了。我爸和他爸是一个出租公司的，而且两人共租一辆车，我爸开夜班，他爸白班，轮班倒。"

郁谋点头："这样是划算。"

傅辽说："对，现在出租车生意不好做，没以前赚钱了，两个人开一辆车，成本低一些。"

郁谋："我看你晚上去住贺然家。"

傅辽答道："我爸开白班，他睡觉特别浅，我晚上在家开灯写作业都会打扰他。反正我们两家熟，平时晚上我都去然哥家睡。"

施斐转头向郁谋："你家做什么的？我看你跟张达关系不错。"

郁谋："我爸做建材生意，和张达父亲是同行。我俩算是发小吧。"

施斐："哦，我爸是卖眼镜的。那你妈妈呢？"

郁谋："我妈去世了。"

其他三人集体沉默。

半晌，贺然将一颗石子踢下河道，拍郁谋的肩："抱歉啊，兄弟。"

郁谋笑了下："没什么。"

贺然岔开话题："记得我小时候跑河道里玩，捡回家一个废弃的针管，当宝似的，被我妈揍了一顿。现在想想也挺危险的，确实该揍。"

傅辽嘿嘿笑："我发觉你有时候是挺傻的。你小时候特别喜欢捡破烂，从树上捉来的毛毛虫用劳动课发的透明塑料盒装好，专门送到施念家门口，给人吓得，哭声整栋楼都听得到。你说你当时怎么想的啊？"

贺然吹了声口哨："怎么想的？好像是施念说她喜欢蝴蝶，我捉不到蝴蝶，就送她条毛毛虫。毛毛虫大了不就是蝴蝶，有区别吗？"

施斐叹气："然哥，不是我说你，虽然我一直都坚定地站你这边，但不得不说，我姐烦你是有原因的。你太不懂女孩子了，我要是我姐，我也不愿意搭理你。"

郁谋实在没忍住，轻笑一声，手搭在施斐肩上："这话你等和你姐和好再说吧。"

贺然看施斐："你和你姐又怎么了？"

施斐支吾半天，然后停下脚步，指着河岸边的一棵杨树，说道："到了。"

夜幕降临，四人站在高高的杨树下发愣。

杨树顶着稀稀拉拉几片干树叶，然后就是枝头的运动鞋，运动鞋的两根鞋带系在一起。

傅辽没忍住爆了句粗口："你个胖子，你怎么不说是这么高的树啊？我们上哪儿去给你取鞋？"

施斐一个劲儿瞥贺然："爬……树？你们应该比我灵活吧？"

贺然感受到了他的暗示，使劲捶了他后背一下："你看我干吗？让我爬啊？我属猴的我就能爬十几米树去给你够鞋啊？"

施斐小声嘟囔："你不是体育好吗？"

郁谋估计了一下，指着上面："爬树不现实，你们看那个树枝是岔出来的，你即使沿着主干爬上去了，以咱们任何一个人的臂展也够不到支出来的部分。"

"我有个办法。"郁谋气定神闲，但他的目光也看向贺然……的脚下。

"有话直说吧，这位兄弟。"贺然道。

"我们可以把鞋砸下来。篮球卡球框上怎么办的，我们现在就怎么办。"郁谋说，"你们谁把鞋脱了？"

贺然愣住："为什么是脱我的鞋？"

郁谋看了看其他人："都可以，没说一定是你的。反正就砸一下的事，脱谁的都一样。"

施斐暗暗捅贺然："姐夫，你来吧。此时不脱，更待何时？"

贺然立马解鞋带："脱！"

郁谋将贺然的两只鞋的鞋带系紧，学着双节棍的样子开始抡："就一下啊，大家都避开，别被砸到。"

三、二、一……

树枝剧烈震颤，摇下好几片叶子，随后，贺然的鞋挂在了树枝上。

四人……

郁谋转向傅辽，淡定自信："刚刚力道和角度没掌握好，再一次应该就差不多了。"

傅辽往后退，直接被贺然按住："想跑？鞋留下。"

郁谋再抡。

三、二、一……

树枝剧烈震颤，摇下好几片叶子，随后，傅辽的鞋也挂在了树枝上。

四人……

贺然："谋，你到底行不行？"

郁谋瞳孔收缩，直接去扒施斐的鞋："再一次应该就差不多了。信我，这次绝对没问题。"

三、二、一……

树枝剧烈震颤，摇下好几片叶子，随后，施斐，哦不，确切说是郁谋的鞋也挂在了树枝上。

四人……

光着脚的三人面露些许迷茫，思考郁谋是不是在玩他们。

郁谋还没说话，就被三人一起按住："这下轮到你了！"

郁谋捏了捏鼻梁："同志们，这回不成功便成仁，因为我这鞋是借别人的。"

三、二、一……

树枝剧烈震颤，这次什么叶子都没落下，因为树枝已经秃了，随后，郁谋借来的鞋也挂在了树枝上。

北风呼啸，夜幕寂寥。

四个穿着白袜子的少年站在树下发呆。

树杈摇摇欲坠，就是不真坠，上面挂着五双篮球鞋。

四人……

3

四个人沉默了一会儿，各自有了主意。

施斐率先按捺不住："几位哥哥，所以咱们现在是怎么说？要不先回家？反正咱们有两辆自行车。"

傅辽："你这样光脚回去？要不打电话吧，叫谁来？"

贺然："叫谁来？叫谁来都不合适。郁谋，你说。"

郁谋沉思："实际上，我在考虑离开这座城市。"

其他三人一齐回头看他，他眯眼笑："开玩笑的。"

"这样吧。"郁谋回归严肃，"要不就用一开始的老方法，爬树。

爬到差不多那个位置，把那根树枝撅下来。我看它也差不多了，就差最后一个寸劲儿。"

贺然拍了拍树干，转头对郁谋说："我能爬，但得兄弟几个托我到那个位置。你看它这个底下的树干吧，不知道是不是哪个老头儿拿来蹭腰，太滑了，没有摩擦力，不好借力。"

几个人甚至都没商量，直接按照体型分好了次序。

傅辽拉过施斐："小胖，你当墩子，我第二，然后郁谋在我上面。"

贺然围着树转了一圈，指指树干后方，就是面向河堤的那一面："从这边爬吧，这边有点弧度，不是直上直下的。"

施斐背靠树干蹲着，眼睛因为使力眯成一条线，脸通红。

傅辽一半的力气在施斐身上，一半力气使劲扒着树。

郁谋将校服里面的卫衣都脱了，只剩一件短袖。北方只有七八摄氏度的晚上，这么一折腾，完全不冷。

贺然攀着三人成功到了树干的中段，得亏冬天树叶都没了，视线一片清晰。

施斐在底下一个劲儿地问："好了吗？好了吗？"

贺然喘着粗气："别催，快了。"

这棵树位于柳荫公园的外围，而围墙外又是一条小路，平时没什么车辆人群往来。在下面等待的三人百无聊赖地望着围墙外橘红色的路灯，还有在路灯下飞舞的蛾子。

施斐抱怨："还没好吗？我饿了。"

就在这时，树的前方传来脚步声，脚步声急促，是两个人。

郁谋偏头往树那边看，"嘘"了一声："有人来了。"

贺然也停住。

四个人扒着树，支起耳朵听。

女人有些犹豫："太冷了，要不咱回去吧……这树林子黑漆漆的，有点吓人。"

男人难掩激动："宝贝儿，来都来了，让我抱抱你，抱抱就不冷了……"

女人小声说："就抱抱啊，抱抱就回去，你说的。"

男人开始耍赖哼唧，过不多时，树林里传来"吧唧吧唧"的接吻声。

女人细声细气的："你流氓……手干吗呢……"

男人哄她："摸摸，就摸一下……"

四个少年大气都不敢出，听这刺激的声音都明白是怎么回事了。十六七岁的年纪，该懂的都懂了，生物课该学的都学了，但似乎对这类事还是没怎么见过世面。知道不等于了解，了解不等习以为常。

四个人在夜色中都弄一大红脸，幸亏谁都看不见谁，所以一齐沉默，都装无所谓：就这么点儿事呗，谁害羞谁是孙子。

后来女人带了哭腔："不行！不可以！我要回去！"

男人摸摸索索地把女人衣服的纽扣解开，根本停不下来："宝贝儿，宝贝儿……"

施斐身子一震，弄得傅辽一哆嗦，上面的郁谋晃了下，赶紧搂住树。贺然为了不发出动静，像只蛤蟆一样在树上不上不下，又因为没吃晚饭，小腿开始因为低血糖而颤抖。

最后四人实在忍不住了，一齐发出暗叹："真流氓啊……"

施斐从牙缝里挤出声音，他肚子空空的，因为饿，开始胃胀气："哥，哥，我、我憋不住了……"

傅辽"嘘"了一声。

郁谋仔细辨认，又听了几秒，确定这不是两厢情愿的事情，于是他小声招呼："嘿，不大对劲。"

贺然朝下面看，已经摩拳擦掌："咱管不管？"

郁谋抬头看贺然，两个男孩子目光交接，都点了下头。

贺然："下去揍他？"

郁谋目光犹疑，摇头："倒也不是这个意思。"

傅辽用气声喊："那怎么办？赶紧给个准话！我也撑不住了！"

郁谋说："咱们弄出动静吓跑男人就行。"

上面三人根本无暇理会下面的施斐，施斐则面露痛苦的神色："我、我……"

贺然已经开始行动了。少年手长脚长，虽然饿，但此时气血已经上头。

一片树林里，唯有这棵树在黑夜里簌簌响动。

男人停住动作，警觉地问："谁在那里？"

杨树回归寂静。

男人看了看，没看到异常，准备继续，随后那边传来一声清朗的骂声："是你大爷。"

树枝"咔嚓"一声断裂，男人望见杨树上挂着的东西砸了下来，像是好几颗人头，头发还系在一起。

与此同时，杨树后面一个人梯一样好几米高的东西晃啊晃，最后轰然倒进河道，就好像是一条巨蟒从树冠上拍了下来。

"啊啊啊……"男人骂了句脏话，拉起裤子匆匆起身，声音都变了，屁滚尿流地往外跑。

女人的抽泣声也停了，往树那边看，"啊啊啊"地尖叫出声，抓着衣领也跑走了。

河道里，施斐被压在了最底下，龇牙咧嘴的，声音都喊不出来了。

傅辽的额头磕在了河堤壁上，立马肿了起来。

人梯倒下时，郁谋跟着滚了下去，手臂上全是树木留下的划痕。应该是流血了，但他没在意。

摔得最惨的是贺然，他刚一掰断树枝，就被施斐的惊天巨屁吓得脚抽了筋，从好几米高的地方落下，又因为拉错了郁谋，被郁谋带着滚进了河道。

四个人都给摔蒙了。前一刻还因为当了英雄暗爽，后一秒就集体滚落脏河沟。

北风带着一个脏塑料袋飞啊飞，扑到了施斐脸上，他"呸"了半天才把塑料袋从脸上呸开。

郁谋坐起身，拉了一把身旁茫然放空躺着的贺然。

远处，傅辽也拍拍身子起来，拽着施斐的衣领把他拖起来。

少年们借着月光看了看彼此，谁也没比谁好多少。

本来想彼此嘲讽，最后集体朗声笑开，臭河沟里传来阵阵傻笑。

"好消息是，至少咱鞋给弄下来了。"贺然说。

"辽哥，你能骑快点吗？我饿了！"施斐喊。

郁谋和傅辽顶着风骑车，心情复杂。

郁谋万万没想到，自己第一次骑车带人，带的不是施念，而是"情敌"。

贺然脚踝充血，暂时不能使劲，此时正搂着郁谋的腰乖巧地坐在后面。

"你……可不可以不要搂腰？"郁谋没忍住。

贺然无奈："你以为我愿意？老子都要吐了。"

山地车后座窄，他也不想搂郁谋的腰，两个大男人这样他心里忒奇怪，但没办法啊。

傅辽则是蹬着蹬着来了一肚子气，骑这个大上坡，费了老劲，施斐还催催催，跟就他一人饿似的。

一路骑回去，四个人开始回味。

"哎，几位……"贺然起了话头。

他还什么都没说呢，其他三人就知道他要讨论什么，并且都挂上差不多的"我就知道你要说"的表情。少年之间讨论这个好像怪怪的，但大家似乎都很想顺着这个往下说,具体想说什么,又谁都说不出来。

接话的是贺然自己:"那男人真不是东西。你们说,要不是遇到咱们,那个女人是不是……"

傅辽:"那肯定啊。而且我还想啊,这么冷的天不冻屁股吗?我家秋天没供暖时,我上厕所都跟打游击似的。"

施斐苦着一张脸:"你们是不是刚刚都看到了?就我没看到,我头扭不过去。"

郁谋语气淡淡的:"没什么可看的。你小孩儿,不看挺好,这不是什么好事。"

施斐不满:"我就比你们小一岁。"

他提前上学,就为了跟施念赶一届。

贺然:"小一岁也是小。我们能看,你不能。带你净看这些,我怎么跟你姐交代?"

施斐:"那你们和我姐同龄,我姐也能看咯?"

贺然和郁谋同时说:"不能!"

贺然被郁谋的反应搞得愣了一下,但也没深想,而是接着说:"郁谋说得对,这又不是什么好事。这男人就是欠抽,精虫上脑,不是个东西。别说了,我不想回忆。"

这话一出,四人又集体沉默。成人的门只开了一道缝,窥探者总是忐忑的。男孩子又多好面子,即使忐忑,也要装镇定,当着施斐这个小一岁的少年面前,偏要拿出大哥哥的感觉来。

男生之间也会讨论女生,只是停留在谁好看谁漂亮这个层面,偶尔也会有人说谁谁身材好,但这已经顶天了,不会再深入,也不好意思再深入。这种青涩又朦胧的开悟让他们都闭上嘴,把心底那个女生藏得好好的。这不是可以公开讨论的事,大家都有自己私密的宝藏。

但既然说到这儿,大家都不想立马换话题,只是微微换了个角度继续。

施斐说："你们说，咱们年级谁最好看？"

傅辽："我然哥打球最帅。"

贺然："滚，这儿说的是女生，你提我干什么？"

傅辽大笑："我知道，哈哈哈，我故意恶心你的。你不是一直要吐吗？我助你一臂之力。"

郁谋："你再说我都要吐了。"

傅辽正色："我觉得一班的谈君子不错，腿老长了，跑起来像藏羚羊。我太喜欢运动型的女生了。"

施斐："然哥我就不问了，肯定说我姐。"

贺然坦坦荡荡的："对。说来也是奇怪，我就喜欢你姐生气的样子。"

施斐："郁谋呢？"

郁谋顿了下，好像才反应过来是问自己。他说："我没想过这个问题。"

贺然拍他后背："不行，现在想！"

郁谋假装认真想了好久，才说："好像长得都差不多。"

施斐撇嘴："没劲。那你理想型呢？总有喜欢的类型吧？"

郁谋反问："你呢？"

施斐斩钉截铁："和我姐相反就对了。什么都和她反着来，哎，就对了。好了，换你说。"

郁谋心想：真巧，我和你也正好相反。

他想了想，敷衍道："扎马尾，戴头花，圆领衬衫的领子在校服外面，平时乖乖的，说起话来劲儿劲儿的，这种就不错。"

这答案好像很具体，实际一想范围又太宽泛了，听得其他三个男生愣住了。

半晌，傅辽才评价："我觉得这形容好变态啊，也说不上来为什么。"

4

大院由四栋楼围起来，只在南面和东面开了一前一后两个门。南门冲小路，不常有人走，好多人上班骑自行车喜欢走这个门，可以抄近路；东门是正门，大敞开来可以开进车。

三个女生正蹲在南门出来拐角处的小卖部门口逗狗。

晚上八点多，是施念的放风时间。池小萍身高一米五九，上次单位体检说是一米五七点三，她拿着单子就去找医生理论。所以她对施念有很深的身高执念，除了吃香蕉喝牛奶，每天饭后半小时，一定要施念下楼跳绳十五分钟。

文斯斯形容池小萍对施念的管理可逗了。池小萍是市里药品检验实验室的，对数据有执念，她们所里的生物实验室还要记录药品在哺乳动物体内的临床表现。

文斯斯就说："要是你妈可以的话，我看她恨不得连你每天上多少趟厕所都得记录。"

施念说："你还真猜对了。我特别特别小的时候总发烧生病，我妈那会儿就天天拿本子记录我的排泄状况，次数、状态，再说恶心了啊，你们自行理解，所以她真做过这种事。"

施念跳绳一般都在南门外这条小巷里，这个点没什么人。她不愿意在院子里跳，每次她在院子里跳都有回声，然后会有做饭的阿姨推开窗户喊她："又长个儿呢？"

虽然施念不喜欢跳绳，但她很珍惜这十五分钟的放风时间。这是她晚上上床睡觉前唯一的娱乐活动了。即使作业写完了，周中的晚上池小萍也不准她看电视玩电脑。施学进在时还能边看新闻边吃饭，父母离婚后，周中的电视就再没开过。池小萍会让施念上床背单词，看学校发的名人大家的书，从方方面面管控她的娱乐时间。

文斯斯和许沐子会趁施念跳绳时下楼陪她。文斯斯会带上漫画书，她有书店在卖的全套《名侦探柯南》。三人在小巷子里，路灯下，靠着墙。许沐子负责甩绳，发出"啪啪"的声音，造成施念在跳绳的假象，施念就借着光看一会儿漫画书。有时文斯斯还给她带《东京巴比伦》《X战记》……文斯斯是CLAMP的粉丝，喜欢华丽的画风和凄美的人物际遇。施念却看得云里雾里，人物之间的恋爱关系太复杂，不知道怎么就仇上了、爱上了，谁掏了谁的心脏、谁戳了谁的眼睛、谁是谁的转世，奇奇怪怪的。

"文斯斯，你买《火影忍者》嘛，我想看那个。"木叶村中忍考试后的剧情施念就一概不知了，心痒痒得很。

文斯斯说："有什么你看什么吧！《火影忍者》我不感兴趣，我是富婆也不费那个钱，除非你给我讲数学题。"

施念说："成交！"

十五分钟过得很快，最后五分钟，三人一定会去小卖部逗狗。建仁小卖部是院里胡叔叔开的，胡叔叔个子老高，沉默寡言，不说话的时候显得很凶，但是他喜欢听小孩子们叽叽喳喳。

小时候，胡叔叔一见到她们，就从大大泡泡糖的罐子里掏出几颗给她们。施念很想吃，但她不能拿，她会一板一眼地说："谢谢叔叔，我妈不让我吃别人给的吃食，我不能拿。"

施念说这话时，眼睛一动不动地盯着罐子看彩条纸。装糖的罐子很大，透明塑料的，大大泡泡糖的糖纸是彩条状的。

胡叔叔觉得这小姑娘好逗，那时她梳着羊角抓鬏儿站在玻璃柜台前，个子没有柜台高，他从那个角度看过去，就看到一个冲天鬏和一张严肃的圆脸蛋儿。

胡叔叔说："这是你用劳动换的。你吃完，用彩纸折千纸鹤，折好拿来我店里换新糖。我跟你妈很熟，你回去说这是胡叔叔交给你的任务。”

施念折纸折得好认真，真把这个当任务了。每只千纸鹤折好后，她还拿油性笔给它们画上笑脸。后来攒了一堆，胡叔叔就用玻璃丝穿好，当小卖部的门帘儿。

现在施念再想这事，觉得自己好像挺没出息的，总是受人恩惠，但是所遇之人又都很温柔，像文斯斯，像胡叔叔。所以即使受了他们的恩惠，他们也给足她尊严和面子，像是她劳动所得一样。因此，院里一堆真领导，施念就认胡叔叔这个小卖部部长。她家的牛奶也全是在建仁小卖部买的，一个月两箱盒装的纯牛奶，一箱袋装的早餐奶，还有一箱红枣酸奶。

小卖部养了条京巴串儿，叫福来。施念小时候总以为它叫胡来，随部长姓，便"胡来胡来"地叫，一叫大人们就都乐，后来她才发现那是"福"，不是"胡"。

施念从家里拿了根双汇火腿肠，专门买的少盐的，给福来吃。三人都想喂，于是施念就把火腿肠平均分成三份。三个姑娘围成一个圈，福来被圈在里面，轮流从"姐姐们"手上吃肠，狗生幸福，宛若在天堂。

"我妈说，等我高考完，福来要是生小狗了，我就可以养一只。"施念说，"养狗这事让我妈松口不容易。福来啊，所以你啥时候生小狗啊？"

文斯斯："可是福来是公的啊。"

许沐子："你怎么知道福来是公的？"

文斯斯："看尿尿的姿势呀。原来你们不知道啊？"

施念和许沐子面面相觑。施念受的打击尤为大，她觉得被池小萍坑了，池小萍这是给她开了张空头支票。

文斯斯拍她："没事，万一福来在外面谈恋爱了，也是可以生小狗的。"

施念愁容满面：“福来这么丑，哪只狗会瞧上它呢？这我要等到猴年马月去。”

许沐子：“可是其他小狗会很羡慕福来啊，它可是有一整个小卖部的富豪狗。福来在狗里的地位，就跟文斯斯在我们中的地位一样。”

文斯斯拿肠的包装纸打许沐子：“你给我圆润地滚，谢谢。”

再轮到施念喂福来时，福来警觉地坐直，不去接她手里的肠。

文斯斯说：“得，你说它丑，它记恨上了。”

施念还嘴道：“你也嫌弃它了啊，说你是人中福来，你不也不乐意？”

三人蹲在小卖部门口叽叽咕咕时，四个少年正好走到拐角处。

“停！有人！”傅辽推着自行车刚露出个车轮子，便退了回来。他拦住其他三人，做出嘘声的姿势。

他们几个特意走小门，就是怕被人看见一身狼狈，没想到这个点在这里能看见三个女生。

四个人头攒头观望，福来这时冲着他们汪汪叫，把施念她们吓一跳。

“福来怎么了？”许沐子问。

三人回头，身后的小巷子空无一人。路灯幽幽，巷子寂静，弥漫着北方夜晚会升起的烟焦味儿。

施念起了一后背鸡皮疙瘩，小声对文斯斯和许沐子说：“我看《奥秘杂志》上说，狗到了晚上能看到人看不到的东西。”

文斯斯：“你别吓人好不好。”

福来还望着拐角处，原本塌塌的耳朵支棱起来。

许沐子：“它看什么呢？”

文斯斯：“不知道。看……鬼？”

三人都打了个哆嗦。

施念：“谁过去看一下？”

许沐子："谁提议谁过去。"

施念："谁是班长谁过去。"

文斯斯："谁个子高谁过去。"

而后三人一起推福来："谁吃了香肠谁过去！"

那边四个男生动都不敢动，本想后撤，但势必会发出声音，只能干等着三个女生离开。

他们彼此用眼神交流。

贺然挤眉：怎么办？

郁谋攥紧车把：以不变应万变。

施斐挪挪屁股：可是我好饿。

傅辽按住施斐：你老实一点。

贺然眨眼：今晚的事……

郁谋将手指放在唇边，做出拉拉链的动作：谁都不能说。

傅辽伸出小拇指，用胳膊撞了下发呆的施斐。

四个少年郑重拉钩，这可是关乎尊严的大事。

就在四个人用手语和眼神交流时，拐角处传来施念发抖的声音："明天，必须，给我带《火影忍者》！"

文斯斯和许沐子拉着施念的衣角跟在身后："必须必须，你是大大大功臣。"

施念手里攥着跳绳，沿着墙壁悄悄地溜着走，心提到了嗓子眼。她都不知道为什么自己被推出来了，也不明白为何三人一定要来看个究竟，这就是所谓的没事干吃饱了撑的吧？

她一步三回头。文斯斯站在她身后，胆子立马大了起来，一个劲儿推她，嫌她走得慢。许沐子那么大一个子，此时弓着腰像做贼似的。

施念算是明白了，就她仨这胆儿，她是矮子里拔将军拔出来的。

施念三人站在拐角，静得都能听到彼此的呼吸。随后，施念在心里大吼伍佰老师的歌，下定决心，将手里的跳绳当鞭子一样猛地抽向那边的地面，"啪"，清脆的声音在巷子里回荡。

躲着的四人身子一震。

施念跳出来大叫："啊！！！"

四个男生也大叫："啊！！！"

这"啊"声此起彼伏了好一会儿，因为大家都被对方的"啊"吓到了。

直到文斯斯说："哎？傅辽？施斐？郁谋！贺然？你们在这里干什么？"

施念也看清了："你们身上怎么这么脏？"

四个男生集体沉默。说好了不可以讲出来，这事儿太丢人了。

可是面对逼问……

贺然摸着鼻子掩盖心虚："我们去找沿河沿儿的人干了一架。"

其他三人瞥他，拉钩的承诺里没这内容啊。

贺然继续摸鼻子。

施念犹疑又同情："你们四个人，被打得这么惨吗？"

施斐挺直腰杆补充："他们那边人数是我们的两倍，来了七八个人，我们四对多，一点儿不虚。"他和施念还在冷战中，此时说这话，语气里带了点儿"你看吧，最后还是兄弟给我讨回公道"的感觉。

其他三人瞪他，拉钩的承诺里也没这内容啊。

施斐眼睛望天。

许沐子："傅辽，你头怎么肿一大包？被人打的？"

事已至此，傅辽一边拨着车铃，一边说："对……他们拿板砖拍的……往这儿猛一下子……"

郁谋不动声色按住他的手，不让他再按车铃了。

傅辽声音开始发颤，和郁谋暗中较劲，不让他按他难受。他继续说："我硬挨的，打完没事儿人一样，对方立马就怂了。"

“丁零……”

这谎话越说越离谱。

已经说了的三人都满怀期待看向郁谋，希望他能继续补充细节，让这谎再完美一些。

郁谋咳嗽一声，实在不想说谎，但又没法立马戳穿，于是半真半假地指了指施斐的脚下："总而言之，最后给你弟把鞋讨回来了。"

第六章

十六岁的她无能为力

Laqou Saiqhang
Yibainian Buxubian

1

　　周末施念一般都会抽一个下午去施学进那里待着。离婚后，施学进搬到了施念奶奶留下的平房里住。北方的那种普通四合院，有一个小院子，然后东西北分三家，三家合用厨房，厕所则是街道里的公共厕所。

　　这处房子其实是施学进他们小时候住的地方。施念的奶奶爷爷去世前，逢年过节大家都在这儿吃年夜饭，施念和施斐还在院子里放过鞭炮。奶奶爷爷去世后，按理说房子要兄弟俩平分，但是那会儿施学进已经出事，施敬业就说算了，也不急着卖，他出点钱装修一下，给学进住吧。

每个周末来，施念都像是完成任务。她发觉自己对父亲越来越没耐心，每次父亲用那种带着点儿哀戚的慈爱眼神看她，她一点也不可怜他，反而觉得烦躁。她很难和其他人形容这种感觉，她感觉一般人也理解不了，反而会说："嗤，你这不就是嫌贫爱富嘛！你爸欠钱了，落难了，和你妈离婚了，你就嫌弃你爸。"

还真不是，这跟欠不欠钱或有没有钱一点儿关系都没有，她是烦施学进身上那个劲儿。

施学进问她学校的事，她也不好答。她觉得也不怪自己，她乐意和池小萍说学校的这啊那啊的，因为她知道池小萍会把她说的都往心里去。

施学进就不一样了，他每周末也问施念学习啊同学啊什么的，但他从没往心里记过。上周说的，这周他又问；聊到过的同学，还要她反反复复地介绍。这男人啊，是真的不走心。那你说还问啥呢？好像只是觉得这样才有家长的样子。

施念很烦躁，所以有时候她会找借口不去施学进那里。这周末就是，因为下周要期中考试了，她正好有理由不去，说在家复习。

池小萍说："你不去，那你至少给你爸打个电话，父女俩别一周都不说话。"

电话接通。施学进在那边问，施念在这边一边心不在焉地玩着电话线，一边敷衍。

后来，施学进问："你弟呢，最近怎么样？"

施念扭着电话线的手停顿，之前努力鼓起的热情语气有点变冷："嗯，他啊，还那样吧。"

施学进又连着问了问施斐，施念就嗯啊嗯啊的。

最后电话撂下时，池小萍端着洗好的草莓递给施念，看她坐在电话旁发愣："这就和你爸聊完啦？"

"嗯。"施念捏着盖电话的布，将那布叠成三角形，又平摊开。

她最近在学校非常累，因为她同时在和两个人冷战，一个是贺然，一个是施斐。

贺然回复的那个帖子，据许沐子说，已经沉到了贴吧的第十几页，找都找不见。但施念就是觉得肯定还是有很多人知道了、看见了。因为有天她在楼道开水炉前等着打水，贺然站在她后面，楼道里过往的男生都冲贺然拍手，发出怪声，贺然则一副"谢谢大家祝福"的样子，这让她十分不爽。

而更令她不爽的是，贺然明明知道解决这个问题只需要把回复删掉，但他就是不删，非要"曲线救国"，每天在学校试图用夸张的表现引起她的注意。有次课间他喊："哇，我桌上怎么有这么大一只蜘蛛！"周围人都回头看，施念没忍住也回了头，结果看见贺然用五指比画着蜘蛛在桌上爬。见她回头了，贺然就用另一只手"啪"地把"五指蜘蛛"按在桌上，冲她笑："别担心，大蜘蛛已经被我消灭了。"好幼稚啊！

课间轮到施念擦黑板时，贺然会上讲台，她擦好一处，他就画条道子，她也不言语，耐着性子继续擦，他则继续画道子。直到她将抹布往讲台上一扔，瞪他，他才狗腿似的拿起抹布："我意思是我帮您擦，别累着您了。"

贺然还让周围人都不要接施念的香蕉，就等着施念来求他吃。施念气不过，干脆自己吃，然后这两天天天拉肚子。

有时候她真的气得想哭。按理说，从小到大和贺然相处，已经把她愤怒的阈值锻炼得很高很高了，可是道高一尺魔高一丈，他的道行也越来越深，气人的本事越来越炉火纯青。

还有施斐。那个晚上鞋找回来了，姐弟俩也说了几句话，可这份别扭还是很隐晦地延续着。施念隐隐约约意识到二人的矛盾点不只是那个早上的言语，其实中考后就有点奇怪了，只不过现在才爆发出来。

她想起中考出分后，施斐那会儿还不确定能不能留在一中。他说："我妈说了，上了一中最后也不一定能考好大学，更何况还是在普通班。我妈还说我要是去了沿河沿儿，等高二就送我去美国，我也没什么好担心的。"

闻言，当时她只是下意识心里刺了一下，如今想起来，越想越气，亏自己当时还一个劲儿安慰他！

施斐来班上找贺然和郁谋，都是从傅辽那个过道绕，偏不在施念身边站着。她呢，施斐一来，她就拽上许沐子和文斯斯出去打水。

她希望文斯斯和许沐子站在自己这边为自己说几句话："我对我弟还不好吗？你们说！"

许沐子把水壶盖子拧开，弯腰接水："实话说，我觉得你对你弟是很好的，但是方式和态度有点问题，有点凶。"

文斯斯："我给你打个比方。你之前不是和我们吐槽，说你爸总在外人面前揭你短吗？其实有时候你对你弟也差不多……有一圈人时，你从来不夸你弟，还老说他不好。"

许沐子点头："对，我们能理解你为什么生气，你弟那样说话确实过分，说你对他不好什么的，可是我要是你弟我也会心里不舒服啊。"

施念简直心碎，两个朋友都不向着她！

许沐子和文斯斯见状，立马熊抱住她，勒得她喘不过气："哎呀，我们最喜欢你了！说好了不可以生气！"

许沐子个子高，抱她都是屈着腿。

施念同她们拎着水壶站在楼道的第三个窗户前，这里恰好能够看到一班门口。许沐子和文斯斯假装聊天，实际上在等着昌缨出来。

施念则一直在想她们说的话。她突然转向她俩，大声反驳："不对，我还是要说。我其实不是说他不好，你们根本就不懂，我之所以当着外人不夸他，是因为我怕别人会觉得他不好，我不想别人说，我就假装先把别人有可能会说的话说出来，这样别人就不会说他不好了！我是这个意思！我根本就不是真的觉得他不好！"

施念捏着水壶的绳子站在窗前，来往的同学看过来的眼神怪怪的，她却浑然不在意。她迫切地想给自己正名，大声解释时，心怦怦直跳。虽然觉得自己解释时说的话的的确确就是自己的本意，不是给自己一个高大上的名头，但她还是意识到，好像自己之前那样做真的有问题。

许沐子看她那么激动，把热水瓶的瓶底压在她支棱起来的头发上："知道了知道了，你小声一点。"

施念："那你可不可以不要拿我的头当水瓶支架？"

文斯斯目不转睛看着一班门口，说："你觉得一个人好，就要明明白白说出来，你不说，人家怎么知道呢？不然肯定以为你说出的话就是你真的觉得他这不好那不好啊。你现在在这里和我们说这些有什么用？应该去和你弟说的。"

施念嘴角耷拉下来："可是我现在还不想说，我心里还在怄气。"

许沐子："怄气不长个儿。你凡事老憋着，怪不得你是我们当中最矮的。"

施念："那你们觉得昌缨好，怎么不去直接说，而是站在这里偷看人家？"

文斯斯一脸奇怪："因为我们只是觉得昌缨帅啊，又没想要怎么样。我们来看他就是学习之余来换换脑子，哪天看腻了就换人看。"

许沐子："对啊，我们又不像你喜欢郁谋那样喜欢昌缨。"

施念心里一咯噔。她是怎么喜欢郁谋来着？这个人设都要被她自己忘记了。

文斯斯坏笑："啊！他走路的样子好帅！啊！他校服里面的白T恤好衬他！这不都是你说的吗？你的喜欢是真喜欢，我们没有你那么狂热，我们是浮皮潦草的喜欢。"

施念腿软，很想跪在窗户边。对哦，这些都是她之前硬编出来的话。这事她早忘了，可是许沐子和文斯斯帮她记得清清楚楚。

没想到，还有这样一档子烦心事等着她。

周六郁谋睡到中午才起床。新床垫可算运到了，他不用屈着腿避开之前旧弹簧床垫的那个坑，所以踏踏实实一觉睡到十一点。他醒了以后半眯着眼，仰头看窗帘外的阳光。

回笼觉做的这个梦令他回味无穷，因为他梦见施念在讲台上擦黑板，去干扰她擦黑板的人从贺然替换成了他。她边擦他边往上面画乌龟，还写了"施念"两个字用箭头指向乌龟。她气得跺脚，他则嘻嘻笑着，逗够了以后抢过抹布，轻轻一伸手就把最高边沿替她擦得干干净净。他低头瞧她，看见她脸红彤彤的，崇拜地望着他，然后上课铃响了……

梦醒了。烦。

客厅里爷爷在打电话："哦哟真是不好意思了，让你替我操心，之前贴过膏药，但是不管用。不过你给我拿的，我相信一定好使！"

郁谋穿着 T 恤和裤衩从房间里出来时，爷爷挂断电话。

他倚在门框上打哈欠："爷爷。"

爷爷红光满面："你刘奶奶，说明天上课给我拿膏药。"

郁谋脑子钝了一下，刘奶奶？哦，施念的姥姥。

他问道："你哪里不舒服了？要贴膏药？"

爷爷摆了下手："嘻，没事儿。"

小叔在厨房擀面，探头出来："你爷爷这是博同情心呢。其实啥事没有，装呢，但刘奶奶就吃这一套。"

郁谋去刷牙，从镜子里看自己。手臂上的伤口好得七七八八，有处深一点的结了疤，眼看新肉长出来快要掉了。

郁谋刷牙的手停下，想起小叔的话。他细细思忖，然后伸出手，把那个疤撕掉了。因为疤不是自然脱落，又有透明的组织液渗出。

郁谋刷好牙回屋，拿起手机，给一个要到了但从没联系过的号码发了条短信。

郁谋：我郁谋，你家有紫药水吗？

"嗖——"信息发过去。

他坐在餐桌边喝牛奶吃鸡蛋，手机就放一边。

"叮——"过了 14 分钟 46 秒，施念给他回信了。

施念：你怎么了？

郁谋在桌布上擦擦手，抿唇笑着，手指一下下按按键。

郁谋：就周三那天呗。一开始以为没事，蛋现在有点严重了。

他按的时候很快，按错一个"但"字他也没注意。

施念在家，刚和施学进讲完电话，心情低落。收到郁谋突然发来的短信，她握着手机，一颗心忽上忽下。

周三，周三……噢！

她开始坐立不安。池小萍让她去厨房剥蒜，她举着手机来到厨房，人都有些发抖。

池小萍："这是怎么了啊？"

施念略带惊惶："妈！"

实在难以启齿，她害怕极了，犹犹豫豫，带了哭腔："妈！要是我把一个男生的……的……蛋不小心砸坏了，咱家要赔多少医药费啊？"

2

施念说话时觉得脚软，任何涉及钱的事情都会令她神经紧张，尤其要她家赔钱！这对于她来说不亚于天塌了。

于是她坐在厨房的小马扎上，双腿并拢，缩在那里，手机放在膝盖中间。郁谋发来的那条短信她既想反复确认又不太敢看，看一遍心颤一遍。

她摊上事儿了！

手上滴答着水，池小萍在围裙上擦了擦，神色严肃，伸手："我瞧瞧。"

母女俩研究那条短信半天。

施念用的老款诺基亚，这几行字要翻两页才能看完，翻动时屏幕的光一闪一闪，施念的心也一跳一跳的。

池小萍听施念语无伦次的描述，得知施念是不小心拉了郁谋的桌子一下，导致里面的东西倒出来砸到他的。她知道女儿不是故意的，但她还是有点着急上火，毕竟"蛋坏了"可真不是小事，甚至可以说是天大的事，真要是万一有点什么，那可不仅仅是医药费那么简单了。

施念手抖，每根手指都是冰凉的。她好害怕啊，内疚又害怕，她一块钱都不想让池小萍多花！

之前她看故事会，有个中篇故事，说是有个男人去割包皮，结果去的那家医院不正规，导致他感染了，他向医院索赔一百万。当然里面还有其他七七八八的情节，但她对这一段做割包皮手术感染的情节记忆犹为深刻。她虽然不知道割包皮到底是怎么个操作，但她觉得肯定很恐怖。

这个"蛋现在有点严重了"，池小萍想了好久。她是成年人，还是学药学的，大学时医学生上过的课她也基本不差地上过。据她分析，这有可能是内伤，不然不可能当时没事，过了几天突然又发现"严重了"。

施念听完池小萍的一番话，心完完全全沉了下去。内伤？怎么个内法儿？

她的胃一阵抽搐，事情已经这么严重了吗？

她还试图找个伴儿，譬如，她想说傅辽也应该承担一部分医药费的！

池小萍心里也没底，毕竟是自己家孩子造成的。她拍拍施念的肩膀，说："你再问问他，什么症状，怎么个严重法儿？"

施念全身发抖地按键。

施念：我妈让我问你，你具体症状是什么？

郁谋在那边等了好久好久才收到回复。他还纳闷儿呢，怎么没信儿了？

他已经吃完饭，移去沙发上有一搭没一搭地看体育新闻。此时听到声音，他立马从茶几上拿起手机来看。

她还告诉她妈妈了？也是，不是说，喜欢一个人，就对他的所有事特别在意吗？她一定是在紧张自己。

郁谋嘴角微微扬起，打算再说得稍稍严重一些。

郁谋：有点化脓了，一按就隐隐地疼。

施念刚一收到回信，眼泪就飙了出来。

"妈！"

声嘶力竭地。

看到"化脓"的字眼，她脑海里浮现出了非常非常恐怖的画面。往往越是未知的东西越恐怖，她在这个领域一点常识也没有，魂儿都快吓飞了。

池小萍看了以后，将围裙解掉，急急忙忙去卧室换出门的衣服。

施念攥着手机，小尾巴一样六神无主地跟在妈妈身后："妈，怎么办呀？"

池小萍也是强作镇定。她没有怨自己的闺女，可是因为她也着急，所以声音不自觉就严肃了许多。她一边穿外出的衣服，一边说："妈妈之前怎么和你说的？咱们不主动惹事，但咱也不怕事，出了事更要主动承担责任。你现在去穿大衣换鞋，咱们这就去他们家赔礼道歉，然后商量对策。该赔的钱咱们赔，该治的病要去治。"

　　她说完，看了眼闺女，见闺女眼睛里湿漉漉的，吓得不行，不由得语气放缓，又拍拍闺女的肩膀："你去厨房拿两盒你姥姥带的土鸡蛋，用塑料袋装一下，套两层，别碎了，然后暖气旁的那箱奶也拿上。"

　　冬日的北方是白色的，水泥地上覆着白白一层霜，墙根儿下种着好几排大白菜。

　　母女俩走到郁谋家的单元门前时，池小萍还仰头看，确认道："是这儿吧？"

　　施念像个鹌鹑一样跟在妈妈身后，点头："对的。"

　　池小萍带她进门："这孩子也是，这么大的事，自己抹紫药水，这不是瞎搞嘛，唉！"而后又叹气，"不过他母亲去世了，也没人教他该怎么做，也是可怜的孩子啊。"

　　"念念。"

　　施念应声。

　　"不要怕，有妈妈在。去了人家里好好赔礼道歉，说你不是故意的，其他事情交给我来说。你给他发短信，说咱们到他家楼下了。"

　　施念点着头，拿出手机，眼睛又红了。

　　施念：你能开下门吗？我和我妈来看看你。

　　郁谋几乎是从沙发上弹起来的。

　　他冲回房间换裤子换衣服，裤子还绊着脚就跳到客厅大喊："爷爷！小叔！家里要来人！"

　　小叔在包饺子："啊？谁啊？什么时候？"

　　郁谋说："现在！施……刘奶奶的女儿和外孙女！"

　　郁谋打开防盗门，一半身子抵着门，一半身子在楼道。他挺直脊背，手插兜，既放松又郑重的样子。

　　楼道传来声音，紧接着，施念跟着池小萍上来了。两人拎着两盒鸡蛋和一箱牛奶，神色紧张。

那一瞬间，郁谋以为她们是上门提亲来了。

"阿姨好！"郁谋心下惴惴不安，觉得这也未免太隆重了。

到目前为止，他把这一切归结为：一、施念在意他；二、刘奶奶稀罕他爷爷，不然她们不可能这么兴师动众。

小叔也来门口迎接，看到施念手上提的东西："哎呀，进屋进屋，什么事情啊？"

池小萍笑得勉强："进屋说。这是我妈带的土鸡蛋，给小谋吃，补一补，以形补形，多少还是有点用处的。"

郁谋愣住，补？

郁爷爷摘下眼镜走出来："小池啊，我刚刚还和你妈妈通过电话呢。"

施念跟着进了屋，郁谋站在她身后把东西接过去后才把门关上。他看女孩子蔫头耷脑的，一句话都不说。更惊奇的是，她今天头发是披着的，都没梳起来，发丝顺顺的，披着真好看。

小叔和郁爷爷也注意到了不对劲，交换着眼色同池小萍寒暄。

施念一点也憋不住，她甚至没法挨过寒暄，站在门口飙着眼泪大声说："郁谋！对不起！呜呜呜……"她说完用手臂擦眼泪，怎么也不肯去沙发上坐。

她身后的郁谋吓了一跳。

池小萍无奈道："人家郁谋在你身后呢，你冲谁道歉啊？"

施念转过身，抬头的力气都没有，脸埋在手臂里哭得上气不接下气，冲着郁谋的胸膛又大声重复："郁谋！对不起！呜呜呜……"

见这架势，郁家三个爷们儿僵在原地一动不敢动，一头雾水。

几个人坐下后，施念还站着，郁谋拉着她的胳膊带她去沙发前。

施念说一句抽一下："不想……不想……坐……沙发……"她觉得自己做了天大的错事，不配坐软软的沙发。

郁谋就把餐桌边的折叠凳给她搬来。姑娘坐在折叠凳上，双脚老老实实放在折叠凳下的那条杠子上，委屈得不得了。郁谋一直瞧她，她就低着头抠手指。

池小萍粗略讲了一下事情的原委："……对，就是这事，我带念念上门来赔礼道歉。孩子还小，做事情比较鲁莽，不是故意要伤害你们家孩子的。"

池小萍讲的时候，三个爷们儿都坐立不安，原因却不尽相同。

郁谋偷偷翻手机的短信记录，这才发现自己打了个错别字。他在心里暗骂自己一句！

小叔和爷爷则是脸上挂不住。大周末的，妈妈领着女儿上门道歉，说是给自己家孩子的蛋砸坏了，这叫什么事儿？

池小萍措辞还很专业，一口一个带孩子去医院检查一下睾丸什么的，说得三个男人满脸通红。

小叔看郁谋："有这事？"

郁谋深吸一口气："这都是误会，我……我的……嗯……很好。"他实在不想在众人面前，尤其还有施念在场的时候，公然讨论自己的隐私部位，这不是他一个十六岁少年应该经历的事情。老天爷啊，饶了他吧！

小叔翻开二人的短信："那你问人家要紫药水是要抹哪里？咱家有紫药水啊，你问人家念念干吗啊？"

郁谋手抵住额头，突然发现自己给自己挖了个坑。如果他现在亮出手臂，大家会立刻发现那里根本就没有脓，而且刚刚施念没来的时候，渗出的组织液都被自己擦干净了。这要他怎么说？说自己鬼迷心窍，就突然想逗她？能吗？

他思来想去，最终下定决心，站起身，说："我给你们看一下。"

结果众人一脸惊恐地看着他。

池小萍摆手拒绝，面露尴尬："这、这不太好吧？"

小叔抄起手里的擀面杖："臭小子！当众耍流氓啊？"

郁谋愣住，抬起手臂扛住擀面杖，急忙辩解："小叔！我是手臂受伤了！"

小叔："对，被我揍的！"

池小萍劝道："孩子也是着急！他小叔，要不你们去厕所看看？"

小叔放下擀面杖就要拉郁谋去厕所，验明正身。

叔侄俩较了老半天的劲，见招拆招，郁谋抓了个空当赶紧撩起袖子给大家看："我是说这里！"

为了看郁谋的伤口，爷爷甚至回屋拿了个放大镜。

那道口子，施念再晚来一点，差点都愈合了，哪里有什么化脓啊！

两个大人还是将信将疑，以为郁谋是面皮薄，当着这么多人不好意思说，只说是手臂受伤了。

池小萍咳嗽一声："那个……要我说，还是哪天我带孩子去医院检查一下。这种事情啊，不怕一万，就怕万一，医药费什么的肯定我们家掏，这你们不用担心！"

她拍拍郁谋的胳膊，看这少年个子挺拔，容貌俊朗，又想到他学习优异，不由得叹了口气："有什么事情就跟阿姨说，阿姨学药学的，医院里有好多以前的大学同学，可以给你找最好的大夫。我们家虽然是普通家庭，但这事是由念念引起的，我这个当妈的会负责到底，不会赖账，肯定给你一个交代，听见没有？不要不好意思说，身体啊……啊……那个的事情，是一辈子的事情，我们都是过来人。"

郁谋听完这番话，耳朵都红了。

施念则是狠狠点头，非常认同妈妈的话。她也觉得这是大事，不能讳疾忌医！

小叔留二人吃饺子，池小萍推辞说家里做了饭。小叔和爷爷还想留施念，施念不哭了，但是脸上还有一大片泪痕，悄声站着，她妈妈走哪儿她跟哪儿，还没缓过劲儿。

郁谋找话题："你复习得怎么样了？"

施念脑袋放空地点点头，连她自己也不知道这点头是啥意思。

郁谋继续说："我晚来了两个月，想问你借之前的笔记，还想问问你几个知识点。"

这都是屁话，他就是想留她吃饺子，瞧把她吓成这样，就当是赔礼道歉。他是又心酸又好笑，当然更多的是心酸。

池小萍直接推施念，有点找补的心理："那你下午来给郁谋讲讲题，听见没？"

施念又点头，好像此时让她干什么她都会答应似的。实际上，她刚刚哭得魂儿都快没了，现在提不起精神来，像是有人把她浑身的力气都抽干了。

小叔问："真不留家里吃饭了？念念留下吧。"

池小萍说："也成，那让她吃完饭回家拿课本。"又看向施念，"下午你就在郁谋家好好给人家补课。"

郁谋站在门口，目送阿姨离开，心情复杂。施念则呆呆地站在他旁边。郁谋想拍拍她的头，又觉得不合适，他看她脑瓜顶，每根头发丝儿都写着有气无力。

他在心里叹了口气，这和想象中的不一样啊！

3

郁谋家的饭桌那个年代家家户户都有，仿木纹的，可以折叠，平时是四方形，来人嫌不够大还可以把四边的扇形掰出来，就变成一张大圆桌。

施念老老实实坐在桌边，小叔让郁谋把桌子变成圆的，这样宽敞些。郁谋去掰桌边时，看施念在发呆，他直接连人带椅子一起把她拉到了后面一点，她也没言语。

池小萍一走，她变得超安静，脸蛋上还有泪痕，时不时还抽一下，惨兮兮的。郁谋觉得很好笑，只有小孩子才这样哭。哪样哭？就是哭完还得缓一缓，哭的余韵就是眼泪没了，劲儿还在，抽一抽才能好。

他实在看不过去，说："你要不去厕所把脸洗一洗吧？"

男孩子带施念去了厕所。厕所好小，两人站着都没法挪身，他便在门外等着，手撑着门框。

施念扭水龙头时，郁谋看她那个木头样子，没忍住，提示说："是另一边。"

施念就扭另一边，水哗的一下淌出来，溅得哪儿哪儿都是，吓得她又给旋紧，说："对不起！"

她背着光，厕所的小窗就在她脑袋后面，郁谋只能看到她脑袋轮廓的剪影，那个剪影很像一颗呆头呆脑的毛鸡蛋。

少年对她的小心翼翼感到很无奈："这有什么好对不起的？"说着，他便伸出手，轻轻帮她旋开龙头，水流不大不小刚刚好。

他轻声哄着："喏，快洗吧。"这声音说出来他自己都很讶异，自己竟然能发出这么恶心的声音。

施念俯身去捧水洗脸。她今天出来得急，没有扎辫子，长发顺着后背滑到前面来，她腾出手去将头发捋到耳后，可是头发太多了，耳朵别不住，又掉了出来，好几缕头发都湿了。她洗脸像完成任务，郁谋说要她洗脸，她就来洗脸，实际上她也不清楚自己为什么要洗脸。

郁谋发现自己其实是个很操心的人。看施念这般洗脸，他浑身不自在；看她头发被沾湿，他难受；看她搓脸就跟搓玉米一样，他都替她疼，真是不把脸当成自己的脸在搓，他也难受。最后，他的目光落在女孩子弯弯软软的头发上。她是直发没有错，但是发梢可能是被压过，有自然的弯度，这弯度简直弯到了他的心坎上。他很想用手指碰碰，看看是不是还能一弹一弹的。

坦白说，他并不认为施念的气质很软。他一直觉得她给人一种很紧绷的感觉，紧张兮兮的，不会出错，在公共场合是内向且拒人千里之外的。可是不知怎么回事，今天的她，现在的她，披着头发的她，他只能用"软"来形容。最最致命的一点是，这种"软"里还夹带着茫然无措。这让他心中的小人在春日的原野上荡起了秋千。他很想去哄哄她，从心里的原野上摘一朵小黄花，举到她的鼻子前，说，快闻闻，别哭啦，是我错啦。

傅辽或许说得没错，他郁谋的确是个内心变态的人。

随后，下意识地，身体贸然出手了，郁谋看见自己的手臂悬在了半空中。嗯，肌肉线条不错，小伙子……啊，不是……他怎么就轻轻拿起了她的头发呢？

少年伸出手，动作柔柔的，先从右边挽，再从左边挽，最后回到中间，将女孩子的头发握到了手里。长长的头发是他的知识盲区，事实上，关于女孩子的一切他都不熟悉，但他像对待最珍稀的宝贝一样对待这些。他可以活得很粗糙，可她要精精细细的，水沾到头发是不可以的……虽然他的动作有些笨拙。

他的手指充当她的发绳，取头发时还不小心碰到了她的耳垂边沿。这可的确是不小心的，他只想帮她挽住头发，他发誓，他看头发掉下去沾到水十分不自在。

施念洗脸的动作明显一顿，浑身的鸡皮疙瘩都起来了，而郁谋的声音恰好传过来："你洗，我帮你握着。"好自然好淡定好无邪，就好像他在助人为乐，而她是受益者。

施念满脸挂着水直起身，郁谋的手还抓着她的头发。她看向他，他才松手，神色云淡风轻，一抬手，给她从最高的橱柜里拿了毛巾："干净的。"

他关橱柜时，还用手掩在她的脑门上："小心头。"本来就木了吧唧的，再磕就更傻了。

其实郁谋是有点忐忑的，他悄悄观察施念的表情，来确认自己的行为有没有冒犯到她的心理安全区。最后他得出结论，自己好幸运，趁她还发愣的时候做了这些小动作，她只是略微升起疑惑，并没有感到厌烦。很好，这一次的"趁火打劫"十分圆满，自己可真聪明。

吃完饭，施念回家背书包。

郁谋再次给她开门时，发现她不仅背了书包，还扎起了头发。

她情绪好一些了，抬头和他说："因为不知道你缺哪门课的笔记，所以我都背来了。"

郁谋帮她提书包，好家伙，这么沉！

郁谋的爷爷和小叔都要睡午觉，两人便在郁谋的小房间复习，门是敞着的，正对客厅和餐厅，光明正大。

施念站着，透过窗子看院里："你的房间原来是朝这边的呀。"

郁谋双手插兜跟在她身后。他正闻自己的屋子呢，确定不是臭的，也没有奇怪的味道。他低头，伸脚把一只袜子踢到了床底下，心不在焉地"嗯"了一声。

女孩还在好奇地研究他的房间，他们家的布局和文斯斯、贺然他们几个的家都不太一样。大院的孩子从小互相串门，对别人家了如指掌，而郁谋这里她是第一次认真看。

最后她得出结论："你房间挺大的。"

郁谋还想说这房间太小，只够摆单人床，他睡的时候都不敢怎么翻身。

屋子是长方形的，一边放床，床头顶着窗户。窗帘有两层，一层厚，遮光，一层是纱帘，此时只有纱帘半拉着。另一边没有窗，摆了一张紧凑的 L 型书桌，上面还放了台式电脑。

男孩子的东西不多，被子叠得马马虎虎，校服搭在椅背上，整间屋子透着一股午后温暖又清冽的味道。施念每次去爸爸那里都觉得臭臭的，她以为男人都这样，可郁谋房间的味道她觉得很好闻，和他身上的味道很像。

郁谋去客厅搬来吃饭坐的折叠凳，看施念还站着，说："你坐我的椅子，我坐这个。"

施念一动不动："我可以坐凳子。"

郁谋不想多废话，直接拉过转椅，把她按了下去："坐吧，这有什么好推来推去的？"

她在贺然家里那么自然，说坐地上就坐地上，怎么和他这么客客气气？

施念坐下以后打开书包，把笔记一本本拿出来，随后翻出一样东西："对了，我妈说怕你家里没有，让我带来的。"

是创可贴，还是哆啦A梦图案的。

少年眨眨眼，听女孩继续说："你现在要不要贴呀？"她看他之前用的纸巾也是哆啦A梦图案的，以为他喜欢，所以特地把家里的带卡通图案的创可贴给他拿来了。这个比普通的要贵呢！她家就剩最后三个了，都拿来了。

郁谋觉得没有贴的必要，可是他又不傻……

他撩起袖子："我手臂这里，够不到。"

"我帮你贴。"

少年眯眼笑："好。"

午后阳光从纱帘透进来，屋子半明半暗的，两个人都屏住了呼吸。

郁谋抬着手臂，施念在他手臂下瞪大眼睛确认哪些伤口有必要贴创可贴。她手指不敢碰到他，于是虚指着："那我们贴这里、这里，还有这儿，可以吗？"

郁谋急促地"嗯"了一声。他不是故意这样的，他也不明白，为何现在自己有点喘不上气。

女孩撕掉一个创可贴的包装，将两边贴纸揭开，对着伤口就要按上去。

郁谋的喉结上下滚动，半边手臂几乎麻了。

"等等。"他说。

施念顿住。

"贴之前，要不要用棉签把伤口处理一下？"他直勾勾地看着她。

什么时候这么在意自己的身体了？还用棉签处理？他说出来自己都要笑死了，但他还是正色道："你知道的，以防感染。"

"呃……"施念有些犹豫。她很想说，您老人家这个伤口压根儿不需要贴创可贴，我用最贵的创可贴给你贴只是为了弥补我内心的愧疚，希望你不要不识好歹。

她尽力耐心地说："好，棉签拿给我。"

郁谋想了想，立起食指："哎，你猜怎么着，我家没有棉签。"

施念歪头，觉得这人神经兮兮的。如果不是蛋真的有问题，那就是脑子有问题。

郁谋像是做了多大妥协一样，重新伸出手臂："行了，就这么贴吧。"

女孩子垂头弯腰，捏着创可贴。

郁谋一只手支在桌上，另一只手送到她跟前。

他垂眼看她，她认真的时候是皱着眉头的，而他喜欢她认认真真对待自己，就像纠正眼保健操动作时那样。能被认真又温柔地对待，谁会拒绝呢？他好像一直在格外渴求这一点。他童年缺失的那部分，她可以做到。

他一直看她，观察她，数她的睫毛。睫毛卷卷儿，哈，小叔的这个蠢形容，还挺可爱的不是吗？

在他眼里，她是很好看的。她好不好看和他有什么关系？是没多大关系，可是她好看，他就喜欢一直看。看看又不花钱，不看白不看。

他觉得两人在玩过家家，他没玩过，但他觉得过家家应该和这个差不多。

他又看她脑后的绿头绳，突然觉得那个头绳十分碍眼。她怎么不把它弄丢呀？老戴着也不嫌烦。他想，自己此时伸出手，将那头绳捋下来，随手扔出窗外，扔到最高的杨树上，多好。可惜不能那样做，那样做很奇怪，更何况，他觉得自己对那个发圈生出了感情，突然就这么丢掉，他会舍不得。

施念虽然觉得没必要，可给他贴创可贴的时候还是很细致的。之前她一直很怕的一件事是，自己和施学进是一类人，最后是这份细致让她安心，因为施学进玩世不恭，而她对交给她的事情十分谨慎和上心。

她想：我和我爸不一样，我们也会有不一样的未来，只要我认认真真踏踏实实就好。

其实她刚刚从家里拿了书包回来时，心情已经快好了，因为恢复理智，才意识到之前自己哭成那样好傻啊。可是现在，她给郁谋贴创可贴，不知为何，那个委屈劲儿又上来了。

也许是郁谋说要用棉签消毒，不然会感染。

感染，化脓……

自从家里出事以后，她变得很谨慎，老老实实、规规矩矩的，生怕做了什么事情让池小萍的负担更重。她觉得她们这个家再也经不起新的打击了。池小萍赚多少钱她一清二楚，事业单位死工资，一个月都算上有六千五，支援施学进一千五，还要攒两三千，真的不容易。

郁谋说蛋伤得严重时，她快要崩溃了，疯狂地算数，医药费一百万，要攒多少个两三千才能还完啊？

她觉得自己好差劲！十六岁的她感到无能为力，惊惧惶恐。

她胡思乱想，把所有可能的最坏情况都想出来。她怕欠钱，她怕妈妈又要还钱，她好怕好怕。

没有人能理解她的害怕，她很想找一间小黑屋子缩起来。

最后一个创可贴贴完，她眨了一下眼睛，一大颗眼泪滴在了郁谋的腿上。

这颗泪她憋了好久，觉得应该不会掉下来，晾晾就干了，可是她控制不住。

郁谋被这颗突如其来的眼泪搞得不知所措。他刚刚在出神，等他回过神时，瞧见女孩的眼眶鼻头都红了，一副山雨欲来的样子，瞬间就吓呆了。

4

郁谋的手忍不住抓了一下头发：她为什么哭啊？该怎么让她不哭啊？

这个世界上没有任何一本教辅书上有这个答案。《五年高考三年模拟》上没有，《高等代数与解析几何》上没有，《泛函分析》上也没有……天哪！他是这个世界上最最无知的人！

房间里寂静得似乎能听到阳光里尘埃悬浮的声音，虽然那并没有声音。

施念率先意识到了这尴尬局面，她转过身，面向桌面，带着鼻音嘟囔："你不要理我，给我一分钟，我自己能调整好。"

这一分钟实际上有十分钟。施念专心致志地伤心，郁谋专心致志地如坐针毡，浑身刺痒。

他大概理解了为什么电视里男人总会对女人说"我最怕你哭"了。

他发现他也是。他吃软不吃硬，委屈巴巴什么的，最受不来了，不如她暴揍他一顿，反正也不疼。反而是那种啜泣声杀伤力最大，让他的心被撕成一片一片的。大街上的陌生人哭，他会嫌烦，而面前这个人哭，他会无奈和紧张。而更令他煎熬的是，人家可以把哭泣的女孩子抱进怀里，他只能在旁边干坐着。

他开始四处张望。他从未这么认真地打量自己的房间，看天花板，看窗户，看窗帘的花纹……

最后，他的视线落在身边的电脑上。他随手敲了敲键盘，啪啪直响。

他不确定地问："呃……你要不要玩会儿电脑？"

施念摇摇头。

"那你要不要看我玩会儿电脑？"他又提议。

施念摇摇头。

郁谋不动了。

施念想了想才反应过来，有些心动，稍稍偏过头，声音断断续续的："你……电脑上……有什么……游戏？"

郁谋移动了下鼠标："你想玩什么？《生化危机》《古墓丽影》《模拟人生》《过山车大亨》，好多。女孩喜欢玩的我也可以帮你找找。"

施念想说她想玩《生化危机》，随后又意识到自己正伤心呢，怎么能被打岔？也太没出息了！她吸着鼻涕说："还是算了。"

郁谋闷声"哦"了一下，带着几分逃离的意味起身："那我帮你拿纸。"他房间里没有纸。

施念的眼泪渐渐没了，开始努力吸鼻涕。

郁谋离开屋子前，说："你不要吸了，这就相当于吃鼻涕。你懂的……鼻腔和喉咙……是连通的……"他越说声音越小，觉得自己这话很蠢，可又没办法忍住不说完。

果不其然，说完，他就看见了施念泪眼迷蒙下的幽怨目光。

完蛋。

他从厕所拿来卷纸，拍在桌上。

施念不动，双手放在桌子下，像个光溜溜的三角跳棋一样抵在桌前。

他拿起纸："还要我帮你扯吗？"

女孩子转过头看他，有点怨气："我拿有哆啦A梦图案的创可贴给你，你为什么不拿有哆啦A梦图案的纸巾给我擤鼻涕？"

说着，她瞥了瞥他书架上的维达纸巾，一长条，里面有好几个小包装。明明屋里有纸，他还要跑到厕所拿。自从她家赔钱以来，她的少女心就没了，变得很务实，对于有没有图案无所谓，擤鼻涕嘛，当然用厕纸。可现在郁谋态度越好，她就越萌生了胡搅蛮缠的情绪，好像是为了报复他说话刺激她哭一样。

郁谋则是笑了。她这样同他讲话还是头一次，他却莫名受用得很。

他伸臂拿下书架上的纸巾包："用，用吧。"

他心情很好，慢条斯理地撕开一个新包装，摆在她面前："都给你用好吧？你把一整包吃了都没关系。当然，我不建议这样做，会噎到。"

他说了一个生硬的笑话。

施念想，他真的一点幽默感也没有啊。

女孩擤鼻涕时背过身，不想让他看见，擤完转回来，捏着纸团："我扔哪里？"

郁谋伸手："你给我，我扔。"

施念皱眉，当然不肯给。

郁谋"啧"了一声："我不嫌弃。"

看她情绪稳定了，郁谋问："现在可以告诉我刚刚为什么哭吗？是因为我，还是……"还是突然就想哭了，没有为什么。

他看施念依旧面朝桌子，便拉着她的靠背把她转过来。

施念惊了一下，立马把脚缩到椅子的转轮上，不想碰到他的腿。

少年静默地等她讲话，他不说话时，冷冰冰的。

施念开始抠手指，有点难以启齿。

郁谋垂眼看她的手，制止她："不要抠，说事情。哆啦A梦的纸也给你用了，总要告诉我的。"

他需要知道，也很想知道。上一次他俩在公交车上闹别扭，还有这一次，他都觉得这是很好的机会可以让他多了解她一些。和其他学科不同，其他学科他可以毫不费力地学会学通，而在"施念"这门课上，他觉得有点吃力，所以打算好好记笔记。

施念奇奇怪怪地看了他一眼。

"怎么？"

"你说话的语气好像我妈和唐华。"

郁谋想，这算是好的评价吗？

还不等他催促，女孩问道："我家的事，你是不是已经知道了？"

院里就这么些破事，谁家怎么样了，八卦来八卦去，她觉得他肯定知道了，只是确认一下。

没想到她会突然提这个，郁谋"嗯"了一声，态度有些敷衍。

施念不抠手了，开始攥自己的衣角，棉质的衬衫被攥着，留下一道道印痕，被她抚平，又被她攥起："就反正……唉，我很怕。"

"怕什么？"

"我怕我家倾家荡产。"

郁谋听了，笑容有点无奈："我这么厉害呢？"能把你家搞得倾家荡产。

施念很郑重地点头："我之前看新闻，一个男人去割包皮，结果感染了，索赔一百万。"

女孩说得坦坦荡荡，在郁谋听来却全不是那个味儿。这都什么跟什么啊？一个十六岁的女生，一本正经地和他讨论割包皮。

施念眼睛一眨不眨地看着他，继续说："所以你和我说实话，你……到底有没有事？"

郁谋斩钉截铁："没事！"

"那会不会有一天，我说如果啊，万一啊，你那里有事，找上我家了，说当初是我干的，非让我家赔钱？"施念还是不放心。因为这种社会新闻太多了，例如某人开车撞了闯红灯的行人，行人说自己被撞出了脑震荡，纠缠了十好几年。

"我不会。"郁谋深吸一口气，眼神也逐渐变得幽暗。这段对话足以让他疯狂地连续按压自己的人中，这个人天天在想什么啊？

"我不是怀疑你的人品啊。我只是说万一、万一！毕竟人性就是这样。你只能保证你现在不那样做，谁又能保证以后的事情呢？人的想法都是在变的。"施念故作老成。

郁谋语气淡淡的："你这样说，好像你又知道人性了？"

施念神色认真："当然。"

光她爸赔钱这事，她已经见到了世间百态。人皆复杂，本质自私。自私是个中性词，她能理解郁谋以后有个头疼脑热都来讹她。她也能原谅自己的自私，因为她不想妈妈一直攒钱还钱。她就是很心疼池小萍，虽然池小萍不让她玩游戏，不让她看杂书，不让她看电视……但她爱池小萍，很爱很爱。

施念认认真真的态度让郁谋有点儿气闷。他算是明白了，她根本不是担心自己的蛋，而是担心还钱的事。

他心思一动："对啊，你说得对，保不齐以后我就会讹你。"

他说的是"你"，不是你们家，也不是你妈。对，就是讹你。

施念本来都快好了，一听这话嘴角立马往下，心又惴惴不安了。

她欲哭无泪："啊？"

少年见好就收："你说人性啊，那我们就把所有这些东西都落到笔头上。"他心思转得很快，拿过笔记本翻到空白面，"现在我们约定。为了让我身心愉悦且健康，我平时不想记笔记，所以你要把你的笔记每周末乖乖拿过来让我抄。我抄的时候你要坐我边上，方便我有看不清楚的字要问你。"

施念惊讶："你还需要记笔记吗？我以为你都是记到脑子里的。再说了，我的笔记你也看得上吗？"

郁谋语气冷冰冰的："我又不是天才，当然需要记笔记。俗话说，好记性不如烂笔头。"

他当然不需要记笔记，但同时又需要骗她来家里。

"那交换条件呢？"

"你如果能够勤勤恳恳地给我笔记，那我就答应你，以后身体上有任何事情都不会找上你。"

施念真的思忖了一下，她觉得很值。为什么呢？因为笔记反正她都是要抄的，借给他看只是三年的事，而他对她的保证则是一辈子。这个生意不赔本！

她说："那我们需不需要写个什么保证书之类的？"光说她还是不放心。

郁谋抿唇："要啊。"

但是，他又说："先拉钩上吊再说。"

他伸出小拇指，施念也伸出小拇指和他的钩住。她忧心忡忡地说："不要上吊吧，我家单元门有人上吊过，我和你讲过的。我们盖章就行。"

少年莞尔："好。"

大拇指对对碰，他的大拇指比她的大出一圈，他也很想看看他的手是不是也比她大出一圈。

郁谋写保证书时，施念凑在旁边，给他纠正词句。

"你这里写得太笼统了，你不要写'身体不适'，你要写得清晰点，写'你，郁谋，任何和蛋有关的病症，以及其他有可能的副作用都不可以找施念家要钱，以及其他财产相关'。"她义正词严，生怕他玩文字游戏。

郁谋后槽牙咬碎，落笔却轻轻的，写了"蛋"字，还写了她提出的其他条款。

"你倒是很适合当律师，很有天赋。"写完了，郁谋合上笔帽。

"涉及利益的事情就是会格外小心一点儿。"施念摇头叹气，"才不是天赋，只是我发现不要高估人性。啊，我不是说你。"

郁谋没忍住，拿笔杆敲了她的头一下。

施念心情大好，被敲也不在意。她正在慢条斯理地叠郁谋写给她的那一份保证书，纸的边角都对齐，小心翼翼地折好收好，甚至还哼起了歌。

少年不由得气结。

施念想起什么，神秘兮兮地转头看郁谋，又看看郁谋的电脑："你刚刚说你电脑里有什么游戏啊？"

第七章

背着乌龟壳的小恐龙

Liqou Saizhang
Yibainian Buxubian

1

这台电脑是郁谋从旧家背来的，配置完全照着游戏机来的。自行车什么的可以不拿，电脑不行。

郁谋把电脑打开，指着桌面上的几个游戏："你想玩哪个？"

施念双臂支在椅子上，只探了个脑袋过去瞅，实在难以抉择，都好想玩。

郁谋以为没她喜欢玩的，又去书架上挑光盘，一一摆在她面前："目前有的就这些，没有很多。"

"已经很多了！"施念赞叹道。她挨个去看那些光碟，有些她在施斐那里见过，有些没有。

她眼睛直放光："好棒啊！"

因为这种事情被夸，郁谋反倒有些不好意思。他觉得自己有必要澄清下，不想给她留下一种自己天天不干别的，就打游戏的形象："其实我没什么游戏瘾的，就偶尔玩玩。"

施念反而奇怪地问道："这有什么关系？我要是次次拿第一，我妈也不管我了。"她想了想又说，"不对，她可能也要管的。唉……"

她挑了半天，最终还是决定玩一个之前看施斐玩过的。她点点桌面："我可以玩这个吗？"

郁谋一看，《生化危机》。

他有些不确定地看她："你会玩吗？这个带点恐怖元素的，有丧尸啊什么的。"

施念点头："我知道，我看别人玩过。"所以超想玩！

别人？贺然吗？郁谋吹了吹键盘上的橡皮末，又假装去擦鼠标，不经意地问："谁啊？"

施念老老实实回答："我弟。"

郁谋点点头："噢。"

"等等，你有没有复习好？"他突然停住，手牢牢地扣住鼠标不让她碰，"复习好才可以玩电脑。"

施念看他的眼神就像看学校的老师。以前没发觉，这个在学校惜字如金的男生这么啰唆。但是电脑大权在他手里，于是她赶紧点头，掰着手指头数："我其实早复习好了！作文本整理好了，错题本也过了两遍。"

郁谋有点不相信："你之前说下午要复习，现在又说复习好了？"

施念有些不耐烦地转了下椅子，垂头，突然有点没精打采："嗯……本来就复习好了啊。你干吗不信我？我那是说给我妈听的。"

郁谋声音放轻："为什么要这样做呢？"

"我妈那人吧，就是看我坐在那里学习就放心，见不得我干其他事，不然她会一个劲儿问啊问的；要么就是唠叨我，说我玩物丧志，心思没在学习上，最后会落得和我爸一个样子……"

所以她一般就是放张英语卷子在跟前，这样就能光明正大地玩文曲星了。

上有政策，下有对策。

她强调："但是我复习好了就是复习好了啊，没必要骗你，我基本不骗人。"

除了骗文斯斯和许沐子说她喜欢郁谋这件事。

她总把这档子事忘记，现在想起，突然有点羞赧，不敢看郁谋。

听施念这样说，看她边说还边抠椅子，郁谋觉得心里有点发涩，他以为是他的不信任和提防才让她情绪低落。他想，要是其他男孩子会怎样做呢？大概会直接让她玩吧，非亲非故的，不会那么上心。但是在他这里，就要确保她真的有复习好才行。

他干吗这么操心啊？真是的！

他把位置让出来，轻声说："那你来吧。"

施念有点不可置信："是我……来吗？"

郁谋看她："不然呢，你不是要玩吗？"

"哦哦！"施念有点受宠若惊，确定郁谋真的是要把电脑移交给她，让她真真正正地玩，而不是在一旁看着。

她笑得有点不好意思："我以为是你玩，我看着。"

郁谋被她搞糊涂了："为什么？"

施念笑得憨憨的，觉得幸福来得太突然，但屁股很诚实，一下子坐了过去，霸占了电脑前的位置，将郁谋挤到一边。

"我以为男生都一样。贺然、施斐他们一般都是玩累了才把电脑让给我一小会儿。"施念已经习以为常了，"你一下就把电脑让给我了，我还有点不习惯，哈哈。"

小时候他们几个凑在一起打游戏，他们都有游戏机，就她没有。

施念会搬个板凳在一旁坐着看，边看边问："你们玩一会儿可不可以借给我玩？"

他们嘴上说好，实际上玩上头了就不愿意把游戏机让出来了。

施念要等一下午，等到他们实在憋不住了去上厕所、去喝水、去吃饭，才能换她玩十几分钟。

有时候她真希望他们喝好多水，这样就能尿好久！

郁谋若有所思："这样吗？"

游戏点开要加载一段时间，可是就这加载界面施念都能一直看，开心极了。她背对着郁谋，说："是啊。不过很正常，游戏机不是我的，电脑也不是我的。吃人嘴短，用人手短，求人嘛，就是这样，我能看就很开心了！还能给我玩，那我真是赚到了！"

她腾出空来转头对郁谋说："和你说件逗事。小学时不是流行GBA嘛，你应该也有吧？我弟有一个透明壳子的，我觉得好好看啊。我俩玩《宠物小精灵》，一玩就是一下午，电池没电了，谁都不愿意出门买电池。我发现拼命搓机子的背面，靠摩擦生热，本来都关机了的游戏机又能坚挺一会儿。搓机子可累了，我弟懒得搓，就让我来搓。我能把它搓开机，谁搓开机了就谁玩。我为了能玩，就一直搓一直搓，然后晚上回家胳膊酸得都抬不起来。哈哈哈！"

"然后小学时打流感疫苗，打完疫苗不是都会胳膊疼嘛，他们几个男生疼得抬不起来，其实我也抬不起来，但是我为了趁这个时候玩他们的电脑和游戏机，疼我也要玩。我就这个样子玩，我给你学啊……"说着，施念就歪着身子打电脑，"姿势就这样，胳膊疼啊，疼也要玩！哈哈哈！"

郁谋看施念说起游戏来眼睛亮晶晶的，也不内向了，也不难过了，兴致勃勃，喋喋不休，明明很惨的事被她提起来却很开心。他却笑不出来，因为联想到了很多场景。他能想象到她那么一个小小孩，可怜巴巴地凑在人家身边看人家玩游戏的样子。

郁谋装作不经意地问："可是我看你去贺然家，他也给你玩啊。"

施念撇撇嘴："这事说来话长。"

她好像心情不错，又接着说："其实也不长。"她转头看向郁谋，眨了下眼，"对了，之前让你挑战我的记录，怎么样了啊？"

这个问句带着很俏皮的语气，好像她预先知道他的答案一样。

郁谋耸了下肩，坦然道："没成功。"本来一直想和她说来着，"我那天玩到了差不多凌晨四点半，我很确定我在每个拐弯处都是零失误。"但就是没有超越她的记录。

很不想承认，她的那个数据似乎是不可能的。

"我就知道。"施念的脚在地板上跺了跺，得意扬扬。

女孩子突然大方，决定在他们之前的交易上额外赠送一些东西："那我告诉你个秘密吧，这秘密算我白送给你的。我告诉你，但你要保证不告诉他们。"

郁谋微笑，身体往后靠："洗耳恭听。"

施念说得郑重，像是揭秘的柯南："其实我作弊了。你用正常的方法，是无论如何无法超越的。"

少年静默。

施念发现郁谋没有惊讶，说："给点反应啊！"

郁谋平静道："哦，其实我猜到了，嗯……也不算猜到。你知道这种游戏机会保留最佳过关记录的视频吧？"

施念愣住。

他又说："那天我怎么也超不过，就把你的视频调出来看，发现你卡了一个游戏的 bug（漏洞）。实话说，我不看你的视频，是不知道有这个 bug 的，所以你很厉害。

"一般这种赛车游戏，氮气加速都是有冷却时间的，玩家没有办法一直加速。我看了你的视频，发现你从第二个弯开始一直在使用氮气加速，并且没有冷却时间，所以最终的时长短得不正常。我说得对不对？"

施念皱着鼻子，觉得面前这个人的确没什么幽默感。一般这种情况，他难道不应该配合她装一下吗？

她知道了，不是他不给机会让她装，是他自己想装。

什么人啊……

她点头，明里表扬，暗里讽刺："你也好厉害啊，竟然还能想到去看我的视频。我以为像你这样的……的……超级厉害的学神不屑看别人的答案呢。"

郁谋一脸无辜："发现不对劲就试图去寻找答案，这不是很正常的事情吗？"

前提是有足够的自信。

他觉得自己正常的操作已经无可挑剔了，任何比他时间短的就一定有猫腻。就好比他做卷子，如果正确答案和他的不一样，那应该是答案错了。

逻辑就这么简单。

施念默默想，这个男孩子，的确很难蒙啊。像她当时卡了这个bug跑出不可能的时间分数，贺然和傅辽他们就一根筋，反反复复地玩那一关，直到最后心态崩了，有人还气得哭了一鼻子。

郁谋说："然后我还猜，你卡的这个bug应该只是在那一关可以用。"不然当时她不可能退出当前那关，特意翻到这一关来下战书。他当时那一瞬就觉得有点奇怪，为何她不随便挑一关。

施念"哦"了一声："确实，那一关的bug是我偶然发现的，然后我在其他关也试图卡这个bug，发现都不行。"

郁谋思索了下，问出最后一个问题："所以说，你一开始就没想跟我比？"

施念挑了一个她觉得郁谋无论如何都超越不了的关卡和他打赌，摆明了就是想让他知难而退。他不太明白她为什么要那样做。

施念随意滑了滑鼠标，承认了："嗯……唉，是的！"

"为什么啊？"

"我说出来你不要笑话我。"

"你说。"

"就，我想玩他们的游戏机嘛，还有电脑游戏，他们不给我玩，觉得我一个女生玩什么电脑，看着就行。然后我就想，我要是特别厉害，他们肯定就不会小瞧我，把我当成一个人物，肯定求着我玩。"施念声音很小，手指无意识地滚动鼠标的滚轮。

"这么说你懂不懂？我感觉男生都崇拜玩游戏厉害的，其实也不只玩游戏，可能其他方面也一样。你看我弟不就是吗，觉得贺然比他亲姐强。我很气啊，那我要当最厉害的，厉害到他们超越不了，这样每次他们玩游戏就都会主动给我玩了。"施念话说得很实在，"你当时说要和我比赛时，我其实超怕，因为我不确定你是不是玩游戏也是大神，我很怕你把我拉下神坛，所以我很不想和你比赛，然后就挑了你肯定赢不了我的一关下战书。"

把她拉下神坛。

这种话郁谋还是第一次听说，他觉得很有意思，琢磨了一会儿。

施念看他发呆，又说："其实就是这样。"

郁谋抱臂点头："嗯。"他接受这个解释，然后冲她笑，"那你在我这里可以不用这样。只要你好好学习，好好给我记笔记，成绩一直稳步前进，那么每周都可以来玩游戏。你想玩什么，我还可以去店里买新的。"

施念听他这么说，觉得他整个人都在发光。

"你也太好了吧！"她由衷感叹。她突然觉得他好像的确很帅，是年级第一的那种帅！

郁谋被施念这天真无邪的笑容恍到了，不由得也笑了起来。笑着笑着，他心想：我真的好吗？

男生的好都是有条件的，你这个笨蛋。

2

施念背着书包离开郁谋家时，郁谋抄起一件外套，说："我送你下楼。"

施念一级一级往下走，开玩笑说："我怎么觉得干部楼的楼梯都比我们的好走。"

她每次走贺然家的那个楼梯，总要绊一跤，因为三楼的第二级和第三级高度不一样。

郁谋插着兜跟在她后面，听她这样说，想起那天晚上她从贺然家出去后楼道里"扑通"了一声，冷不丁地来了句："那以后你就只来我家，好不好？"

别去别的男生家玩游戏了，他们游戏没我家多，电脑也不见得比我的配置高，多没意思。

楼道里有人开门关门，施念没听清郁谋说的话，先是疑惑地"嗯"了一声，接着还没等他再次回应就敷衍地"哦"了一声。

郁谋停住："你是不是没有听清我的话就'哦'？"

这样被戳穿，施念笑得腼腆："是的。"

郁谋好气又好笑："没听清就答应人家，你是不是傻？那万一我是让你做些不好的事情呢？以后一定听清别人的要求再回答，知道吗？"

施念揪着书包带回头看他，楼道狭窄阴暗，男孩子却冷白冷白的，抿着唇，像是在生气。

她解释："我这是从小被训练出来了，下意识就回答可以。"

郁谋看她："训练凡事都答应吗？"

施念点头："差不多。反正你们也不会害我，对不对？"

"那可不一定。"

"啊？那你们会怎么害我？"

"你先说，你的'你们'是包括哪些人？"

"就你们这些啊，我妈，我弟，哦不，我在生他的气，先不算他，还有文斯斯、许沐子、贺然、你……这些人。"

郁谋想，这可不是他想要的答案。

不过，他却说："不管是谁，让你做什么事，做什么承诺，你都要好好想想再答应。有时候不一定是害你，有可能人们是出于一己之私，打着为你好的旗号让你做事情。这些情况你就要仔细分辨，不要还觉得自己赚到了。大部分人都是自私的，你要仔细想想他们会得到什么好处，没有好处的事情他们不会做。"

就比如他。

郁谋觉得自己好奇怪，为何像个大善人一样要和她叮嘱这些？明明他已经是她不设防的受益者了，为什么还要她提高警惕，警惕像他这样的男生？

施念皱着眉头想郁谋说这些干什么，还没想明白就敷衍地"嗯"了一声。她想往台阶下蹦，结果被郁谋揪住了书包背带。

少年很严肃："你这声'嗯'也是敷衍吧？"

施念撇嘴："嗯。"

郁谋在心里下结论，看来又笨又聪明的人是真实存在的，就比如他眼前这个。

他想起施念的爸爸。他总感觉父女俩在某些地方的确是共通的，在一些地方的确有天赋，在一些地方也的确天真得可以。

男孩子突然就不放心起来。

他又补充道："施念，我很认真地和你说，以后你不要和别人签我们今天这种约定，不要和人打无聊的赌，任何口头上的、书面上的约定都不可以草率，不要随随便便就和人家拉钩盖章一百年。"

你有几个一百年可以许出去啊？和我许可以，和别人不行。

他一想到施念今天一副自己赚到了的表情就开始后怕，得亏是和他做约定，要是和别的男孩子达成什么约定……真可怕！而更可怕的是，他发现自己已经是既得利益者的思维了，他有了的，就要想尽办法不让别人有。就像悬崖峭壁上的雕巢，已经孵化出来的小雕会把其他未孵化的蛋推下去。不过他又轻易原谅了自己，生存法则，人之常情嘛，他本来也不是什么高尚的人。

施念的辩证思维开始干活，她反问道："你不会是想反悔吧？那照你这样说，我和你之间的约定我也需要三思了啊。你让我答应你刚刚的话不也一样适用吗？"

郁谋深吸一口气，血压好像上来了。

他的手在兜里攥紧又放松："不，我的意思是你和别人的时候。而我刚刚的话你答应起来不用担心。"

"那为什么单单你我就可以不用担心？"

因为我刚刚的话不图其他，单纯就是为了你好。

少年没把心里的话说出口，而是目光深沉地看着施念，看得她心有戚戚。她觉得此时此刻郁谋的目光超越了他们这个年纪，但她不明白他为何突然要说这些。她不往心上放，他还生气了。

随后，男生叹气，做了自己都未料到的妥协："好，连带我的话也算上。除了你妈，你遇到的所有人都是你需要辩证怀疑的对象，都不可轻易相信和许诺。"

施念的思维却开始发散，想到了很有趣的 bug："那照你这样说，我只能相信我妈，连自己都不能相信咯？你看，如果这是一个游戏，我又可以卡 bug，我自己不想相信别人，那我自己不相信自己，那我就是得去相信别人……画在坐标系里的话，就像一条曲折延伸出去的线，相信、不相信、相信、不相信……发散的。你懂我什么意思吗？"最后，她得出结论，"所以我好像只有相信自己的相信，逆否命题也行，不相信自己的不相信，好像才可以从这个圈里跳出来，一条发散的线也会凝聚成一个点。真是好神奇啊！"

少年静默地看着她，很想捶她的头。

他想说，她讲的这个其实是不动点定理，相信和不相信也可以当成一个映射来看，有稳定的不动点，也有不稳定的不动点……

他的思维怎么也被她带跑了？此时此刻并不是想让她做数学题。

施念其实一点也不傻："你这人也是奇怪，按我妈的话说，就是矫情。男生矫情起来也真是要人命。难道学神的思维和一般人都不一样的吗？为什么说来说去总想让我不信任你？一般人难道不都拼命想让别人觉得自己好，信任自己吗？你好逗啊！"

"可不管你怎么说，我今天开始觉得你很好，是我可以信任的人。我相信我的相信。"她目光毫不避讳地直视郁谋。

郁谋的心颤了一下，别开视线。她说得没错，是他对自己没信心。他觉得自己不是什么高尚的人，因为家庭和自身的原因，他从小就心思很多，懂话术，懂察言观色，懂如何三言两语得到自己想要的东西，好脾气好形象大多是伪装出来的。

这样的他，独善其身，游刃有余，却偏偏想要施念认清真正的他自己。而一想到也许她见识到真正的他以后，会觉得他是个很阴暗的人，不喜欢他，他又心塞。

他也不知道自己到底在做什么。

两人在阴暗的楼道里沉默了一会儿，身后传来开门声。

爷爷背单词的声音从门口传出来："s-e-c-r-e-t，西克瑞特！西克瑞特是秘密的意思！"

小叔下楼扔垃圾，看到在楼道里的两人，问道："还想问怎么还不上楼，在这儿杵着干吗呢？"

施念转身往下跑："走啦，叔叔再见，郁谋再见！"

郁谋和小叔回到家，郁谋往房里走，小叔开始哼歌，是王心凌的"睫毛弯弯眼睛眨啊眨"。

郁谋回身看小叔，小叔咧嘴坏笑："西克瑞特是秘密的意思。"

高中上来的第一次大考就是期中考试。考试座位一般是按上一次考试的名次排的，可是他们之前是中考，学校便没有按照中考的分数排名，全部打乱了位置。

施念和施斐分到一个考室。两人位置隔得很远，施念靠窗，施斐靠另一边的墙。这间教室在一楼，施念往窗外看，还能看到操场上郁谋一个人在悠闲惬意地投三分。她往外看时，郁谋也往这处瞧，但他只是无意识地环顾，并没有看到谁。

施斐和几个他们班的男生聚在一起，人家压在他身上，揽着他的脖子。他被勒得满脸通红，瞥见施念进来，小胖子梗着脖子说了句："别闹！"然后挣开了别人的桎梏。

竟然还懂反抗了？

其他男生觉得新鲜，"哟"了一声，扇了下施斐的后脑勺。

施斐坐回自己位置上，假装看书，视线却越过书偷偷观察他姐。

施念找到自己的座位坐下，压根儿就没有往他这边看。她还在和他怄气，或者说，她不想管他了。

这次随机分座位的名单贴在楼道里，施念看了下，她分到的这个班最惨，大多都是年级里数得上名字的差生。

施念前面坐着的也是施斐他们班的男生。这个男生施念眼熟，就是常常找施斐碴儿的小团体的一员。

她其实挺怕他们这帮人的，他们在学校从来不穿校服，剃寸头，还在一侧剃出闪电形状，眉尾还专门刮断，张口闭口就是粗话，在楼道里走路故意撞人。鄂有乾都制不住他们，每次都是口头警告，一点用都没有。

施念坐下后就用语文书把自己埋起来。她其实之前看见了男生们欺负施斐，可她也怕啊，她从小到大都不是正面硬刚的那种头铁小姑娘。更何况施斐都发话了，他不屑她帮他出头，他想让贺然当他哥。

前座男生一只胳膊架在她的桌面上，身子朝外，大声笑着和其他男生骂骂咧咧。

施念感觉他看了看自己，立马发出声音假装背诵课文，心想：别找我事儿别找我事儿啊，阿弥陀佛。

男生"喂"了一声，她不理。他直接把她面前的书拍上，她吓了一跳，肚子开始抽搐。

"你是肥肥的姐姐吧？"他大刺刺地问，"你成绩怎么样？没事，反正总比我们强，考试时就靠你了。哈哈哈……"

周围几个男生也笑："对，你考试时上道一点，胳膊别挡着啊。"

施念没说话。她不想给他们抄，但她怕得要死，没胆量说不。

前座男生咄咄逼人，要抢她面前的书，她按着不给，结果把页角撕了道口子。

他浑不在意："和你说的你听见没？"

施念吐出一口气，忍。

男生看她这样子啧啧评价道："不是一家人不进一家门，跟你弟一样，都是尿货。

"记住了，我们敲桌子，你就把卷子推到边上，不然我们看不清。"

施念又吐出一口气。现在不出声，考试不照做，阳奉阴违呗，熬过去就行。

可是有四场考试呢，她熬过语文，还有数学，还有英语……啊！

男生用身体撞了下她的桌子："你往后面去点儿，老子都没位置了。"

施念看了下，他那边位置宽得很。

她把自己的桌子往后挪了挪，男生嫌她慢，直接上手推，她放在桌上的签字笔滚到了地上。她弯腰捡起，在纸上画了画，发现笔珠摔坏了，出水断断续续。可恶……

男生继续道："你要那么大地儿干吗？你比你弟还肥啊？哈哈哈……"

周围人也哄笑。

施念本来低着头，心烦意乱，脑子里有根弦一直绷着。手里攥着的签字笔是她为考试专门拿的新的，还没用过呢，就不出水了，特别特别心疼。她唰唰唰地在纸上画了几道，因为笔珠坏了，签字笔在纸上只画出了空印子。

她咬牙，吐出一口气，"啪"的一声把面前的课本往桌上一拍，站起身，居高临下地瞪着前面这个男生。

因为女生的反应太突然，男生愣了一下。

"我不会给你们抄的。"一时冲动站起来，现在她的腿肚子有点抽筋。

可是，站都站了……她觉得自己上头了。

施念又想到，因为他们几个，沿河沿儿的人还揍过郁谋他们，突然就很想逞一回英雄。施斐不是想认贺然吗？那就让他看看，他这个姐姐才最管用，贺然靠边儿去吧！

她一字一句地说："我弟有名字，叫施斐，斐是《雪山飞狐》里大侠胡斐的斐，三声，不叫肥肥，你个文盲。

"我是他姐，我不吭声不代表我怕你们，而是代表我懒得搭理你们。正好，你不说我还忘了。"

刚刚紧张得忘记呼吸，她喘了口气，继续说："你和你沿河沿儿的几个朋友打个招呼，周末下午四点，隆府街上游戏厅门口，我要找他们谈谈。"

男生也倏地站起。他身高一米八，看施念像看小豆子。他扯嘴笑，以为自己还挺酷，实际上在施念眼里像个油腻的傻子。

他一脸不可置信："你？找他们打架啊？"

施念输人不输阵，大言不惭："打架……我是打不过的。"郁谋四个都打不过，她哪里打得过？她又不是傻子。

这句话一出，周围人都笑得拍桌。

施念却很严肃，说话掷地有声："但是打别的我可以。他们七八个人不会连我一个女生都怕了吧？"

男生看了看她，随后视线上移："好，那我帮你带话。"

施念觉得很满意，但又奇怪，是自己的威严震慑到他了吗？怎么他不取笑自己了？

男生有些不确定地指指她身后："那你俩是一起的？"

施念愣了愣，回头，发现郁谋不知什么时候进的教室，此时正站在她身后，一脸冷峻。

3

大冷天的，郁谋的额头上竟然还有一些薄汗，前额碎发被他抓到后面，一双黑漆漆的眸子盯着施念前座的男生。他比那个男生还要高上几厘米，越过施念的头顶睨着对方。

郁谋什么都没说，甚至也没什么面部表情，气场却莫名强……且狂。周围同学都在瞄他，但不敢把直勾勾的视线放在他身上。

施念看着郁谋也觉得莫名害怕，虽然她知道他摆那张脸并不是对自己的。

她小声问道："你怎么来了？"

郁谋说："来考试。"

一句废话。

他将手里的篮球往施念座位底下随意一扔，篮球滚了几圈在座位下的围杆里立定停好，然后他拽着施念到他身后。

施念蒙蒙地被他拽着，他力气很大，她有点踉跄。她从郁谋的胳膊边探出脑袋，又被他按了回去。

他扯了一下校服拉链，将校服脱下来团成一团，往桌斗里一塞，就像回自己座位那么自然。少年里面只穿一件黑色短袖，手臂上还贴了几张哆啦A梦的创可贴，有点滑稽，周围人见了却笑不出来。

他猛地踢了一脚前面的椅子，然后顺势坐下，推着桌子往前移了好多。

"现在宽松多了，之前太挤。"他说。

前座男生的气焰被他压制得死死的。男生认识郁谋，知道郁谋在男生里人缘好，也知道郁谋在老师那里基本是无罪通行证。一中的教学还是非常严的，校园里打架这种事情几乎不会发生，即使是像赞助班里的男生们去找沿河沿儿中学的学生，也仅仅局限在课后。他们没有胆子真的去犯事，顶多是打打违反纪律的擦边球。所以看现在这状况，男生一下子就怂了，欺软怕硬罢了。

施念有点被郁谋搞糊涂了，不知道他为什么要坐在自己位子上。她觉得他俩现在像极了古装电视剧里的皇帝和太监，或者是电影里一贯盛行的大哥小弟模式，她是那个在一旁给皇帝扇扇子的狗腿太监，或是大哥边上的嘻哈小哥。

郁谋帮施念收拾好书包，把她的东西塞给她："你去一班第四列第三行，那是我的座位。"

施念抱着书包和外套："然后呢？"

郁谋又把座位右上角贴着的名牌小心揭下来，交给她："我和你换座，这个座位现在归我了。"

施念压低声音："你疯了？怎么能说换座位就换座位？"

郁谋看她，眨了眨眼："没事，我会和老师说的，不用担心。"

"你怎么和老师说？"

郁谋看了一眼窗外，窗外就是操场。他慢悠悠地说："就说我坐这里方便提前交卷去打篮球。"

他声音不大，周围的人却全听见了。这话可太欠了，男生们又觉得莫名兴奋，有些好事者竟然开始拍着桌子怪叫，将这句话默默记在心里，以期有朝一日自己也能用上。

施念看了看周围的人，也不知道是提前交卷刺激到了他们，还是打篮球这事让他们兴奋，也可能是两者都有。

"还可以这样吗？"施念有些惊讶。她要是这么和老师说话，估计会被立刻请家长。她不觉得郁谋可以被优待到这种程度，隐隐担忧。

郁谋轻轻挑了一下眉："是我的话就可以。"

这个神情一点也不郁谋，那种毫不掩饰的少年轻狂，真的一点也不郁谋。

施念不可置信地看着郁谋，她十分确定他那酷酷的语气是刻意装出来的，他从不这样的，至少初中三年不这样。

郁谋却像没事儿人一样，看施念还杵在原地不动，抱着个书包像是抱着松果的松鼠。

他露出个无奈的笑："去把我书包拿来吧，不然没笔。"然后是一声极轻极轻的单音节，轻到大概只有他自己能听到，"乖。"

说着，他飞速摸了下施念的头，眼神里带了点柔软。

这举动过于亲昵。如果是贺然这样做，施念会揍他掐他踢他。但摸她头的人是郁谋，她完全僵住了。

她晕晕的，脸通红。她当然知道郁谋在为她撑腰，可又十分不习惯这种被围观的感觉。全考室同学都饶有兴致地看着他俩，还发出起哄的声音。

显而易见，他是学神，她是笨蛋，两人之间……

大概会这样猜测他俩吧？

但她心里明白，事实并非如此。他俩的革命友谊其实刚刚建立，还建立在蛋、金钱、笔记上，是不折不扣的钱蛋交易。

她想不通郁谋为何会突然来到她所在的考室，也不明白郁谋为何出手相助，还违背他的本性去搞好学生的特殊化，和她换座位。

她不太想欠他这个人情，保证书上可没写这些，这些都是他擅作主张白送给她的服务。她不想因为自己的一时冲动给他带来麻烦。

没人告诉她现在应该怎么做，她也不太习惯被这样保护，无论是小学时债主找上门把她吓得够呛，还是被人指着鼻子说不配当两道杠，还有父母冲去校长室讨公道。爱她的人已经拼尽全力去保护她，但收效并不显著，最终都是靠她自己去一点点消化长长久久的恐惧和委屈。

而像现在这样立竿见影的保护还是头一次。

她好像什么都不用做，就被好好地维护了。她除了有点怕郁谋被请家长，一点委屈都没生出来。

这个男生好神奇哦。

她闷闷点头："哦。"

他看施念慢吞吞地走出教室，便收起笑容，对几个男生说："不是想抄卷子吗？干吗不抄成绩最好的？找女生下手有什么出息？年级第一的卷子给你们抄不抄？"

旁边几个男生没想到郁谋会主动提出抄卷子，觍着脸开始没话找话。

一旁看热闹的同学也开始叽叽喳喳，有人问他是谁，有认识的小声说："中考市状元，总分接近满分的那种。"

然后教室一片"噗"声。

第一门考语文。

监考老师抱着封口牛皮纸袋进来。

卷子发下来，还不让动笔，郁谋很认真地看选择题，然后翻到最后一页看了看作文题目。

周围的男生还和郁谋确认："一会儿帮助下啊，谢了，哥们儿。"

郁谋点头。

老师看了看表，说："可以开始写了。"

教室里一片唰唰声。

突然，郁谋站了起来，一手抓着篮球，一手拿着白卷，走到讲台前。

全班错愕。

老师压低声音和郁谋确认，郁谋则笑着说了几句话。众目睽睽之下，老师竟然还拍了拍他的肩膀，就这么让他出去了。

围着郁谋的一圈男生本来都摩拳擦掌打算开抄了，此时默默在心里骂了声，还可以这样？

他们之前以为稳了，考试前连抱佛脚都没有，光顾着聊天了，看郁谋大摇大摆走出教室时，人都傻了，却一点脾气没敢有。

操场响起拍球声。靠窗的同学往外看，看到鄂有乾叫住郁谋，一脸严肃地同郁谋说话。郁谋则嘻嘻哈哈地把球传给鄂有乾，鄂有乾竟然还跳起投了个篮，他投篮的时候也是板着脸的。

这样的拍球声延续了两天。

施念担心的事情没有发生，她在本应属于郁谋的位子上考完了试，老师正常收卷，连问都没问。

最后一门考完。冬天天黑得早，教室顶上长条白炽灯管亮着，看着面前的卷子被收走，她舒了一口气。

她收拾书包时，外面楼道传来拍球声，还有人叫了声："郁谋。"

下一秒，郁谋就站在了一班门口，冲她打了个手势：一起坐公交车回家啊。

郁谋从没想过自己会以这种方式在高中出名：缺考一门语文，其他科目都是满四十五分钟就交卷，一分钟都不在教室里多待的。最关键的是，除了语文是零分，其他科目都是满分。

周五，最后一门考完，年级判卷组几个老师率先把他的卷子判出来了。老师们也八卦得很，凑在一起看郁谋的卷子，而且判得特别严，特想给他挑错。

然后这事被进办公室打探分数的同学听到，年级里就传开了。

周五放学，大家津津乐道，之前不认识郁谋的这下也认识了。

郁谋和施念坐在晃晃悠悠的公交车上。

这样的周五实在难得，因为刚考完试，老师布置的作业比往日少，放学时，文斯斯和许沐子还在说周末计划。

少年一脸闲适，他的腿如果是直着的话，膝盖会顶到前座，他把右边的腿往施念那边侧，因为惯性，时不时会碰触到女孩的腿。

公交车上除了他俩，还有其他一中的同学，同年级不同班级的。他们往这边看，窃窃私语。

施念的脸开始发烧。她一点也不轻松，抱着书包坐得特别直，力图保持校服支棱出来的角都不碰到郁谋的校服，特别怕看到他俩的同学说他俩怎么怎么样。本来座位就狭窄，她几乎都贴在窗户上了，导致她和郁谋之间有一条大缝。

郁谋好像故意似的，她往另一边蹭，他就跟着移过来，占据她刚刚让出来的位子，两人的位子他一个人占了一个半。

施念有点气，气这人怎么也不知道避嫌。她梗着脖子往窗外看，实际上什么都没看到。

窗外是车水马龙，是归家行人，是橘黄的路灯和斑驳的树影。她在自己的世界里咆哮：你们不要误会我们俩啊！

当她的目光从涣散到重新聚焦时，发现郁谋的视线一动不动地通过玻璃的反光落在她脸上，带点审视意味。那似乎不是什么好的目光，因为他只是看她，并没有在笑。

她吓了一跳，猛然回头。

郁谋笑了下，位子也重新给她让出来，语气有些许揶揄："终于肯回头了？"

4

　　施念蹭了蹭，终于蹭回座位中央，刚刚真的太挤了。郁谋的腿支棱到她这边，她很想和他说，即使是男孩子也不可以叉着腿坐！

　　她坐回来，不知道说什么，很想告诉郁谋："有别人在，你可不要一直找我讲话啊！"

　　车上人不算多，并不能完全遮挡其他一中同学的视线。

　　施念"嗯"了一声，就低头抠校服裤子中间那条隆起的走线，试图和郁谋做到井水不犯河水，让人看起来就是普通同学关系。

　　学生不可以早恋，但每所学校或多或少会有几对"关系很好"的男女同学。他们会在课间坐到一起，会在操场上散步，会在中午面对面慢悠悠吃饭，会在放学时一起回家……他们是年级里的谈资，他们好像也不怕成为谈资。

　　施念还看到过一对男女同学在楼道的窗户前聊天，他们看上去离得太近了点，她都替他们心惊胆战，自动站在老远替他们放哨。但同时她又觉得那场景很触人心弦，因为他们的背后就是窗户，窗外就是爬山虎和艳阳天。

　　郁谋看了看一旁的施念。女孩子的脸被垂下来的碎发遮住了……又来了，那只背着龟壳的恐龙。她好像总是这样，明明可以是白垩纪的地球霸主，一遇到这些事情，立马把壳子背上去当乌龟。

　　施念想了想，小声说："我不是故意不理你的。"她说话时依旧低着头，她觉得郁谋应该知道即使自己不看他，这句话也是在跟他说。

　　郁谋没出声，压根儿不接话。

　　施念在想，车厢太吵，他或许是没听见，于是稍稍提高声音："我说，我不是故意不理你的。"

　　郁谋还是不出声，连动都不动。

　　施念就用余光瞟他，想确认他是真没听见，还是装没听见。

　　她的视线一开始只敢落在他的腿上。他腿上放着书包，黑色书包软塌塌的。他考试的时候什么课本啊卷子啊都不带，一个口袋的拉链还是敞着的，里面什么都没有，所以也不怕丢东西。

少年用一只手臂勾着书包。他的手极好看，没有任何茧子，指节清晰，手指修长，指甲剪得短短的，不算整齐，但干净。

施念看他对自己的回答无动于衷，于是又悄悄往上看，这次视线到了他的脖子。她不知道该如何评价男生的脖子，但她能肯定的是，郁谋的脖颈线条也好看。怎么好看？哪里好看？不知道，但就是好看。

然后，继他左眼下那颗痣之后，她又发现了他身上的第二颗痣，隐在脖子右侧。那是痣吧？不是泥点子吧？她开始仔细确认。

郁谋被她看得有点绷不住。他知道她在瞟他，他是故意不理她的，可他万万没想到，这个看似乖的女孩子竟然盯着他的脖子看。

应该没有人告诉过她，不可以一直盯着男生的脖子看。

就在施念仔细去确认那是颗痣时，少年的喉结上下动了动。

郁谋声线冷漠，伸出手捂住脖子，捂得严严实实，质问道："你干吗偷看我？一开始不理我，现在又想来占我便宜？你好渣啊。"

施念不可思议地看他，他似笑非笑地回看她。

前座的爷爷好像听到了两人的对话，稍稍回头飞速瞟了一下两人，施念瞬间满脸通红。

郁谋看见了，看见她的血液冲上了脸、脖子，还有耳朵。

施念扯了他的袖子一下，有些着急："你不要乱说！"

郁谋将手窝成喇叭状，假装昭告天下："还动手动脚上了！"他义正词严，"我告诉你施念同学，我俩可是普通同学关系，你不可以对我这样。"

前座的老爷爷老奶奶一齐回头，上下打量施念。

施念拿起小饭兜扔他腿上。

郁谋依旧义正词严："你再这样侵犯我，我就要喊人了啊。"

老爷爷老奶奶开始交谈，只言片语的，施念只听到："女孩儿……真是不得了……没看出来啊……"

施念百口莫辩，急得直跺脚："你快闭嘴吧！"

这时公交车靠站，离到家还有两站，施念也顾不得了，背起书包挤过郁谋落荒而逃。

车门关闭前，郁谋笑了下，站起身也随她下了车。

避开了喧闹的街道，巷子里很安静，两人一前一后地走着。

施念的脸还烧着，她很不习惯成为焦点的感觉，包括被人议论、被人猜测。

郁谋跟着她走了一会儿，后来耐心耗尽，直接伸出手拉住她的书包。

施念像头驴子一样拧着劲往前走，却一步都难以迈出去。

两人较了一会儿劲，郁谋开口："你要是和我比力气，那咱俩今天谁也回不去家了，就耗着吧。"

施念站定不动，然后转头充满怨念地看着郁谋。郁谋却回以淡淡的笑，那笑不狂，但也不像之前的郁谋，而是带了点儿其他的东西，很新的东西。

"我做了什么让你这么恨我啊？"郁谋说，"我以为你要感谢我呢。"结果没想到这么想避开他。

他那个"恨"字用得有点重，刚一说出来，施念便泄了气。她意识到自己的行为在正常人眼里似乎就是忘恩负义。

她眼里的怒气消失，转而很无力地说："我没有恨你……你怎么用恨这个字呢？"

郁谋："那是为什么呢？"

施念茫然："什么为什么？"

他给她列数罪状："你昨天考完试没等我就自己坐车回去了，今天要不是我去一班门口堵你，估计你又要一个人悄悄回去。上车非要找单人座坐，不想和我坐一起是吗？装不认识是吗？还有……"
他停顿了一下，"上车以后不说话，人都要扭到窗户外面去了，你是打算以后都不和我讲话了，是吗？"

他眼里的笑意渐渐消失："你和我解释一下，咱俩之间是有深仇大恨啊还是杀父之仇啊，至于这么避着我吗？"

施念仰头看他。他生气了。

小饭兜被她拎着甩来甩去，时不时撞到她自己的腿，郁谋嫌烦，直接按住她的手："不要甩了。"

施念的手缩在校服袖子里，隔着一层布，依旧感觉男生的手滚烫。她停住不甩了，赶忙把手背到身后。

"对不起。"她最擅长道歉了。

"我没要你道歉，我只是需要一个解释。你如果觉得我是一个脾气很好的人，那你错了，并且我很认真地告诉你，我现在也在生气。我不觉得我应该被这样对待。"少年的语气像一潭死水，说自己生气时也无波无澜，可就是莫名让人害怕。

刚刚在公交车上逗她，那是一回事，现在要把事情说清楚，那又是另外一回事。嘻嘻哈哈不能解决问题，他也不是一个好糊弄的人。

施念觉得自己胃开始疼了。郁谋说得没错，她这两天是在刻意避着他，她甚至有些后悔，当初在考场不应该接受郁谋的好意。

她这算坏吗？

"我很怕。"她说。她脑子里一团糨糊，别说郁谋不懂了，她自己也很难解释清楚自己这两天的反常行为。

于是她打算实话实说："我没有恨你，也没有生你的气，我只是有点后悔。"

郁谋要气笑了："后悔和我换座位吗？施念，你竟然是这样想的啊？好吧，是我唐突了。"

他叫了她的大名。

她的胃里开始反酸。

"不是……我是后悔当初不应该冲动之下和那个男生吵架。"施念嘴角往下，再往下，喉咙开始酸涩，她看着郁谋，眨巴眨巴眼睛，"我是想，如果我当时忍过去，你就不会和我换座位，你不和我换座位，大家也不会议论……你也不会得不到年级第一……"

郁谋愣住了："大家议论什么了？"

"大家没有议论，但是我怕大家会议论。"

"议论什么？"

施念看着他，他真不知道吗？很显而易见啊。

她豁出去了，把小饭兜扔到地上，提高声音："议论……啊呀！你真要我说啊？就是议论咱俩那个啊！"

郁谋的嘴角不自觉浮现笑意："哪个啊？"

就是要你说啊，笨蛋。

施念瞪他，他回以不知情的无辜眼神。

"议论咱俩早恋啊！议论你……你喜欢我、我喜欢你啊之类的！哼！"施念脸上的红色就没下去过，现在都憋紫了。

郁谋装作恍然大悟。

真抱歉啊，他就是故意的，就怕大家不议论呢。

可他才不会告诉她。

少年若有所思："原来你在担心这个。要我说，不用担心。"

"你说不用担心就不用担心？"

"对，没有的事啊，身正不怕影子斜，反正我不喜欢你。难不成，你喜欢我啊？"他笑着看她，目光灼灼，像是要把她看穿。

"我也不喜欢你！"施念的声音几乎要穿破天际。

虽然知道她肯定会否定，但郁谋还是有一瞬间的伤心。他和自己说：这就是她嘛，背着乌龟壳的小恐龙，能理解。

"知道了，耳朵都要聋了，轻点声。所以你有什么好担心的？既然咱俩，嗯，你不喜欢我，我不喜欢你，谣言很快就会停止的。更何况，据我所知，根本没有什么谣言和议论，大部分都是你自己瞎想的。"

见施念愁眉苦脸，郁谋想帮她扯出个笑脸来，后来想想还是算了，隔着校服碰到手她都会吓得背过手去，去捏脸岂不是要吓得她把头砍了。

"还有……"施念补充，"我的心好内疚。昨天我听说你弃考语文，我难过了一整天。"

岂止啊，昨晚她蒙头在被子里哭了一鼻子。

郁谋插兜，看着她继续说："你是年级第一啊，初中三年是，高中三年也必须是。以前每次考完试你都可以上讲台讲话的，全年级都把你当成宝贝，可是因为我，你上了高中的第一次考试就不是年级第一了。我、我心疼死了！"

郁谋被她搞糊涂了，他不拿第一，她怎么比他还心疼？不对，他压根儿就没有什么感觉。拿第一，只是因为他恰好成绩是第一，又不是他天天盼着想着拿第一。

心口和胃都抽抽地疼，施念干脆蹲了下来："我玩游戏，所有关卡都要刷到三颗满星才可以，更何况你考试呢？你这是少了一个勋章啊！'学生时代一直是第一'的人生勋章。难过死了！心疼死了！啊啊！"

郁谋垂手也蹲下来，大手覆到她的头顶上。说真的，他都不知道这要怎么哄，无奈又好笑，还觉得面前这个女孩子蠢蠢的。

他只好说："别难过啦。"

平平无奇的不走心安慰。

施念抬头看他，甩开他放在自己头上的手，继续说："而且……而且你从不使用好学生特权的，你压根儿就不是那样的人，所以我很难过，我觉得你因为我装出了本不是你的样子。"

"我什么样子？"

"狂得很。"

少年咧嘴笑："那我要告诉你，如果那就是我本来的样子，之前都是装出来的呢？"

"真的吗？"

"你猜。"

施念不打算猜，她笃定地认为郁谋是在安慰她。她开心不起来，因为她不想看到别人因为自己而做出改变，就好像她不希望池小萍的人生被自己和父亲拖累一样。

要是世界上的好人都自私一点就好了。她希望池小萍自私一点，不要管她，赚的钱只给自己花，不给她换自行车也无所谓。

郁谋呢？郁谋也是很好的人，他就不要管她了，他去一如既往地谦逊有礼，不惹是生非，次次拿第一。

她这样想，是因为她是世界无敌大善人吗？不是的。如果她在乎的人都能自私且畅快地活着，那她的压力就不会那么大。她不希望自己欠别人的，无论是人情还是金钱。

这些要她怎么说呢？他一定觉得她很假。

郁谋见她一脸不相信的样子，一时也很难证明自己本来是个什么样人。他只是记起自己很小的时候就意识到自己和别人不一样，他理解知识极快，记忆力极好。这样的小孩子，如果不加控制和教育，很容易蔑视同类，因为他有余力这样做。而因为他母亲的缘故，这么说来也许算是他的幸运，他知道了藏起锋芒。可是锋芒被藏起，并不代表它不存在，谦虚、内敛、温和，皆是伪装。也许在内心深处，正如他自己说的那样，蔑视、狂妄、张扬，才是他本来的样子。末流的杀手佩刀，最顶尖的杀手衣襟上才会别粉色的花。

施念不起来，郁谋也蹲在她面前。

天气很冷。

"起来吗？"他问。

施念摇头。她很想起来，但是他这么一问，她又不想起来了，想一直蹲在这里，蹲到世界末日，好像那样她才舒坦，最好谁也别管她，就叫她一直蹲着。

"哎，你知道吗？"他换了个轻松的语气，"之前我在这条巷子里看见过××和×××。"他说了他们年级一对很出名的同学的名字。

"然后呢？"施念好奇。

"他俩站在这条巷子里。"他抬头看了看两人头顶的路灯，"喏，就在这个路灯下，位置一模一样。"

不出他所料，施念一下子弹了起来："啊！那我们快走吧！"她脸又红了。

郁谋跟着起身，不紧不慢地走在她身旁："你急什么？"

"我没急啊！"

第八章

少年有所为，有所不为

1

"对了，周末那事你打算怎么办？"郁谋问道。

施念奋力走在前面，听这话苦着一张脸回过头："我好不容易把这事忘了，你怎么又让我想起来了？"

郁谋展眉笑道："这不是我提不提醒你的问题啊，我还以为你胸有成竹呢。"

施念摇头："那天说完我就后悔了。我在想我当时是不是被什么附身了，为什么会说出那番话，我真想捶死自己。"说着，她拎着小饭兜的手抬起来使劲捶了一下自己的脑袋，吓了郁谋一跳。

现在真是骑虎难下，她凑到郁谋身旁说："你说，我装作忘记了，不去成不成？"这事就黑不提白不提了。

郁谋认真想了下，回道："恐怕不能。"

考完试，那几个男生实在窝火，又不敢对郁谋怎么样，于是让郁谋转告施念，周日游戏厅门口不见不散。

施念开始耍赖，手臂甩起来："我不去，就不去，他们还能怎么样我呢？"

郁谋说："你不去的话，也许不能把你怎么样。"因为有他在，"但是你有没有想过你弟？他在赞助班处境会更加艰难，和那帮人成天低头不见抬头见的。"

"……也是。"施念叹气，"你知道吗，我当时真的是气冲脑门。我知道我弟也并不是什么招人喜欢的性格，就……我不是说他坏话啊，我大概能猜到为什么他们班的人排挤他、欺负他，无非是觉得他性格软、身材胖，而且张口闭口就是你爸妈做什么的，我爸妈做什么的，你看我买的鞋，我的零花钱多少多少……

"他也是近几年才变成这样的，也不好说是环境改变了他，还是他本身就是这样的人。但不管怎么说，他是我弟，而且他再怎么样，也不是活该被欺负的理由。

"我这两天在想，他真的比我之前想象的处境还要艰难。我以前总觉得，他已经这么大了，人际关系他自己能够处理。可是你知道吗？就那天，咱俩换座位前，我真的一刻也不想在那个班级待着。他们骂骂咧咧的，说脏话，说一些无聊的笑话，桌椅撞来撞去……我就想，我弟可是天天在那样的环境下生存啊。他遭到的言语上的、身体上的暴力比我遭到的要多得多，他该多害怕，多无助啊？怎么能奢求他在这个年龄就能很好地处理这些事情呢？可是我、贺然，也无法真正地帮上他，因为我们不可能 24 小时待在他身边。

"我、贺然、傅辽、许沐子、文斯斯，还有你，我们恰好都在一个班级，而他一个人孤零零地在另一个班级。他会不会觉得自己是被抛弃了呢？他表现出来的张扬啊，炫耀家境啊，假大方啊，也许只是他的保护壳。那可是从小跟在我屁股后面长大的小胖子，我好难过啊。我说这些你能理解吗？你能理解当时我为什么冲动吗，冲动到要和沿河沿儿那边的约架？"施念说了一堆，闷闷不乐。

郁谋沉默了一会儿。他很想说，他当然理解，像他这两天的行为也是往常的他没有办法想象的。弃考、提前交卷去打球，要多狂有多狂，这也是冲动，因为看到施念被那么一群人围着，桌椅被挤，笔掉地上。女孩子这么被欺负，他全身的血液一下子就蹿到头顶了。他都只是在言语上逗逗她，更进一步的都舍不得，他们凭什么敢那样对她？所以最后他采取了比打一架更侮辱人的行为。

"说个题外话。"郁谋道，"你不好奇我为什么弃考语文吗？"

施念摇头。

少年咧嘴笑，带了点得意："因为语文卷子我没办法保证在 45 分钟内写完，也没办法拿满分。"

施念还是疑惑："所以呢？"

郁谋觉得自己一片心思简直喂了狗，就好像他以为自己说了一个很好笑的笑话，但是对方没理解笑点，他还要给她解释。这就很没有面子。

"会去欺负别人的人，大都欺软怕硬，真正强大的人是不会去欺负弱小的。所以我的意思是，周末去见沿河沿儿的事情，你一定要以极其震撼的方式让他们意识到你弟身边的这些人不好惹。"

就好比他弃考语文，就是为了保证他考的科目都满分，这样别人会觉得他对待考试像玩儿一样，不考语文就不考，想考的都满分，老师也拿他没辙。

施念思忖了一下，使劲点头："我觉得你说得好有道理。"她又由衷感慨，"没想到你段位这么高！你真厉害！"

郁谋暗自表示赞同的同时，又觉得哪里怪怪的。

他段位高他承认，但被她说出来就……

贺然陪施斐站在大院门口等他姐。

施斐穿着棉服冻得瑟瑟发抖，他看贺然只穿了冬季校服加卫衣，忍不住问："哥，你不冷吗？"

贺然蛮无所谓，捶了捶自己胸口："怎么样？被体育生强悍的身体素质震撼到了吧？以后我这身板儿就是你姐的依靠。"

施斐转头看施念家的窗户，还没亮灯。奇了怪了，按理说她应该已经回来了。

贺然掏手机："我给你姐打个电话，别是被人拐走了。"他的袖子里还揣着一个在街角买的烤红薯，等着给施念，怕凉了。

施斐摇头："贺然哥，别，晚点更好，再等等，我再做做心理准备，我还没想好一会儿说什么。"

贺然一只胳膊架在施斐肩膀上，笑道："她是你亲姐，你跟她道个歉还这么尿，我也真是服了你了。"

施斐嘟囔："我和你可不一样。你每次把我姐惹急了，嬉皮笑脸一句对不起，屁用没有。我可是准备走心的。"

贺然"啧"了一声，想反驳，施斐继续说道："再说了，你和我姐不也没完全和好吗？让你删的评论你也没删，活该我姐不愿意理你。"

贺然瞧着施斐："哎？小胖，我发现你现在对我说话很不客气。怎么回事啊你？"

施斐嘿嘿笑："我是让你有点危机感。我告诉你，我最近发现，甭看我姐那样，她还挺受欢迎的，你不要以为自己就稳了。"那天教室里的事他可是实实在在的见证人，不得不承认，他要是女生，见到郁谋那样的也得心动。

贺然神色一凛："哇，谁还打你姐的主意？"

施斐看贺然那依旧没有察觉的样子，有点恨铁不成钢。

郁谋和施念换座位，贺然是知道的；施念放话要找沿河沿儿的人谈谈，贺然也是知道的。贺然一直觉得，这不都是明面上的事情吗，有什么好想的？郁谋本就助人为乐，把施念换到一班去考试，施斐觉得还要正大光明地感谢他呢。

施斐稍稍提示："哥，你动动脑子成不成啊？体育生也不带这么不用脑子的吧？"

贺然犹豫道："你说谁啊？郁谋？你这个胖子是不是脑子有病？除了这次，他俩在学校基本不说话。施念和傅辽说的话，都比和郁谋说的话多。"

施念他太了解了，每天和许沐子、文斯斯打水、上厕所，真的一点儿破绽也没有。

施斐叹了口气。

贺然用胳膊撞他："所以你说的是谁啊？"

施斐打哈哈："算了，你当我瞎说吧。"

贺然佯装扭他脖子："不是，你别糊弄我，你给说清楚，到底谁啊？"

"张三李四王二麻子，行了吧？我就是给你提个醒。当然啦，你也别多想，目前为止，我还是坚定站你这边的，贺姐夫。"

贺然本来心都放平了，听到最后三个字，琢磨了一下："不对啊，之前叫我姐夫，现在怎么前面还加个姓氏？"

两人说着，往路口张望，看见了并排走进大院巷子口的施念和郁谋。

贺然其实率先看到施念，本想吹声口哨，下一瞬看到了她身边的郁谋，一下子就吹不出了，愣怔在原地。

他想到了施斐刚刚说的话。

贺然看郁谋，郁谋脸上没什么表情，一贯的冷淡，并不是和施念有说有笑的那种，和施念也保持着半米的距离。贺然知道郁谋的自行车没带过来，现在每天坐公交车上下学。

他觉得自己被施斐带偏了。一个大院的，一起坐公交车，也还算正常吧？

他有点烦躁，烦躁自己的不磊落，不知道在瞎猜什么。

感受到打量，郁谋也抬头。他看见贺然，冲对方点了头。贺然也点了点头。也许是各怀心思，打过招呼后，两个高个儿男生从隔着几百米到走近，并没有说更多的话。

最后反倒是施斐别别扭扭地喊出声："姐。"这一声由呜呜的北风送到了施念跟前。

施念没想到施斐会在门口等她。她很肯定他既然在这里站着，那就一定是在等她，她有心灵感应的。

施念快步跑过去，冲到施斐跟前，又停住。

施斐又叫了声："姐。"

姐弟俩在寒风中对着看了半天，脸都红彤彤的，一个是被风吹的，一个就不清楚了。

施念想问他傻不傻，大冷天的怎么在这儿站着，可是话还没问出口，眼圈就先红了，她感觉他是想道歉。那天她帮他出头后，她就觉得施斐有好几次磨磨叽叽地在楼道里想来找她说话的，可还是被他磨蹭到了考试后。

于是她抡起小饭兜砸施斐的胖胳膊。

施斐也不躲，"哎哟"一声，苦笑着说："好疼哦，姐。"他明明是笑着，脸上的表情却比哭还难看，眼睛弯着，嘴角却向下。

施念也噘着嘴，忍住眼泪，又打了他一下，吸了吸鼻子："放屁，我根本没使劲。"

眼角有一行泪滑下来，施斐飞快地用袖子擦了一下。他用余光注视贺然和郁谋，两个男生识相地走到了远一点的地方。

看二人走远，施斐才说："对不起，姐，咱们和好好不好？是我错。"

施念的眼泪快要绷不住了："啊呀！真是的！你好烦啊。"

施斐没打算停止："你看你，总是说我不好，所以我觉得你可嫌弃我了。我说我不想你当我姐，是因为我一直觉得你不想让我当你弟。"

"才不是呢。"施念哽咽了。他这么一说，她好难过啊。

她解释："我说你不好，是我怕别人说你。我想既然我说你了，别人就不好意思说了，我想堵住他们的嘴。"

施斐委屈巴巴的："可是别人说我十句不好，抵不过你说我一句。别人说我，我可能第二天就忘了；你说我，我会一直记在心里。"

施念开始吧嗒吧嗒掉眼泪，她也用袖子擦，脸上被风一吹，生疼："那我以后不这样了。"

"你以后夸我，我保证我不会得意忘形。我胖，成绩也不好，我就是很没有自信的一个人，所以很需要被夸。你越说我，我越不好，我越不好，你越说我，这就是恶性循环。"

施念轻"嗯"一声，伸出手摸了摸施斐的脸。胖子在寒风中等她等了好久，脸冻得像两块冰坨。

施斐开心又难过，瘪着嘴一字一句地说："你那天说我的'斐'是大侠胡斐的斐，你不知道我有多开心。你明明很会夸人啊，为什么就不能多夸夸我呢？"

施念低头看脚尖，想了半天："可是……我之前也夸过你啊。"

施斐又一行眼泪流下来："你夸过我的几次我都记得住。你说我吃饭从不浪费，你的剩饭我都能一起解决。那不是夸啊，姐。"

一旁的两人见姐弟俩走了过来。

施斐其实和施念的脸型很像，即使他体重两百多斤，下巴也还有个小尖儿。两人就像一大一小的俄罗斯套娃，脸上挂着同款傻笑，就连酒窝的位置也差不多，一看就是和好了。

"姐，周日的事贺然哥说晚上我们几个一起想办法。许沐子和文斯斯说她们也要加入。"施斐说。

施念呆呆地"哦"了一声，今天心情大起大落，脑子一时半会儿转不过来。她看表，估摸着池小萍也要下班回家了，便对贺然和郁谋说："那我们晚上八点半，后门小卖部不见不散。"

各回各家时，施斐下意识跟在贺然身后，被施念拉住："你回人家家干吗啊？"

贺然乐呵，嘴上不忘占便宜："你家我家，还不都是你家？"他从袖子里掏出烤红薯，"喏，给你买的。"他说这话时，下意识看了眼郁谋，结果郁谋说了声"一会儿见"，都没转头，瞬间就进了自家单元门。

2

爬楼梯时，施斐气喘吁吁跟在施念后面。他扶着把手，艰难地一级一级往上走。

"话说我感觉我已经好久没上来过了。"施斐想了想，"上初中就没来过了。"

"哼，你也知道。我妈每次都问我，问你干吗不上来，问咱俩是不是闹别扭了。"施念站在每个楼层的平台上等他。

施斐问："那你怎么和婶婶说的？"

"我哪知道你抽什么风，突然就别扭起来了。我就跟我妈说你懒得爬楼梯，你家新房都是电梯入户，瞧不上我们这种老楼了。"

施斐还差五六级就能和施念站到同一高度，但是听到她这话中有话，立马就停住了，脸上的肉全部皱到一起。

施念看了他几秒钟才意识到他是在生气。

不过还没等施念说话，施斐率先语气很冲地说："才不是呢！你这样把人往坏处想，特别伤人。"

按道理说，施念应该立马回答，哎呀我不是那个意思，对不起。

可是她偏不。

她那么说，因为她就是那么想的，她才不会为了自己的真实想法而道歉。这事真的折磨她很久了，如果不说明白，她和施斐还是没有办法真正重归于好。

她抿了抿唇："好啊，那你说，真实原因是什么？为什么我感觉咱们两个好像是突然有一天就疏远了？是因为我爸欠钱了？我妈和我爸离婚了？你感觉你和我还有我妈没有关系了？还是我中考分数高？"

初中开始不来她家，高中开始话都少了，整个人变得拧巴得很，和小时候反差那么大，真的很难不让她怀疑。

小胖犹豫了一会儿，最后硬着头皮坦诚道："或多或少，大概都有吧。"

顿了顿，他又补充："虽然原因是你说的这些，但是我的想法和你猜的完全不一样，并且绝对不是因为我妒忌你。"

施念想了想："哦，那归根结底就是因为我家欠钱这个事咯。是不是钱一天不还完，你一天就觉得我对你的好都是有前提的？"

施斐被她说得脸通红："不是！"为了表示他强烈的不同意，他又跺着脚说了一句，"不是！你怎么会这么想啊！"

少年急于辩解，直接哽咽了。

楼道里灭了的灯重被他跺亮，他看见他姐姐一脸惨白。女孩站得高高的，盛气凌人，好像掌握了真理一样。可他又觉得她这样显得孤零零的，摇摇欲坠。他的心都揪紧了。

他的声音颤抖得不行："姐，我们两个可是从小一起长大的啊，你怎么就……就不信我呢？"

施念觉得之前和郁谋说话时的胃痛感又涌上来了，外加上吹了冷风，开始胃痉挛，头也疼。她抱膝蹲下来，语气上却不输人："你说你一个男人，磨磨叽叽能演好几百集电视剧，总说别人误会你，但你又不说清楚人家到底怎么误会你了。反正我就是那样想的，你要是想让我不那么想，最好给出合理的解释来。"

施斐知道施念在用激将法，可他却沉默了。她说得对，他的确不想解释，或者说，他一点解释的勇气也没有，因为他知道一些施念不知道的、家族内部事情，譬如，施敬业为什么主动提出帮施学进还钱。

说真的，施斐还挺了解自己父亲的，有钱，但是只对自己家大方，而且舍得买大奔，换复式，之前的办公室装修就花了小一百万，绝对不是那种随随便便会给亲兄弟掏几十万堵窟窿的人。

那是因为什么呢？这事是施斐偷听来的——那个牌局是施敬业喊施学进去的。

"要是能和那几个大老板牵上线，以后哥的生意还能做更大。你就帮帮哥，去给他们露一手。你不最擅长这个了吗？"

当时施敬业提出要帮施学进还钱，其实也是为了自己。自己弟弟惹到几位爷了，施敬业屁颠屁颠赶紧替他把钱还上。

施敬业曾说："要不我们垫上的钱就不用学进一家还了，他们家是普通工薪阶层，还钱还到猴年马月去？"

妈妈却说："还，干吗不还？你介绍你弟去打牌，也是帮他介绍人脉。他要真是聪明人，就把那几个老板伺候开心了。当时是他自己一根筋，打得不爽了，偏要压人家一头，跟你可没什么关系。亲兄弟要明算账，一码归一码。你要真觉得亏欠你弟的，大不了以后斐斐出国，咱家资助念念也一起，那也是你心好，不是你亏欠的。"

施敬业叫施学进去打牌这事，恐怕池小萍都不清楚，不然不可能出了那事以后还一直喊施斐去吃饭，对施斐一如既往地好。

她们母女俩只道是施学进游手好闲，净搞些邪门歪道，去和人家打牌，几个晚上就赔了几十万。

姊姊不知道，施念不知道，施斐却无法坦然地像以前那样去施念家吃饭、睡觉、写作业了。

那事发生时，施念和施斐都还小。施斐一开始跟着姐姐一起难过、担忧，可是施斐的成长环境不一样，离开姐姐，他就是一个成天被他父亲带去各种各样饭局的少爷。饭局上烟雾缭绕，他听多见多了，很多思想也在潜移默化地跟着改变。

当明白了当年到底发生了什么事时，他选择了闭嘴。也许是出于私心，他觉得要是让施念和婶婶知道，他和施念就真的回不到从前了。原因再明显不过：那件事让施念家至今还欠着他家好多钱，还直接导致了她父母离婚。

他开始被知晓了黑色秘密而感到的不安所支配。他不敢，也不愿告诉施念，这个秘密恐怕要被他一直埋藏在心里。

施斐决定把这个球打回去，既然她想要解释，他就找一个能让她信服的理由来，但打死他也不可能说出最最真实的原因。

他从自己的诸多委屈中选择了一个说出口："我不来找你，因为我发现总是我上赶着你。你有没有发现，你几乎从来不找我的？"

人真的很神奇，因为一件事对另一个人内疚，但时间久了，内疚的表现形式就变成了理直气壮，平白对自己生出了怜悯和委屈。这就是现在的施斐的状态。所以他说的时候是非常诚恳的，因为这的确也是他和施念疏远的原因之一。

两人一个站着，一个蹲着，蹲着的那个在高处，却突然软了下去。

听施斐这么说，施念的气焰小了一半，眼神别过去："嗯……这也是有原因的。"

施斐乘胜追击："你看你不也支支吾吾的，还说我呢。"

见施念蹲着不说话，施斐觉得自己的做法有点卑鄙。思来想去，施斐无奈地看向施念，示弱道："姐，你还好吧？"

施念"哼"了一声："肚子疼，被你气的。"

明明她刚还站在道德制高点呢，怎么突然就不占理了？

施斐走上来，伸出手："能站起来吗？"

施念从书包口袋里摸出钥匙，交给施斐："真的很疼。你让我缓一缓，钥匙给你，你先上去开门。"

施斐不愿意丢下她："你是饿的吗？就两步路，坚持一下。要不你把贺然哥给你买的红薯先吃了。"

施念像看神经病一样看施斐："我蹲在楼道里吃烤红薯，好像有点奇怪。"

"那你就这么蹲着也很奇怪啊，像在楼道里拉屎。"

施念气死了，但是她连瞪人的力气都没有。她紧紧捂着肚子，头低着，额上冷汗涔涔的。其实就是吹了风加上饿，胃痉挛起来要人命。

"你赶紧给我滚上楼去，我过了这个劲儿就上来找你。两分钟。"

两人说话间，楼下传来有人上楼的声音。

施念声音变得好小："你快上去吧，别堵着，有人上来了。"

那人走上来，施念和施斐下意识往下看，竟然是郁谋。

就这么会儿工夫，他回家撂下书包，把校服换了。

三人愣愣地对视。

施念看他的样子，似乎是刚上楼，应该没有听到刚刚二人的对话。

"怎么蹲着？"郁谋问。

施斐和施念一齐说：

"被我气得肚子疼。"

"被他气得肚子疼。"

"不是和好了吗，怎么又惹你姐生气？"郁谋说着走上来，眼神一直放在施念身上。

他低头问道："能起来吗？"

施念摇头："没事，一会儿就好。你来这栋楼干……什么？"

她一句话还没说完，突然感觉身子一轻。

郁谋俯身，下一秒，她就这么被抱了起来。

少年一脸坦荡地催促也同样傻掉的施斐："走吧，上去吧，家在几楼啊？"说话语气像在唠家常，好像是助人为乐帮邻居老奶奶扛大米扛白菜那样轻松自在。

施念完全僵住了。有那么一瞬，她甚至感受不到胃疼。她贴着郁谋的胸膛，甚至能听到那胸膛里的心跳声。

怦！怦怦！

他到底知不知道自己在做什么？

施念觉得自己心跳骤停，人要晕过去了。

她知道他是好意，可是，这是抱啊！这么这么近……啊！

她整个人缩着，与其说是被抱起来，不如说是郁谋把一个打包好的箱子抬了起来。她老老实实用自己的手臂捆着自己，一动也不敢动，甚至脖子都缩了起来，像小时候玩过的西瓜虫，一弹，叽里咕噜滚成球。

郁谋让施斐带路，施斐却赶不上郁谋的速度。他看郁谋走在前面抱自己的姐姐上楼梯，心里有种好奇怪的感觉。他的猜测果然没有错，可是他又有点无名火。这个郁谋在搞什么？在他面前一点也不装的吗？根本不把他放在眼里啊！学习好了不起啊？

想到这里，施斐突然加了把劲，冲到前面去，憋着一口气。他要比郁谋跑得快，赶紧去开门！

郁谋莫名其妙地看着小胖子旋风般从身边蹿了上去。

施念原本想问郁谋来这楼干什么，是不是有什么事情找她，可她现在啥都想不起来，透过衣服都能感受到男孩子身体传来的热乎。

她快疯掉了。

于是她学着之前郁谋的样子，伸出一根手指，故作兴奋："你快把我放下来吧！哎，你猜怎么着，我肚子突然就好了！"

郁谋低头看她的嘴唇，白得发紫，冷淡摇头："你肚子没好。"

"我是不是很沉？"

郁谋竟然还掂了掂，认认真真地说："没感觉，也就……三百来斤？"

果不其然，施念不再执着于让他放下她，而是眉毛竖起来："你才三百来斤！"

少年抿唇笑开，眼角都挂着笑。他当然是故意那么说的。

施斐三年多没踏进这个家了，进屋漆黑一片，却一伸手就知道灯的开关在哪里。他憋了半天的尿，刚把灯打开便直冲厕所。

郁谋抱着女孩子进门，真像是把施念当成了打包箱，因为他问道："我把你搁哪儿？"

施念指了下右手边的房间："我想去床上躺着。"浑身一点力气都没有。

郁谋点头，又问："我可以进吗？"

施念"嗯"了一声。

郁谋得到允许，才进了女孩的屋子。

他想轻轻把施念放在床上，施念却拉住他的手臂："不要。你把我放床尾就行，我没换睡衣，不想躺在中间。"

郁谋便把她放在床尾。小小一张单人床，她蜷着，几乎不占什么地方。

他看了她几秒，她可能真的特别不舒服，此时安静得只有呼吸。他走到她房间门口，一刻也不在她房里多待。

即使是站在她房间门口，他也目不斜视，不去打量她屋内的陈设，倒是比抱起她那会儿规矩得多。

"对了，你是有事找我吗？"

"嗯，我小叔晚上做了干炸小丸子，问你和你弟要不要过去吃。"

小叔才没问，是他自己决定的，一进门闻到干炸小丸子的香味，立马折返回来找她。这不比烤红薯好吃？

施念慢慢说："哦，可是我晚上想喝粥。不过谢谢你小叔。"

郁谋不置可否，也觉得她此时的确不适合吃油炸的东西。叫她去吃饭其实只是个借口，他就只是想来看她一眼。刚刚告别时没回身，因为他不习惯被别人带节奏，但他从来都不是可以吃亏的性格。

他靠在门框上，声音变得很轻："要吃胃药吗？"

施念摇头："不至于。你让我弟去帮我倒杯热水就行，谢谢你。"

郁谋转身："好。"

他逃也似的，只因鼻尖挂着从她屋里带出的香气。

3

施念保持着这个缩成团的姿势一动不动。

她背向门，面朝窗。窗帘拉着，外面的树影影绰绰，没什么好看的，她却盯着那里看了好久。

她仔细听身后的响动，听到郁谋离开她的房间，听到她弟从厕所出来被木头门槛绊了一跤，还听到她弟走去厨房烧开水……

厨房里。

郁谋问："你知道大米在哪里吗？你姐要喝白粥。"

施斐将灶台下的花布帘子掀开，里面立着几桶家庭装饮料罐，里面灌满了米。池小萍用实验室贴烧瓶的便签在每桶米上标了日期。

郁谋又问施斐有没有小奶锅，施斐挠挠头，又去翻头顶的橱柜，一翻一个准儿，不锈钢小奶锅擦得锃亮，摆在头顶橱柜第二层。

这个家里所有东西似乎都维持着几年前的秩序，这让施斐有点恍惚。

他以前几乎天天晚上来这里吃饭。厨房就这么大点儿地方，他和施念都挤在这里，一人站炉灶一边，叽叽喳喳地给池小萍讲一天在学校都发生了什么。

郁谋接水淘米，旋开煤气灶把粥煮上，看见施斐面朝锅发呆。

煤气火旺，不过一会儿水就开始咕嘟，大米粒在水里一跳一跳的。

郁谋以为施斐饿了，就说："至少还得等三十分钟。"

施斐没听见郁谋的话，兀自发呆，直到一股无名酸涩从心底涌起，一行眼泪流了下来。

他都好久好久没来吃过饭了。他家现在三百多平方米，铺大理石，这里不过四五十平方米，厨房还是水泥地面，可他只要站在这里，就有安全感。刚刚一进门，闻到的空气中的味道都是熟悉的，都是好闻的。

郁谋惊呆了，他拍着小胖颇有手感的后背："饿成这样了？"

施斐摇头，擦了擦泪："热气蒸的。"

郁谋看了他半响，知道那眼泪里有内容，评价道："你和你姐挺像的，都挺爱哭。"

施斐不服气："都说是热气蒸的，我平白无故地哭什么？"

郁谋补充："还有，爱哭还不爱承认。"

客厅电话响了，施斐跑到客厅去接。

"喂，婶婶。"他开口的时候还有点犹豫，婶婶叫出口又有点想哭。

他"嗯"了几声，又"嘿嘿"笑了几声，最后又"嗯"了几声，然后把电话挂了，冲着施念的房间喊："姐，婶婶说今晚加班，让咱们自己吃。"

施念先是在屋内有气无力地"哦"了一声，因为是和施斐讲话，她语气毫不温柔，声音嘶哑地问："水呢？"

施斐又屁颠屁颠地跑去了厨房。

施斐进厨房，对郁谋小声说："听见没有，从小就这样。知道我喜欢来她家，揪着这个把柄可劲儿使唤我。"

郁谋靠在切菜台子边盯着粥，随口问道："你俩小时候住一起？"

"不仅住一起，还睡一屋。"施斐边说边将刚烧开的水倒进施念的专用水杯里，又倒了点暖壶里的温水。

郁谋看到那个水杯上的图案是一只浅绿色的卡通小恐龙，小恐龙的背脊是几个深绿三角形。真是奇怪的巧合，和他想象中的她一模一样，就差个乌龟壳了。

郁谋蹙眉："那房间摆得下两张床？"

施斐说："之前是上下铺，我叔自己拿铁架和木板拼的。我记得那木板薄得很，小学时，大晚上的我姐在上面边看《幽默大王》边笑，床板砰砰响，带着我也一起笑，后来被我婶婶揪起来一起骂，大晚上的不睡觉抽什么风哪？啊？"

他晃了晃水杯，让热水和温水融合在一起。他刚刚学池小萍的语气，学完以后神情迅速低落。

换床时大概是小学毕业那会儿，他已经不怎么来睡觉了。有天跟着施念回家，他看见上下铺变成了一张单人床，突然就崩溃了，哭得好大声。问他怎么了，他就说他在床架上贴满了《四驱兄弟》的贴纸，这下都没了！

好像只有他哭的时候施念才会哄哄他，当时她和他解释："看你总不来了才换的。不过没关系，你随时想来睡觉，我可以打地铺，给你睡床。"他姐为了哄他不哭还装兴奋，"我超喜欢打地铺！"

闻言，郁谋淡淡评价："我看你姐对你挺好的。"

施斐心里认同，嘴上却不愿服软："嗬，甭看她一女生，脾气差得很，打人可疼了，而且特别会掐人，用指甲尖掐，能掐出个八字来，疼得要死。不信你问贺然。"

说到贺然，他停住，转过头看郁谋，声音小且不坚定："郁谋哥，你是不是……我姐啊？我可以问下为什么吗？"

他实在是想不明白，郁谋不会是被人下了降头吧？他几乎想象不到郁谋和他姐之前有交集的可能。除非是他姐去街边算命摊花钱下降头，可他姐又绝对不会花这种冤枉钱。那么就是一见钟情？他寻思他姐也不是国色天香啊，小时候他还一度觉得他姐丑。

郁谋的眉心跳了下，目光定定地看着施斐："什么？"

施斐欲言又止，郁谋则笑了笑："我刚没听清，你问什么？"

施斐有些狐疑，可郁谋的表情耐心又坦诚。粥锅里咕嘟咕嘟，的确很吵。

施斐嘟囔："没什么。"

施念觉得肚子的疼痛似乎减轻了些，可她没打算起来，决定维持这个警戒又无趣的姿势直到郁谋离开，在他离开之前，她不打算和他说话了。

她没有生他的气，她在气自己，气自己现在的心跳声依旧清晰可闻。浑身上下都因为刚才的抱而仿佛被抽走了力气，只想瘫着发呆，任思绪乱作一团，而且还带着某种难以形容的羞耻感和负疚感。她缓缓地将自己缩得更小，仿佛这样才有安全感。她要把心跳声藏起来，怕整个大院都听到。

她不断在问自己两个问题：你怎么这么没出息？郁谋为什么会抱你？

对于第一个问题，她很快得出结论：她是怕被楼道里的大人看见，然后告诉她妈妈。

对于第二个问题，她一点也不敢去往自恋的那方面想，心口一阵阵郁结。

烦死了，和郁谋有关的都不是什么好词。

施念听见有人走到她门口，停住了。她嫌施斐慢，翻身坐起来埋怨："我都疼过劲儿了怎么水才来？"

结果一抬眼，是郁谋。

水杯被他握着，显得好小，像是小朋友的喝水杯。

他本来笑着，觉得施念的语气挺新鲜，随后意识到施念那种毫无芥蒂的撒娇语气是误把自己当成了施斐，又立马冷下来。

他自己都没察觉这变化。

他站在门口，施念从他的神情中看不出任何蛛丝马迹。他没进来，伸臂把水递到她跟前，挺公事公办的："过十分钟起来喝粥吧。我先回去了。"也不是多冷淡的态度，但在施念的判断中，他好像也仅仅是抱过就抱过了，没有受到任何影响，也没有要解释什么的。

昏暗的房间里，施念孤零零坐在床尾，觉得莫名其妙，又忽然觉得自己好傻。

晚上八点半，建仁小卖部。

七个人围成一圈，施念故意站在和郁谋的对角线上，离得最远。

气氛似乎没有想象中那么焦灼，因为边想计划，三个女生还边弯腰用火腿肠喂福来。

大周五的，傅辽实在不耐烦，想赶快说完然后回贺然家打游戏，于是急吼吼地问："赶紧的，所以说作战计划是什么？"

贺然知道他想什么，踹他："急什么，这不是都想着呢？"

文斯斯："你们上次打了一架，那边是七八个人，体格怎么样？身高怎么样？用什么器械没？"

四个男生默默地交换了一下眼神，用沉默代替肯定。

施斐使劲点头，也不知道在赞同什么。

许沐子："那要这样说，这次咱们这边多了三个女生，好像也并没有加入决胜因素吧。"

傅辽："谁说的？你一个人顶三个男生。你一去，人家当场散伙，哭着喊着姚明来啦，姚明来啦——"

许沐子不开心了，她虽然个子高，但最烦别人不把她当女生，于是猛地直起身，撸起袖子将傅辽的头按下去："我是女生，才不会打架！"

傅辽缩着脖子咳嗽："那你现在在干吗？"

贺然将两人分开，训傅辽："你说你打不过人家还老招惹！"

许沐子大声反驳："我可没打！"

施念把手里的火腿肠给福来吃完，拍拍手站起来，说："不行，咱不能打架。我本意也不是要去找他们打架。"

许沐子继续坚持："我没打啊。"

文斯斯给许沐子顺气，问施念："那你本意是什么？"

福来还在挠施念的腿，施念给它演示自己手里没有火腿肠了，一摊手："逞口舌之快。"她认认真真地自欺欺人，"我当时只是说找他们谈谈，我用的是'谈谈'，他们不可能真以为我是找他们打架的吧？不可能吧？"

傅辽一拍额头："施念，你逗我呢？施斐，你姐是不是脑子有问题？"

施念没理傅辽："那你们说，我要是提议打游戏分胜负，他们会同意吗？”

傅辽一脸不可思议的表情：“你以为演动画片，你发大招时人家站一边看着你发？你说玩游戏就玩游戏？那我还说比赛踢毽子呢，那咱这边稳赢。关键是，人干吗听你的？”他干脆举手，“事先说好啊，周日那天我会生病，我不去了，太丢人了。”

贺然“呲”了一声，不乐意了：“人家施念说一句，你回三句，你语文怎么这么好？”

傅辽转向郁谋：“不是，你们不觉得我刚刚说的才是真理吗？”

结果郁谋也没同意他。

文斯斯开启班长模式：“沿河沿儿那边骚扰我们学校的学生其实不止一次两次了，咱们一次㞞，次次㞞，所以这不仅仅是施念的事，还是我们一中集体的事。”

施斐苦着脸：“一中集体的事，那干吗就我一个人遭殃？”他指上次鞋被扔到树上那事。

文斯斯拍他：“那是因为你在你们班人缘不好，拿你开刀了。”

施斐：“斯斯姐，这一点也不能安慰到我。”

贺然难得严肃，问一旁的郁谋：“谋谋，你有什么好办法？”

郁谋摇头：“我也没什么好办法。

“不过，我好像知道他们那边的一个……也不算秘密吧，反正就是知道件事儿，也许有用。”

4

郁谋说完，停顿了一下。大家自动围成一个圈，视线都放在他身上，等他开口。

施念对着风口，从巷子里吹来的风冻得她哆哆嗦嗦，脸蛋和鼻头全是红的。

郁谋再次说话前不动声色地稍稍移了下位置，往旁边站了站，把风挡了个七七八八。

大家都没察觉他的小动作。

施念好奇郁谋到底要说什么，可同时她又隐隐感觉他的态度很勉强，因为她看出他难得展现出犹豫，似乎并不愿意和大家分享这件事一样，而是万不得已，下了好大决心才开口的。

郁谋缓缓说："他们学校现在的老大是他们校篮球队的小前锋，也是队长。"

贺然回忆了下这号人物："小前锋……我想想，叫什么……乔跃洲。"

郁谋说："对，就是他。他不经常出来找外校学生麻烦，大概是因为队长身份，但是市里几次出名的学生冲突，都和他多多少少有关系……除此之外，他爸在电脑城有个铺子，不怎么赚钱，他学费、生活费基本都是靠打篮球比赛得的奖金。"

傅辽惊讶："这你都知道？连他爸是谁都被你挖出来了？"

郁谋神情复杂："也是凑巧。初中，我、张达他们差点儿和乔跃洲几个人在游戏厅打起来。那会儿还不知道他名字，就是看他们狂成那样太碍眼。后来有次我去电脑城买游戏卡，正好看到一间铺子上挂着乔跃洲的照片，穿着篮球服背心，举了一个奖杯。"

贺然补充："这我知道，他们初二时拿过奖。"

郁谋继续："我当时还处于年轻气盛的阶段，抱着打听名字然后去他们学校找碴儿的想法，我就问铺子的老板照片上是谁，结果老板特自豪地告诉我说那是他儿子。"少年声音一如既往的冷淡，"老板看我穿一中校服，还拉着我聊天，说他儿子差一点就能上一中了，都赖他，拖了儿子后腿。"

施念没忍住问了一句："差一点上一中……还有这说法？能上就是能上啊，不能上就是不能上啊，为什么这么说？"

郁谋看向她，语气沉沉："他坐轮椅，两条腿从这里往下……"他比画着膝盖，"都没了。"

北风呜呜，夜幕漆黑，加上郁谋那个语气，在场的三个女生一齐打了个哆嗦。

她们倒不是怕，而是生出很多很复杂的情绪，内心最底处有根弦被拨了一下，那根弦叫恻隐之心。

"老板可能是看出了我不相信，就跟你们现在的表情差不多。我也是想着，上就是上，'差一点就能上'的这种说辞也许只是自我安慰，然后他就给我解释，说他儿子很懂事，沿河沿儿给他儿子开条件，一直为校队卖力就能一直有奖金，打比赛赢了还有额外的钱。一中市里排名第一，不愁没有好学生，也不愁篮球队招不到人，沿河沿儿就不一样了，需要这种额外的激励才能留下人才。"

说到沿河沿儿了。

傅辽接话："确实。不过一说一啊，甭看他们学校穷，校队却一直拿奖，好多私立的贵族学校都打不过他们。咱们校篮球队排第一，他们大概第二第三的样子，已经是很不错的成绩了。"

许沐子说："市里中学联赛，经常能抽到在沿河沿儿举行。初中那会儿我们去过几次，高中到目前为止去过一次，我必须要说，他们学校篮球馆确实太破了，是我打过的最差的场馆。"

贺然赞同："我们男篮的也经常吐槽，说在沿河沿儿再多打几场，兄弟们的职业生涯都要报废了。他们那个破场地太费韧带。"

许沐子"嗯"了一声，掰着手指头细数："篮筐都是歪的，那个地板我次次去次次崴脚，而且女篮更衣室一直在装修，我们每次都不得不和男篮的轮流共用同一个更衣室，特别不方便……就一个小更衣室，从初一开始装修，三年过去了还在装修。这么一比，咱们学校真的太豪华了，我再也不说咱们学校抠门了。"

傅辽语气难得平和："小升初，我们家没搬家前，按学区分的话，我当初差一点儿就去了沿河沿儿。沿河沿儿市里出了名的烂，学校也穷，主要是学区的问题。那一片的老居民，包括我家，其实都是穷人家，说不好听点就是贫民窟，我家得亏搬走了。那个区大部分居民根本没有赞助费可以交，就跟郁谋说的情况一模一样，的确好多家里没有正常的劳动力，需要领低保。像乔跃洲的爸爸还能在电脑城开店，已经算好的了。"

说完，他冲施斐来了句："小胖，赞助的事我不是说你啊。"

施斐闷声点头："知道。"

说到这里，大家都有些沉默。

明明是在讨论周日"打架"的事，可现在大家或多或少对这场"世纪之战"提不起兴趣来，甚至也谈不上害怕了，就好像他们的对手从传说中十恶不赦的大坏人突然变成了普通人。都是有血有肉的人，再坏能坏到哪里去？

文斯斯双手揣在袖子里，说："之前只知道他们学校烂，校风差，到处惹祸，现在我这颗心怎么还难受上了？"

施念和许沐子一齐点头，表示同意。

施念也或多或少体会到了郁谋犹豫的原因。在很小的时候，她就明白了一个道理，现实中的人与事总是复杂的，善恶是非的边界也很模糊。听了这么个故事，她觉得自己的内心咔嚓一声分裂开来，一半是咽不下的那口气，另一半则是唏嘘。

郁谋想了想，又说："其实他们四处惹是生非是收钱的，因为学校没钱，所以他们收的钱都攒着，想凑一凑把篮球馆翻新。哪个学校的学生只要掏钱，他们就出面帮他们做坏事，一次收五百。"

施斐应和道："我一直好奇，就我们班那几个窝里横，沿河沿儿的怎么会跟他们做朋友，原来是这样……话说回来，那我觉得他们还挺讲道义的，我那双鞋够他们出好几次头了，他们也没抢走。"

施念评价："所以这件事，本质上是赞助班内部的事情，沿河沿儿那边只是拿钱办事。"

郁谋说："对，至少我是这么理解的。"

文斯斯疑惑："其实我惊讶的是怎么才五百？那我也给，给得比赞助班的多，咱不就没事儿了吗？我妈说了，能用钱解决的都不是大事。"

施念无语地看着文斯斯："班长啊！这事儿的关键就在于，掏钱的那方问题最大！况且这根本就不是谁出钱多的事啊，他出五百，你出一千，他再出一千五……没完没了。"

文斯斯若有所思："……也对。"

许沐子道："其实他们根本不用这样。每年市里的比赛，他们但凡打得好一些，奖金都够了。"

贺然说："那也得是他们拿冠军才行，第一、第二、第三的奖金差别还挺大的。冠军他们也就初二拿过一次吧，然后就一直是咱们一中的。"

傅辽说："我算是明白了，这原来是世仇啊。我要是沿河沿儿的也这样做，拿一中的钱，找一中的人麻烦，顺便还能攒钱修篮球馆，这不是一箭三雕嘛，也太聪明了。"

郁谋打断几个人的幻想："他们这样也是有风险的。这就是为什么我和你们讲这个事。

"不论对错，单论这次这个事，我想了几个我并不愿意去实行的解决办法。我说出来，你们自行决定。

"第一个，就是直接去捅到他们校方那里。因为这件事本质是非常恶劣的，涉及了金钱，已经不单单是学校同学之间的恩怨了。最直接的影响，乔跃洲退学，或者是奖学金没有。

"第二个，找他爸。从他爸的描述中，我感觉他在他爸面前还是会装一装的，他肯定不希望他爸知道他做这些事。如果他爸出面，他肯定会收敛。

"第三个，实在是烂方法。就是刚刚班长说的，咱们也掏钱。"

郁谋看大家，等他们回应。少年少女皆神色严肃，深思熟虑着。

最后是施念先开口："我觉得哪个都不好，我都不要选。"

她看郁谋，发现郁谋竟对着她微笑，好像就等着她这句话似的，循循善诱："哦，为什么呢？"

施念捏着棉服的绒毛，说："我不是心软啊。你看这第一个，其实后患无穷。我妈说过，做事不做绝，绝人饭碗的事情更是千万不要做。那个什么乔，肯定到时心想，反正钱没了，学没了，他什么都不怕了。然后破罐子破摔，说不定能扛着菜刀来把我弟砍了。"

她比画着用手刀在施斐脖子上砍。她手冰凉，冷不丁的一下吓得施斐直接叫出了声："啊！姐，你瞎比画什么啊？"

然后福来也跟着汪汪。

施念把手缩回来："还有这第二个，看似找了个很强大的靠山，但我怎么觉得比第一个还损呢？将心比心，我玩文曲星时都是偷偷玩，不想让我妈知道，因为我不想看到我妈失望，那个乔跃洲肯定也是啊。再说了，万一把他爸气出个三长两短，咱们是不是还得付医药费？"

她说医药费时偷偷瞟郁谋，郁谋也正好看向她，那眼神好像在说，你最好现在不要提那件事。

"第三个刚刚也说了，治标不治本，只会陷入死循环。所以综上所述，我觉得郁谋同学的这三个方法都不好。"她故意在他名字后面加了"同学"二字。

说了那么多，施念好像下了好大的决心一样，她站在夜色里，换了副神情，一脸凛然。

"大家，我可以煽情吗？"

"你煽。"

"煽吧。"

她一把拉过施斐，紧紧拽着她这庞大弟弟的手腕面朝大家，说出的话变成团团白雾："这事因为我而起，我想给我弟实实在在地出一回头，无论是对沿河沿儿，还是对他们班那几块料，我都想彻底解决这个事情，但最好不是以打架的形式。我还是去找他们谈谈，无论他们接不接受我的这个游戏规则，我更不想连累你们……"

她伸出手，手背朝上，和大家约定："所以不管周日出了什么事，能谈好是最好的，万一谈不妥，你们都要保证自己的人身安全！"

她示意大家和她约定。

几个人纷纷伸出手。几只手交叠在一起，以约定的形式重重压下。

黑夜里，施念热泪盈眶，郑重地说："我书桌抽屉里的日记本下面压着一个信封，信封里有一千两百五十块钱的现金，都是我攒的压岁钱，还有我妈给我的零花钱。我要是……希望你们能照顾好我妈，我爸你们就不用管了，就记得一定帮我照顾我妈啊！"

郁谋听她这语气，感觉像是要去英勇就义了，实在没忍住，把手抽回来，说："抱歉，我打断一下，我刚刚其实话没说完。"

他手插回兜里，和施念不一样，他从一开始的紧绷变成了轻松，笑了笑："和你们刚刚说那些，其实就是想看看你们的反应。"他想看看这帮新认识的同伴到底是怎样的人，"人嘛，都有弱点，弱点也不止一个。我刚刚说的他爸是一个，奖金是一个，其实呢……你们知道吗？"

"我们不知道。"大家目光呆滞地看着他。

"我们之前之所以没打起来，是因为游戏厅里来了个人。"

大家屏住呼吸。

郁谋咧嘴笑："是个女生，她把我们小前锋同志揪走了。

"你们看，大丈夫有所为，有所不为。的确，我本来就不打算告诉学校，也不打算告诉他爸，更不想出钱，可是呢，知道还有人能管他，这就够了。你们懂吧？"

大家懂了，但是看郁谋的眼神像看个怪物。大家纷纷缩回手，觉得刚刚立了生死状的自己宛若大傻子，三个男生甚至在心里骂人。

贺然："谋谋，我们懂了。可是，我怎么觉得你有点可怕呢？"

傅辽："然哥，你快摸我，我一手臂的鸡皮疙瘩。"

贺然把他的手臂打下去。

施斐随之亮出手臂，就着路灯光给大家展示："我也是！"

傅辽放下袖子："照郁谋这么说，我觉得没人能管得了郁谋。这才是最可怕的好不好。"

郁谋没理会，反倒笑得更开了，又说："那个女生叫黎若愚，也是沿河沿儿的，是他们班学习委员。我昨天考完试，顺便溜达到那边问到的。"

昨天考完试，他发现施念自己一个人溜回家了，没等他，他莫名胸闷，便随便走走。

他只是随便走走，结果就一路走到了沿河沿儿，然后只是随口一问，就问出了乔跃洲班上的黎若愚。

巧不巧？

他拿出手机翻出备忘录，递给了施念："喏，QQ 联系方式也给你要到了。女生之间的事，你们女生自己说吧。"

第九章

平 凡 安 静 的 青 春
也 是 青 春

Lagou Gaizhang
Yihainian Buzubian

1

小卖部的灯光被落在身后，九点多，众人散会。

三个女生拖拖拉拉地走在后面，施念和文斯斯说好，周六去文斯斯家用电脑，因为她妈妈大概率不会让她用电脑上网。

许沐子说起要去书店买新的本子和文具。她看别人用的一款新的自动铅笔后面还带水晶穗穗，可好看了。

然后又说起剪头发，文斯斯给两个人演示她打算剪的新发型，三七分斜刘海，两边要打薄，很飘逸，像侠女。

文斯斯给大家比画时，贺然凑上来装模作样地点头："对，是，那个发型确实……"插嘴的同时点施念的肩膀。

施念不耐烦回头："干吗？"

瑟瑟冷风中，贺然背微驼，和施念同一高度，笑得一口白牙："烤红薯好吃吗？"

施念停下脚步，点点头："好吃的，我和施斐一人一半，都给吃了。多少钱？我把钱给你。"说着，就从兜里拿出零钱包，从里面翻出五块钱。

贺然早就习惯她这样了。他妈妈还说过，可能是这姑娘因为她爸的事受刺激了，所以不喜欢欠别人钱，但是别人欠她无所谓。

他挠挠后脑勺："其实才三块五。"

"那我没有正正好的零钱。"

施念公事公办的样子令少年心酸极了。贺然看她手指冻得红彤彤的，还在零钱包里翻啊翻，于是飞速拍了下她的脑袋，说："没事，别找了，先欠着。"

这让施念心理上得到了极大满足，她特别爽快地拉上零钱包的拉链："好。"

她不想和贺然独处，于是转身要去追文斯斯，结果被贺然一把拉住手臂。少年手劲儿大，拽得她一踉跄。

她惊讶地回头看他，看到少年一脸严肃，眼神在漆黑的夜里格外明亮。

这表情在贺然的脸上简直太难得了，以至于施念都忘记了挣脱他的手。

"你干吗呀？"她皱起眉头。

贺然虽然把她拉住，却迟迟不说话，好像在下什么决心。

他总是笑嘻嘻的，以至于施念觉得他就是个无忧无虑的大傻子。如今他换上这样的神情，才让她意识到他的脸庞线条其实很凌厉，稚气将脱未脱，一种男人的压迫与少年的明朗共存，很是矛盾。

"念儿。"他喉结轻动，声音有些沙哑，眼里开始涌起波浪。

"啊……"施念被他这样叫，魂儿都要吓飞了，顺带起了一身冷汗。

姥姥都不这么喊她了。

她甩了甩贺然固在她手臂上的手，他也不坚持，放开了她，但是走近了一步。吓得她赶紧后退，结果后背靠到了巷子的砖墙上。

贺然笑了下，笑得很不怀好意，这笑令施念的一颗心七上八下。

两个人因为还钱的事远远落在大部队的后面。

傅辽对郁谋半推半拽，说要一起去贺然家打游戏。文斯斯和许沐子也挽着手走到了很前面。施斐在路口招了辆出租车，说晚上压根儿没吃饱，打算回家再吃顿夜宵。

郁谋回头时，看见后面那两个人还原地杵着不动，距离近得他想打人。

傅辽立马把他的头扭过来："别看了，咱快走，我然哥要放大招了。"

"嗯？"

傅辽神秘兮兮地小声说："他俩冷战得也够久了，然然打算煽情一下。"

郁谋也没回应，同傅辽继续往前走。走了几步，他突然停住："对了，我小叔让我给他买包烟，等下我再来。"

郁谋站在阴影里，靠着一棵树，看向远处，手不自觉攥成拳。

他们大晚上的不回家，这是在干什么？如果现在他有施念妈妈的电话，可能会毫不犹豫地打电话过去。

阿姨，有人对您女儿耍流氓，您赶紧来管管，再不管就出事了。

他大概会这样说。

那边的贺然和施念。

施念仰头看贺然，手背在后面抠着砖缝儿，心里惴惴不安，时刻关注着他的一举一动，但凡他有不轨动作，她就要喊人了。

可是贺然却没有进一步动作。他终于决定要说话前，先摸了摸自己的鼻子，眼神飘到巷子口，看没人，又飘回来，落到施念的身上。

他觉得自己的目光此时一定很温柔，因为他的心现在已经软得一塌糊涂了。

"念儿，咱不冷战了好不好？"他主动示弱，"我错了。"

施念却大气都不敢出，因为她关注的点在于，她完全被贺然罩在这边了，后面还是墙，现在她紧张得腿软。而他身上的气息又那么浓烈，是种青草的味道，不知道他又在哪个操场上滚过了。

贺然看着施念："你那么紧张干吗？"

施念轻轻推了他一下，试图把他推远一点："因为咱俩靠得太近了，空气有点稀薄。"

她的自我防卫机制导致她开始破坏气氛地碎碎念："我姥姥说两人挨太近，容易吸到对方呼出的二氧化碳，现在我觉得空气中二氧化碳浓度急剧上升，我要喘不过气来了，不行了，我要中毒了……"

被推的少年一动不动，她碎嘴叨叨时，他就低头看她，看她一副没心没肺的样子。他在和她说正事，她却说她要二氧化碳中毒了……这人怎么这么能气人呢？

贺然心里升起一种欺负人的冲动，这完全是计划外的。

他心里清楚自己也不是没少欺负过她，但他有自己的逻辑。在他的观念里，欺负也分大欺负、小欺负和微欺负，他可是很有原则的人，迄今为止，对她的举动大部分都是微欺负，比如起起外号、揪揪头发、斗斗嘴什么的。

除了这次。

他也清楚，在全年级的贴吧里发评论造谣她是他女朋友，这事算得上一个小欺负了，所以让他诚恳道歉他并不抗拒。傅辽说他被冷落也是活该，这他认，所以他刚刚把评论删了。

可现在他有点后悔。

施念完完全全沉溺进了自己的世界，一副"不听不听，王八念经"的样子。

她不傻，这氛围让她嗅到了一丝危险气息，于是她假装不去接他的话，不能让这氛围变得更怪了。他都肉麻到叫她"念儿"了，还有什么事情是他做不出来的？她必须要用这副姿态破坏气氛！

可是事与愿违。

贺然脸上带着些愠怒，突然伸出手，大手覆到她额头上，掌心滚烫，还有汗。他出于报复心态，拇指往下，轻轻拨了她的睫毛一下。这一下完全是手欠。

施念吓呆了，还有点想哭，大脑有一瞬间的空白，而后全身的细胞都在骂骂咧咧。

她色厉内荏地大声抗议："你干吗啊？"说着，她就去掐贺然的胳膊，用两片指甲捏着掐，最疼的那种。

贺然"嗞"了一声："不干吗，看你发没发烧。"他故作镇定地评价，收回手来甩了甩，"刚话那么多，还以为你烧糊涂了。"

施念想，谢天谢地，他的语气终于回归正常了，欠了吧唧的，这才是贺然啊。

刚刚那是谁啊？流氓！

贺然看她消停了，语气回正："和你说一声，我把评论删了。"

施念有些怀疑："真的吗？"她一向觉得他油盐不进，没想到他这次真的听她的话了。

"骗你干吗？"

施念舒了一口气。

她这小动作令贺然有点伤心，他语气半真半假的："哎，我说，你就真这么介意这件事吗？有我当你的挡箭牌不好吗？"

"当然介意了。这要是被老师看见，然后告诉我妈，我估计我要被揍死，而且我也不想让其他同学误会，对你、对我都不好。"

"那我要是说，我不介意呢？"贺然道。

施念沉默。

"别装傻，你知道我什么意思。"贺然咄咄逼人的蛮劲儿上来了。

施念噎了一下，没想到他会这样说。血液开始往她脸上走，然后满脸开始发烫。

她心慌极了，说的话却很霸道："啊！你不可以不介意，你必须介意！"仿佛陷入自欺欺人的怪圈，她坚持着，"听见没有，你快收回你刚刚的话！"

贺然看出了她的色厉内荏，也不说话，又用那眼神看着她，这次竟带了点怜悯，好像知道自己今天不打算放过她了，所以反而很大度。

施念敏感地察觉到了他瞬间的决定，也瞬间颓然。

她觉得有点累，带着劝慰和哀求："贺然，你可不可以不要让我们之间的关系变得奇怪？算我求求你了。我和你说真心话，我很认真的，我现在只想好好学习，争取以后考上个好点的大学，读个好找工作的专业，毕业以后好好赚钱。如果那时候我家钱还完了，我就打算让我妈享福，带着她去旅游。我的生活就是这么简单，这就是我全部的人生计划，其他一切暂时都不会考虑。"

一股脑儿说这么多，她的声音都在颤抖。她力图真诚，希望贺然能够理解她，成全她。

贺然顿了半晌，没想到把她吓成这样，在听她说话时也逐渐冷静。

他叹了口气："你想哪里去了？"

"我说我不介意，是因为我脸皮厚。你该不会是觉得我真要怎么你吧？我都是说说玩的。"他后退半步，能看到她脸上还带着些惶恐。

他的脚尖去碰她的圆头棉鞋："哎，你别看我说得冠冕堂皇，其实我是想拿你当我的挡箭牌，毕竟天天有人给我塞情书，烦死了。既然你不愿意，那就算了。"

施念抬头瞪他："当然不愿意！谁会拿这种事情开玩笑啊？"

"我啊，我不是大傻子吗？"贺然笑嘻嘻地回看她，痞得刀枪不入，但就在她如释重负时，他突然俯下身，嘴凑到她耳边。

施念"哎"了一声，一边的肩膀缩起来。

他在她耳边笑："你以为我要干吗啊？"

施念呆住。

"嘿，我只是想说，以后不论发生什么事，你都不要害怕，我会保护你的。"他声音轻轻的。

说完这句没头没脑的话，他离开她。

脸庞交错的瞬间，她看到了他的眼神，那里面神采飞扬，还带了点得意。

这人简直莫名其妙，但她又没办法真正讨厌他，因为她觉得他是真诚的。

贺然直起身子，该说的话说了一半，也算是心满意足了，以后的事情以后再说。他是打篮球的，竞技体育可不全是蛮干，也讲策略，也讲蛰伏，这他都懂，况且他也希望他在意的女孩能好好的，好好学习，好好高考，好好赚钱，一切都好好的。

"我……我要去小卖部买牛奶。你快回家吧！不、不许跟过来！"施念支支吾吾逃走了，走路时竟然是顺拐，可见吓得不轻。

贺然原地看着穿得像颗绒球的施念，这衣服丑得要死，她还总穿着。

"那咱算是和好了吧？"他喊了句。

施念本来在调整步伐呢，听到他的声音又变顺拐了："好了！好了！"

他笑了笑，也不跟上去，转身往家走去。

他觉得自己还是太好心了，这么好的自己打着灯笼都难找。

小卖部里货箱一堆堆的，高高矮矮，施念正好站在一摞啤酒箱后面。灯光昏黄，她从棉衣的方口袋里掏零钱包出来，凑在眼前找钱。小零钱包是浅绿色的，镂空棒针，是姥姥给勾的。

门口"叮"了一声，一阵冷风刮进来，门又被关上。

施念心神不宁地往门口一看，见郁谋单手撩起门前那些挂着的千纸鹤走了进来。他在门口的货架上看着一盒泡泡糖，神情专注。

也不知道是风吹的，还是冻的，郁谋的肤色是男生里少有的冷白，在这样的空间和光线里，显得他的双眸幽深晦暗。他好像总是若有所思，当别人看他时，他又能表现出温润谦和的样子。

施念一直都有这种感觉，觉得他没什么人气儿。有人聪明，希望全世界都知道他是大聪明，但是郁谋的聪明则是若隐若现的，让人猜不透他到底还有多少底牌的那种。很难想象这是一个十六岁少年会有的心智。他沉定，冷静，总有办法，总是好脾气，但又总是让人不清楚他到底在想什么。

她的眼神瞬间收了回来，低头老老实实数零钱，心却又开始突突地跳。今晚持续地受刺激令她很想吐，一阵一阵地犯恶心。

一个钢镚儿掉到地上，施念慌乱地蹲下来捡，支着耳朵听郁谋的响动。结果郁谋就站她跟前，一动不动。

她抬头："我买完了，你来结账吧。"

他指了指她身旁的奶："这个是你买的吧？"说着就拎了起来，声线单调，"我不买东西，是专门等你的。"

2

郁谋走路悄无声息的。施念跟在他身后，棉鞋不跟脚，趿拉着，空旷的巷子里就只有她鞋底拍地的声音。

她跟在他身后，看他迈开步子走。这个抢了她牛奶的男生根本没想迁就她的步伐，那个背影看起来像是在生闷气。

他又怎么了？

施念觉得莫名其妙，算上之前抱她又不解释那次，还有现在，她还要生气呢。她想，如果到单元门前他还不说话，她就冲整个院子的人喊：偷奶啦！偷奶啦！年级第一偷奶啦！

这个想法一出来，她自己先乐了，憋着乐的那种，发出轻轻一声"哼"，就被她用手堵住嘴。

她又想，到时候她一喊，全院的人都拿着擀面杖跑出来揍郁谋，把郁谋揍得吱哇乱叫，然后郁谋在全年级做检讨，发誓再也不偷同学的奶了。

施念捂住肚子弯下腰，整个人开始不发声地抖。

郁谋察觉出异样，停住脚步。他看到施念那个样子吓了一大跳，赶紧快步折返回来，把奶放地上，半蹲下查看："肚子又疼？"声音又轻又颤。

他轻轻拨开施念滑到前面的头发，看见女孩子满脸通红，眼角带泪，很是痛苦的样子。

听到郁谋的问话，施念都快不行了。因为她脑海里的郁谋做检讨的表情就和他现在同她讲话的样子一模一样：诚恳，真挚，又带点青涩的别扭。

她只得点点头，又摇摇头，冲他摆了摆手，然后大笑出声："哈哈哈……"

回声同北风一样，震彻整个巷子。杨树枝丫晃了晃，睡觉的鸟儿扑棱翅膀飞走了。

女孩渐渐没声了，两人四目相对。

施念在高位，她看见男孩子的眼神里先是关切，而后变成愠怒，嘴唇抿成一条线，她甚至能看到他额头上有根青筋在跳。

他猛地起身，还不忘拿起牛奶，又大步往前走。

施念也觉得自己好像有点过分，于是"哎"了一声，想先稳住他。

"你知道吗？"她气喘吁吁的，换上说正事的语气。

郁谋停住脚步，回过头，看施念费力跑上来，脸蛋儿鼓鼓的，很想掐一把。

施念来到他身边，仰头，带着哄小孩儿的态度说："就你提牛奶的样子，特别像我爸我妈过年去亲戚家串门儿。我爸我妈离婚前，关系就很不好了，但是在亲戚面前还要装装样子，别人一不在，我爸走路从来不等我妈，就像你刚刚那样。"

说者一开始无心，后来声音渐渐变小，越说越没底，感觉还不如不说。

她小心观察着郁谋的神情，看少年面色更沉，试探地问："这比喻是不是不太恰当？抱歉啊。"

说抱歉时，她局促不安地晃动着，棉衣领子上挂着的两个绒线球还打到了郁谋的胳膊，被她立马按住。

郁谋眼睫下垂，想保持住这恰恰好的酷劲儿，被她这么一说，突然就憋不住了。嘴角好像有引力，拉得那里一直往上，他只得转过头，面朝前方，留给施念一个捉摸不透的阴暗侧脸："你也知道啊？"

施念看他不看自己，干脆转到他面前去探头仔细瞅："咦，你在笑啊？原来没生气。"

他转身，她跟着转，两人原地转了三百六十度，回到原来的方向。

郁谋不耐烦地伸手，固定住她的胳膊："不要动了。"

施念"哦"了一声："我只是确认你是不是在生气。"

"我干吗生气？"

"我哪儿知道？感觉认识你以后，你就经常生气，是不是学习压力太大了？"她说完又反驳自己，"说生气倒也不准确，我只是觉得你情绪有些不稳定，有点喜怒无常的。"

前一秒笑嘻嘻地抱她上楼，害她胡思乱想，后一秒就冷得不行，弄得她对自己的自作多情感到羞耻。

郁谋深吸一口气。

施念自顾自总结："你啊，也可能是用脑过度。我姥姥从报纸上看来的，你可以多吃点核桃。"为表关心，施念还特别地语重心长。她其实心里也忐忑，但她觉得关心关心他总是没问题的！

"要我说，你这名字起得不好，谋啊谋的，天天就是想事情。我妈也说我的名字当初起岔了，我也爱胡思乱想。你应该叫郁木，木一点就好了。"

郁谋很想抬起手来按一下自己的人中，他感觉自己要晕过去了。

事情和他想象的不太一样。

为了让施念闭嘴，他蓦地伸手，掐住了施念胸前的绒线球。绒线球在郁谋的手里扭曲变形，黄色的毛线从他的指缝里支了出来。

施念呆住了。她抬头看郁谋，感觉他的表情很吓人，好像他手里的绒线球不是球，而是她的头盖骨。

郁谋捏着那球不放，一边线被扯长，另一边的线被拽短。他抬头看星空，找到了他想找的星星。

他腾出食指指向那颗夜空中最亮的星星，用一种威胁且神秘的语气问道："你看到那颗星星了吗？"

施念从喉咙里挤出一声"嗯"。

"那是夜空中最亮的恒星，天狼星。十月末，十一月初，进入冬季以后，北半球的夜晚就可以观测到了。"他声音不带任何感情，干巴巴地给她科普。

施念又从喉咙里挤出一声"嗯"。

"你好好看看它吧，"郁谋说，"毕竟明天你就看不到了。"

施念背后升起一股冷气，他在说啥？

郁谋缓缓地继续说："你信不信我现在的力气可以用你这颗绒线球把它砸下来？"

施念看他的眼神先是敬畏，而后变成了狐疑。

这人好幼稚啊。

她"哦"了一声："那你真厉害。"说完，就伸手去扯被他"绑架"的球。她拽线这头，郁谋拽连着球的线那边。

说实话，郁谋也不清楚自己为什么要捏住她的绒线球，但此时骑虎难下，他很想和她因为这个球再较一会儿劲，于是迟迟不松手。

施念则很快觉得没劲了，松开了手："你要愿意，就一直拽着吧，有本事你拽着它回家。"

郁谋竟觉得这主意不错。

"对了，你之前说等我，有什么事啊？"

郁谋像牵着小狗一样慢慢地往前走，之前的郁结之气散得七七八八，一时想不起本来是要找她说什么。现在回想起来，也许他是被贺然刺激到了。

那种他断然不会称之为吃醋的情绪，刚刚几乎要把他逼疯了。

他希望自己师出有名，但这"名"绝不是"他生气了"这个肤浅的原因，也不是出于"我不希望你和别的男生走那么近"，绝对不是。

于是他声音低缓地说："我来找你，是想和你道歉。"球被松开。

"嗯？"

"我之前，抱你，这件事。"

"啊？"施念开始尴尬。

"没错，我想告诉你的是，以后如果有男生做了什么违背你意愿的行为，你完全可以言辞坚定地拒绝和斥责。"他说。

施念细细思忖他这话，总觉得话中有话。

"就比如你肚子疼蹲着，我一意孤行抱你上去，这绝对是我的错，大错特错。我不可以那样，那样特别特别不好。你知道吗？"郁谋说完，对自己非常满意，希望这个女孩子可以举一反三，理解他的良苦用心。

施念不动声色地后退半步，觉得郁谋好像又要发疯了："好，我知道了，我原谅你。"

"不行！"他大手一挥，"不可以这么轻易原谅。你要细想，细想我的以及其他男生的这些类似行为有多过分、多可恶、多不可原谅。我以及其他可能的对象，就是流氓，你对待流氓，不可以心软。听见没有？记住我这段话。"

施念抓住了他悄悄塞进话里的小细节——其他男生的类似行为……

她发现事情不简单。

她往前走了两步，突然停下："你刚刚是不是看到什么了？"她不太确定，因为刚刚和贺然讲话时，巷子没有人往来。

"没有，我只是出于一个优秀学生的解题思维，万事都要分类讨论。你懂吗？我意思是说，不经你同意抱你，这是流氓；不经你同意把你堵在墙角，这也是流氓；不经你同意把脸凑近，这……"

施念瞪大眼睛大声说："你就是看到了！啊！你怎么偷看啊？！"她直接抬手对着郁谋的胳膊就是一巴掌。

"啪！"

郁谋感觉胳膊一阵酸爽。她弟弟说得没错，她打人真的好疼！

但他依旧嘴硬："我没有。咦？我看到什么了？我只是尽量全面地给你……"

"你快闭嘴！啊！"施念脸烧起来了。本来就不堪回首，还被人看见了！她想一头撞死在这里。

她干脆蹲下，把头埋起来："从现在开始，我们谁也不要和对方说话，谁说话谁是小狗。"

郁谋站在她身边，用小腿轻轻碰她的手臂："哎，我是狗，行了吧？我真没看到，我什么都没看到，我可以跟你发誓，发誓我没看到你俩在墙边说话……喀喀，挨得挺近。哎，他是跟你告白吗？"

施念抬头，满眼怨恨："屁！"

郁谋笑着蹲下，接着又一条腿跪在地上："好，我是屁。所以说，没告白是吧？"

施念撑他："贺然说他喜欢你小叔。成了吗？满意了吗？"

郁谋点头："可太满意了。"他又开始玩那个绒线球。

施念："你一男生怎么对这事这么好奇？拐这么大弯在这等着我呢？"

郁谋心情畅快："因为我没事闲的。"

保送了嘛。

事情在郁谋不小心将施念的一个绒线球揪下来转移了她的怒火后，被她用指甲在手背掐出八字才渐渐平息。

一人走在前面，一人跟在后面，来到施念家单元门前。

郁谋站在施念身后，抬头看她家的窗户："你妈还没下班？"

施念伸手接牛奶："嗯，她们单位其实不怎么加班，但有时候市里抽查就会比较晚，可能还会通宵。"

郁谋没给："我送你到三楼。"

施念拒绝："不用，我自己上。"

郁谋想了想："哎，你上次是不是说你们楼之前有人上吊来着？是我记错了吗？"

暗夜幽幽，施念吓得往他那边靠了一步："大半夜的，你说这干吗？"

"突然想起来了。"少年微笑。

施念执意拿过牛奶，一个人往里走，一楼的声控灯被她用超级大的声音喊亮。她往上走了几级，犹犹豫豫地回头："要不，你陪我走到三楼？"

少年还在原地站着，手插兜，听她这话，笑着跟了上来。

施念家在四楼，郁谋送她到三楼半就停住了。

施念有点紧张，怕他就这么走了，说："你可不可以等我把家里灯全开再走？"

隔着最后十六级楼梯，他说："嗯，你上去开门，我在这儿看着，等你进去开好灯我就走。"

楼道里灯暗了，他咳嗽一声把灯喊亮。

施念扭转钥匙，门开，纱门关上。

她进门把家里所有灯都打开，才又回来关第二道门。隔着纱门，她冲郁谋招手："我好了。"

郁谋也不多看，点了下头："成，那你把门关上吧。拜。"

门关上前，少年提醒她："QQ加那个人啊，别忘了。"

3

一大早，傅辽在贺然家的沙发上一睁眼，就看见贺然顶着两个黑眼圈趴在他身边。

"快起来，陪我去买早饭。"贺然手里拿着臭袜子，悬挂在傅辽鼻子边。

"你脑子有病吧！"傅辽胡乱将袜子拍飞，团着被子坐起来，一看电视上方挂着的钟表，才七点。

他闭着眼睛坐着骂人："大周六的，您又抽什么风？"

贺然见傅辽醒了，立马站起身，无精打采地走到门口："醒都醒了，快点。"

两人走到院门口时，郁谋一身清爽地从单元门走出来，也是出来买早饭的。

北方的早晨白茫茫一片，鞋底踩地有沙沙的踩霜感。

"哟。"贺然打了个招呼。

郁谋点头："早。"

三人晃晃悠悠向早点摊进发。

傅辽看看左边的郁谋，又看看右边的贺然，有种恍惚的感觉。

这世界怎么了？好学生和差学生大周末的都能七点起床，让他这个中等生竟有点愧疚。

傅辽正暗暗自责着，贺然突然长叹一口气。

这个从来都是嬉皮笑脸，站在领操台上都能扭秧歌的少年望着灰蒙蒙的天来了句："我就是个傻子。"

另外两人沉默了半晌。

"然哥，你终于顿悟了。"傅辽接话。他说完就举起手臂挡头，以为贺然要揍他。

结果贺然连看都没看他，又继续说："我昨儿一晚上没睡，就在想这个事情。"

"巧了，我昨儿晚上也没睡。"郁谋淡淡道。

早市熙熙攘攘，最好吃的包子摊前排起了长队。

"什么？你和她说你要保护她？你怎么想的啊，然哥？"傅辽用双手假装掐住自己的脖子然后弯腰，"呕——我要吐了。这都21

世纪了，怎么还有人这样讲话？"他装吐的时候，旁边的奶奶吓得差点用菜篮敲他头。

"你还叫人家念儿，我真的……想打你。说实话，你叫她屎撵儿都比叫她念儿强。那我还管你叫然儿呢，西瓜瓢儿。"

贺然颇为无力："不是，这句话真这么恶心？"

"是有一点儿。"郁谋缓缓点头。

贺然看傅辽还在装吐，伸手捏住他的后脖颈把他拎直："不至于吧？适可而止啊。"

傅辽直起身子，说："然然，我发现你忽略了一个问题。首先，你突然和人家说要保护她，本身就很奇怪。保护人民有警察叔叔呢，要你管什么用？其次，现在太平盛世，你自己本身就是施念每天上学面临的最大危险，你还和她说你会保护她？我要是施念，我能直接气晕在大街上。"

"的确。"郁谋拍手表示赞同。

傅辽继续分析："我本来以为你就算学习不好，那也是不努力导致的，脑子还是可以的，现在发现根本不是那么回事儿。你就是脑子有坑。你说你，好好跟人家说声帖子删了，道个歉就行了，非要节外生枝。"

贺然"哐"了一声，压住火没发作，一张脸沉得吓人。

傅辽也不怕他，借着起床气的胆子往下说："而且施念那个人性格跟老太太似的，什么都畏畏缩缩，最怕的就是违反纪律。咱几个认识这么多年你还不了解她吗？要让她不听她妈妈的话、不听老师的话，比杀了她还难受。"

后面排队的老奶奶咳嗽了几下，傅辽没理会，又说："所以你还指望人家怎么回答你？啊，然儿，人家好喜欢你，想做你女朋友？"

郁谋拍傅辽的肩膀："说事就好，不要恶心人。没吃早饭听这些，胃有点难受。"

"好的，抱歉啊。"傅辽道，"人家说要好好学习，就是委婉拒绝你。

没有正面把话说绝已经很给你面子了，你应该见好就收。你竟然还加了那么一句，我真是服了你。我拜托你以后说话做事之前能不能好好动一下你脖子上面的那个器官？"

"不是，我又没有明着说什么，我最后就是说保护她，应该还有余地吧？"贺然不服气。

"这有区别吗？我说你是我大儿子，和我说我是你爹，这有区别吗？"傅辽随着队伍慢慢往前蹭，差不多快轮到他们了。

"当然有区别。喜欢只能是两人之间，保护可以是很多人，只要是在意的人都可以。那我说我还想保护你，保护我妈，保护郁谋呢，我这都是肺腑之言。"贺然道。

傅辽和郁谋看傻子一样看他："不必。"

终于轮到他们了，老板掀开蒸笼的盖子："就剩最后两个了，自个儿商量吧，没得挑。"

站他们身后的老太太突然蹿到前面扔下几块钱，也不嫌烫，伸手拿了包子一溜烟儿跑了。

三人面面相觑。

贺然指着老太太离去的背影，说："老太太还能插队抢包子呢，你说施念能吗？"

文斯斯家。

"好友通过了！"施念喊道。

文斯斯和许沐子本来一起躺在床上看杂志，听到这话都凑到书桌前。

"你好，请问是黎若愚同学吗？我是一中高一（5）班的施念。是这样的，之前你们班的乔跃洲和他的朋友来找过我弟弟，我弟弟也是一中的，据说我弟弟班的同学付钱让……嗯，你应该知道吧？然后这周日下午五点我和我的几个朋友约见乔跃洲，想给我弟弟讨个说法。

"我这样措辞行吗？"施念问。

文斯斯看了看："挺好的。"

施念点击发送，过了会儿就收到了回信。

黎若愚：是我。好的，我知道了。

三人互相看了半天，施念有些不确定，问旁边的两人："她这是啥意思？"

文斯斯一边敲键盘，一边说："咱再确定下呗。"

施念：那你会来吗？

这句问完，那边过了好久才回复。

黎若愚：我明天下午五点补习班才结束，可能会迟到。

然后头像就灰了。

"那个……"许沐子说，"沿河沿儿中学的学生也补课吗？"

"补的吧，哪里都有好学生啊。"施念说，"应该不是骗咱们。"

文斯斯用鼠标点来点去："这人还挺高冷，咱看看她的空间。"

三个女生挤在一起聚精会神地浏览黎若愚的 QQ 空间，但她的空间就和她说话的语气一样，非常冷清。

相册里只有一张初中毕业合照，像素感人。

几十人的毕业照，找一个素未谋面的女生却并不难，因为她太显眼了。

许沐子见过乔跃洲。照片里的乔跃洲将比了个"耶"的手放在前排女生脑袋上，三人立马就注意到了。

怎么说呢，黎若愚非常漂亮，在人群里漂亮到扎眼的那种。

文斯斯看看黎若愚，又看看施念，再看看许沐子，拉过镜子照照自己："我要是长那个样子，我也不愿意多说话。"

许沐子说："你干吗这样说？我觉得你比她好看。"

文斯斯回道："客观点成吗？那是因为你对我有好友滤镜。"

施念抬头看文斯斯："你本来就好看啊，而且你的班长气质无人能敌，特有气场！"

虽然这样说，三人还是陷入了一种见到真正的美女的震撼与惆怅中。她们坐在文斯斯屋子里的地毯上，齐齐叹了口气。

许沐子："以前我总觉得小说里写的都是假的，现在看到乔跃洲和黎若愚，感觉这组合也太小说了。"

文斯斯"嗯"了一声："其实咱们年级的昌缨也很小说，他真的好帅！"

施念："你们知道他和他们班的谈君子是青梅竹马吧？两人好像……"她突然不好意思了，囫囵吞枣般说了后面那几个字。

许沐子拍大腿："哦对，昌缨和谈君子也算得上小说了，看来真人真事就在我们身边。"

文斯斯："他俩是真的啊？"

施念使劲点头，严肃道："是真的，我听傅辽说的，傅辽说他听张达说的，张达是从秦阮书那儿听说的。"

文斯斯："秦阮书？哦，是谈君子的好朋友，一班那个千年老二吧？"

施念说："对。"

文斯斯："昌缨和谈君子，嗯，我虽然觉得昌缨帅，但如果是他们俩的话，我单方面承认这门亲事。天啊，我怎么这么开心呢？"

许沐子突然生出兴致："那咱们给郁谋想一个吧？其实也挺奇怪的，自从郁谋来咱班以后，我觉得他没有之前我在楼道里看到的那么帅了，很多时候我甚至觉得他不是很机灵的样子。"

文斯斯："你这是熟人滤镜啦，就好比我妈一样，我妈年轻时是校花，但在我眼里她就是我妈，我怎么看怎么不相信她还能是校花。"

她说完"唉"了一声，又说："不对啊，咱们不能当着施念的面这么说，她不是暗恋郁谋呢嘛！"

施念猛地坐直："你们不用考虑我的感受！你们对待昌缨的态度，就是我对待郁谋的态度！"

虽然她这么说，但是文斯斯和许沐子都不好意思当着她的面玩红娘游戏了，因为她们觉得她在强颜欢笑。

施念安安静静地缩在一旁，许沐子以为她在黯然神伤，安慰道："你是不是生我的气了？我刚刚真的忘记了，不是故意的。我不是觉得你配不上郁谋，你……你很好看的！"

文斯斯一把搂住施念摇晃："我和你说，你就是不爱打扮，衣服都不怎么好看，但我和许沐子都觉得你人是很好看的！"

施念苦笑摆手："啊，不必安慰我。还有，我衣服哪里不好看了？"

许沐子给了她一个眼神："这个吧……"

文斯斯拍着胸脯说："刚刚真的吓死我了，我怎么突然就把憋了好久的真话说出来了？我不管了，我就要说，你的衣服真的不好看啊！我要是你妈妈，我就把你的衣服全扔了，给你换一衣柜新的。"

施念把自己的两只拖鞋砸过去，三个人一起哈哈大笑，笑完以后房间回归安静。

"哎，你们说，像他们那样的十六岁才是青春吧？我们这些人的十六岁又算什么呢？"许沐子将头放在膝盖上，她个子高，这样做有点费劲，"'二百五'贺然还有咱们的学神也是风云人物了，好像有些人天生就是焦点，注定不平凡。相比之下，我们就无聊得很。他们周末应该都是出去放光彩的，哪像咱们啊，就窝在这里。"

文斯斯觉得奇怪："这话好像只有我和施念有资格说吧？你们篮球队一直拿奖，你还总是MVP，谁十五六岁能像你一样一直拿奖金啊，还一拿就好几千。你能不能不要妄自菲薄？"

施念看向文斯斯，文斯斯问："怎么？"

施念又看向地板，慢慢说："那要这么说的话，你好歹还一直是班长，班上最大的官儿呢。我啥也不是，最最底层，长得一般，学习一般，家里还欠钱。不过你们不要误会啊，我不是埋怨。我觉得这样也挺好的，也没有谁规定说青春一定要轰轰烈烈啊，平凡安静的青春也是青春啊。我就不想成为焦点，一点也不想。"

施念在抠棉拖鞋上起的球，马尾顺着一边滑下。

另外两人看着她，突然不知道该说什么，只是眨了眨眼，然后不约而同地扑上去抱住了她。

4

周日，施念提出要骑家里的小粉自行车去施学进那里时，差点就被池小萍问出端倪。

母女俩一人抬前轱辘，一人抬后轱辘，将积了不少灰的自行车从四楼抬到楼底下。

"不是不爱骑吗？怎么想一出是一出？"池小萍用抹布擦着车把上的灰。

施念从没对池小萍撒过谎，但是游戏厅离施学进住的地方没有直达公交车，骑自行车最方便。她低头踢石子："嗯……就是冬天了呗，天黑得早，不想站着等公交车，怪冷的。"

池小萍把车坐垫和车把手上的灰尘都掸掉，皱着眉头捏了捏轮胎："还有气吗？要不今天还是甭骑了？"

施念的心突突跳，生怕妈妈变卦不让她骑，于是赶紧坐上去，扶着车把七扭八歪地往前蹬了一下："可以的，可以的，我走了啊，妈。"

每周日施念去看施学进，两人一起待半天，吃完晚饭施念自己回来。一般回来前她会去趟书店，今天她打的就是这个时间差，争取一小时内解决"战斗"。

今天施念在施学进那里才坐到下午四点，就说肚子饿了想吃晚饭。施学进以为她是想早点回去，不愿意在他那里待，也没说什么，起身去热菜。

笋干红烧肉是知道她来，提前炖好的，南方的做法，他改良了一下。

父女俩坐在平房的小客厅里，支着张小方桌吃饭，也没什么话可以说。电视里放着《闲人马大姐》，施念爱看的，施学进特意给她换的台。可她今天心慌得很，根本没心思看。

"今天吃饭早，东小街那边有冬季庙会，你想去吗？吃完爸带你去溜达溜达？"施学进给施念倒了杯果肉橙汁。

游戏厅正好在东小街上，施念心里开始打起鼓。

她赶忙戳着米饭说："不太想去。"

施学进有点失望，施念进家门到现在总共不超过四个小时，他还想再和女儿多待一会儿。于是他说："庙会，没印象啦？小时候你最喜欢去的，每次去都要买大风车。"

施念坚持地摇摇头，她的眼睛一直瞥着时钟。

"怎么？今天炖的红烧肉不好吃啊？都没吃两口。"施学进没动筷子，手臂放桌上，看着他这闺女，眼神是施念一贯讨厌的那种，慈爱里带点哀切。可今天施念因为第一次同时和爸妈说谎，所以对父亲此时的眼神厌烦不起来。她只是焦躁。

施学进擅长烧肉，池小萍擅长面食和素菜，他俩离婚后，施念平时在家基本吃不到肉，有的话也都是贺然妈妈做的。

听父亲这话，施念为了应付，夹了两块肉一起放嘴里嚼："好吃的！"这不是假话，确实好吃，可她心里惦记着事，怎么也咽不下去，最后捂着喉咙咳嗽。

施学进有点怀疑，拿起筷子自己也吃了一口："挺软烂的啊，怎么，嚼不动啊？"

施念喝了一大口橙汁，半天才把两块肉顺了下去，呆呆愣愣的。

施学进看了她半天，有点欲言又止。

施念觉得父亲可能也发觉了她今天不对劲儿，可是他不会问的，他没有池小萍管她严，她在他这里看电视他也不管。当然也可能是父女关系已经这么僵了，他想扮演"慈父"角色讨好她。

最后，施念终于推着自行车从四合院里出去。施学进帮她抬了一下车后座："成吧，冬天天黑早，自己骑车回去注意安全。你妈妈的这破自行车也该换了，早晚散架。"

他站在门槛后面，穿着羊毛背心和洗得泛黄的衬衫，身形萧瑟。

"爸，我走了啊。"施念急急忙忙蹬上去说再见，施学进对她挥了下手。施念看着他那个样子，心里突然有些过意不去，所以小声说了句"下周见"就没敢再看他，晃晃悠悠骑走了，自行车嘎吱嘎吱的。

施学进说得没错，东小街一整条街都在办庙会。

施念骑进那里时整个人都傻了，因为寸步难行，她不得不下车推着走。人头攒动，好多都是家长带着小孩儿来的，街两侧有卖小吃的、卖玩具的，还有当街套圈的……

等她好不容易来到游戏厅门口时，看见等她的朋友们脸上挂着同款神情：这什么情况？

郁谋几乎贴在游戏厅外的墙上，生怕碰到举着棉花糖的小孩。一个小孩举着氢气球路过，他还轻轻伸出手指把那气球弹开，避免了气球被墙上探出的标牌尖角扎破的命运。

施斐冲施念招手，满面红光："姐！这边！"

"姐，你真神了，我就知道你当初约的这个时间地点不是随便说说的。"施斐凑上来一脸狗腿样，"你是不是早就知道今天这边办庙会啊？这下好了，我本来还怕沿河沿儿的不肯进游戏厅，现在他们不进也得进。嘿嘿。"

施念不敢说出实情："他们呢？人来了没？"

贺然主动站到她身边："来了，在里面，不过没看到有女生。你跟那个女生联系了吗？"

施念轻轻"嗯"了一声："她说要补课，会晚到。"

她有点不敢和贺然对视，故意冲着许沐子和傅辽他们问："哎，你们自行车停哪儿了？"

贺然指了下后面："游戏厅后面有片空地。"

施念说："那稍等，我也去锁一下车。"

贺然单手按住车把中间，吓得施念直接松开。贺然看了她一眼，故作自然，像往常一样撑她："您这车没人偷，锁门口就行。我来吧。"

终于决定进去前，施念抬头冲大家说："游戏厅里他们也不敢把咱们怎么样。"

说这话时，她其实很紧张。她今天一天都因为这事忐忑不安，感觉刚吃的那几块红烧肉一直在胃里下坠，弄得她很想上厕所。

她本来还想给大家做一下动员工作呢，结果郁谋一抬手就把玻璃门推开，大步迈了进去。

相比起外面的人山人海，游戏厅里显得有点冷清，各式各样的游戏机发出洗脑的音乐声。此时厅里就几个老头儿在玩推币机，机子比人多。

施念一行人刚进来，分散在不同游戏机前的几个高个子男生就纷纷站了起来，慢慢往这边聚拢。

施念没见过真正的差生，一中普通班的淘气男生可不能算，如今真的近距离见到，她一下就体会到不同。

他们也不是三头六臂，甚至体格还没有傅辽壮，但无论是姿态、穿着，还是神态，都和好的中学的学生有着本质不同。也说不上来为什么，可能是他们身上的烟味儿，也可能是那种浑劲儿让她心脏抽抽，没来由地害怕。

不过还没等她害怕多久，贺然、傅辽，还有郁谋就自动站到了前排，把女生还有施斐一起护在了后面。

施念望着这三个人，发现他们的背影好像三座山，突然就高尚起来，就连微驼的背都显得格外肃穆。

……也不知道是不是装的。

沿河沿儿的人没穿校服，乔跃洲在其中却不难认。

施念指了指乔跃洲："是那个吧？"

文斯斯和许沐子也明显有了压迫感，她们的声音变得很轻："对。"

三只鹌鹑挤到一起。

乔跃洲站在最前面，扫视了眼一中这几个人："谁约的我？"

贺然和郁谋刚想讲话，站在他俩后面的施斐不知道哪儿来的底气，大声说："我姐！"

施念感觉喉咙一紧，所有的血液瞬间涌向头顶，刻在骨子里的服从感竟然让她颤抖着喊了声："到！"

喊完她很想抽自己一巴掌。

沿河沿儿那边几个人本就毫不掩饰脸上的轻蔑神情，听她这么一喊，更是肆无忌惮地笑出声。

"一中的人是读书读傻了吗？"其中一人快笑背过气去。

乔跃洲看施念，大刺刺地说："我们不和女生打架。"

施念绕到前面来，认认真真地说："没想打，只是想给我弟讨个说法。你和你的朋友之前把我弟的鞋扔树上去了，还把他踢到了河沟里。

"还有，你们上次七八个人把我这几个朋友揍了一顿。"

乔跃洲本来满脸无所谓，听她这话开始蹙眉回忆，想了半天也没想起来还揍过眼前这几个男生。他回身问几个跟班："你们私底下揍人家了？我怎么不知道这事？"

几个人纷纷挠头："没有啊，不收钱的事我们不干，这还是老大你交代的。"

乔跃洲却对这事格外在意，再次确认道："你说的哪七八个人？有今天这里的人吗？"

没等施念回答，乔跃洲好像想起了什么，脸上戾气突显，突然出脚，把旁边的游戏椅瞬间踹翻。

椅子在地上滚了半米，吓得施念往后一跳，郁谋伸出胳膊来挡住她，还把她往后拨了拨。

乔跃洲怒道："估计谁又打着我们的旗号出来闹事了。"

郁谋赶紧咳嗽一声，敷衍过去："这不重要，先说她弟的事。"

沉默半晌，乔跃洲审视施斐，说道："这个胖子我记得，他们班同学说看他臭显摆不顺眼，让我们教训教训他。这事的确是我们干的。

"说吧，想怎么着？今天来，是想看看谁那么有种，毕竟从没人会被我们揍了还能找上门来。"

刚才踹椅子那一下把施念吓得不轻，她感觉自己的勇气在逐渐消失，张了张嘴，愣是没发出声音。她使劲掐着自己的胳膊才狰狞地说了两个字："道、歉。"

她刚一说完，就看对面几个人笑得前仰后合的。

这很好笑吗？施念又拧了一把自己的胳膊，这下能说完整的句子了，还加重了语气："人家掏钱让你们几个欺负我弟一个，连这种钱都赚，我都替你们害臊！"

乔跃洲面无表情地听完，没再继续和她讲话，而是扭了扭脖子，关节发出咔咔的声音，直接转向贺然："你是一中篮球队的控球后卫，我认识你，你投篮很准。"

他根本不屑再和施念对话："这么说吧，我们可以再打一架，打得你们心服口服。如果你们赢了，我们道歉。"仿佛"道歉"烫嘴似的，他说这两个字时撇了撇嘴，说完便弯腰抓住翻倒在地的那张圆凳底部的金属杆，冲他们一指，"走吧，后面有处空地。女生就不要来了，哭得我烦。"

他往大门那边走，路过郁谋时停住脚步："你我好像也有印象。咱们之前是不是……你另外几个朋友呢？没一起来？打电话吧，一起，省得以后又找碴儿，我可没那么多时间。"

郁谋不动声色地用身体隔开那帮男生和施念，语气不卑不亢："我们几个就够了，不需要更多的人。"

两个少年身高差不多，体格差不多，说话时，乔跃洲的肩膀挑岬似的去顶郁谋的胸膛，郁谋一动不动，反而笑眯眯地看着乔跃洲。

施念从后面拉住郁谋的手臂，生怕乔跃洲又突然爆发。这要是拿椅子抡一下，那不是蛋的问题了，估计人能被打死。

想到这里，她的小腿肚子开始哆嗦，一个劲儿看手表。这个黎若愚到底靠不靠谱？

文斯斯也看出架势不对，说好的打不起来呢？她掏出手机登录QQ，可是网太慢，一直停留在登录界面，急得她恨不得把手机按键抠下来。

施念试图拉住他们，想让贺然、郁谋，还有傅辽冷静点，但他们把她的手往下一掰，毫不畏惧地往门外走。

一个男生猛地拉开游戏厅的门，下一秒又退回来了。

乔跃洲本来一脸速战速决的不耐烦，往门口一看，整个人突然愣住了。

黎若愚将自行车停在施念自行车旁边锁好，顺着拉开的门缓缓走了进来。

乔跃洲把手里的小圆凳往身后一藏，但这无异于掩耳盗铃。

女孩子背着鼓鼓囊囊的书包，刚从补课班放学。她面若冰霜，明明前面堵着那么多人，她的视线就放乔跃洲一人脸上："晚上好，不是说在家陪你爸吗？怎么咱在这儿遇见了？"

她又看了看他身后的几个人，皮笑肉不笑："打架啊？那正好，你们打，我看着。"

乔跃洲现在的表现和刚刚相比简直判若两人。他声音放低，缓缓往后退，低声招呼他几个兄弟把凳子接过去，结果没人敢帮他消灭"罪证"。

"我答应过你不打架，我很久没打架了，今天也不是来打架的。"他立正站好，跟小学生似的。

"对，没打架。"身后几个男生异口同声。

"是吗？手里凳子拿着干吗的？"黎若愚朝他身后看了眼。

"这不是……"乔跃洲环视了一圈游戏厅，最后视线落在门口的两台跳舞机上，"我们几个要跳舞，怕别人打扰，准备拿个凳子摆在这儿堵住。"说着，他轻轻将椅子放下，放下后还拍了拍椅子面。

黎若愚看着他，不说话，满眼满脸写的都是失望和不相信。

乔跃洲干脆自己招了："嗯……和一中的几个傻……几个兄弟确实有矛盾要解决，但我们现在文明了，我们都是在跳舞机上打擂台。"

黎若愚冷笑一声："是吗？我怎么没发现您还会跳舞呢？"

乔跃洲给周围人使眼色，其他人帮着找补："是啊是啊！我们几个刚说了，不和女生打……擂台，因为和女生跳不公平，所以几个男生决定三局两胜。"

为了印证他们真的分好拨儿了，乔跃洲胡乱指："啊对，就是我和他，他和他，他和他，不行再加赛。"擅自定了先后顺序。

被率先指到要上跳舞机的郁谋愣住了。刚刚被挑衅，他一没生气二没紧张，此时此刻却在心里骂了句粗话。

黎若愚似笑非笑，干脆找了张椅子坐下看他们表演。

乔跃洲跳上了左边那台跳舞机，找了半天才摸到投币口，然后又一把扯过郁谋上了边上那台。

郁谋脚底下是闪着七彩光芒的九宫格，面前大屏幕上是几个小人儿扭屁股拍着手。一旁的乔跃洲帮他塞了三个币进去，跳舞机立马弹出"按 OK 进行联机比赛"几个大字！

乔跃洲还像没事儿人一样跟他商量："咱选什么歌？《睫毛弯弯》？行吗，兄弟？"

被赶鸭子上架的学神难得有些不知所措，他回身看了眼施念，施念的左手放在右手上做了个下跪的姿势。

拜托了，你跟他跳吧！我相信你能赢！你不是年级第一吗？

郁谋转过身，深吸了几口气。他觉得游戏厅里空气稀薄，好像有点儿缺氧，又觉得自己好像在做梦。

第十章
老狐狸看小狐狸

Laogu Gaizhang
Yihainian Buzubian

1

我是谁？我在哪儿？我在干什么？

这是目前浮现在郁谋脑海里的三个哲学问题。无论是游戏厅的噪音，还是面前跳舞机发出的试图激励他的音乐声，周围的一切都令他神经性地头疼和恍惚。周围七彩的光好像是从昆虫的复眼里折射出来的，变成一个个小小的三角形。他一阵阵眩晕，不得不扶住跳舞机的栏杆才勉强站稳。

所有人好像都在期待着些什么。

这究竟是人性的丑恶，还是道德的沦丧？他一个花季少年，不应该如此，至少不应该站在这令他心悸的上下左右彩色按键上。

而他身旁的乔跃洲，那副强装出来的兴致勃勃更是令他自愧不如。但很快，他在内心和自己做了一个约定：是了，天将降妹子于是人也，必先让他跳舞。

就当这是给施念对他这么多年炽烈暗恋的回馈吧！他把自己看成了为悟大道而苦苦修行的僧人，为天下苍生去皇城滚钉板请命的壮士，为最强剑招日复一日挥剑的武士……这是他的宿命，这就是老天给他的考验。他不入地狱，谁入地狱？

心里的小人缓缓握住拳，好像有一束圣洁的光照进了他的心灵。无论是白色的、灰色的，还是黑色的小人此时都闭上眼，张开双臂，接受这圣光的洗礼：郁谋，施家的尊严和荣誉从今天起由你来掌握权杖，无论是姐姐，还是弟弟，都由你来守护。所以，相信自己，相信命运，你，可以的！

当他徜徉在这思辨的海洋里时，他感到后背被人推了一下。

"哎，开始了，兄弟。"是贺然。

跳舞机边有一圈栏杆，贺然双手架在栏杆上，用那种感同身受的同情目光看着郁谋，张口却是无情的提醒："先跳右键，跳到拍子上，力气大点，不然识别不出来，没分数。"

一众人旁观两个一米八几的男生跳《睫毛弯弯》，很快，他们意识到这个世界虽然不是二元绝对的，但真实的丑陋的的确确是存在的。

就比如：

郁谋，像只油锅上的青蛙。

乔跃洲，像只喝醉的海鸥。

他们仓皇又自信，混乱且无序，每一下都完美地错过节拍，又重重地落下，屏幕上亮起一个又一个红叉。

"咣——咣——咣——"

他们重心高，底盘不稳，穿着篮球鞋踩按键像是在踩蟑螂，整个跳舞机都在晃。

而且后面舞步越来越复杂，他们完全放弃了对上半身的控制，双臂张在两边，甚至还能干扰到对方。

"你不要拉我！"

"你不要扯我！你自己跳不好怎么还干扰别人？"

"断了一个 combo（在游戏术语中通常指多个单位或角色配合释放技能完成击杀的战术）！完了！"

"大爷的，这得三条腿才能跳吧？"

……

一曲毕，屏幕哗啦啦出分数。

combo 完成数：左边 3，右边 3。

perfect 舞步：左边 0，右边 0。

总分：左边两颗星，右边两颗星。

空气中有那么一刻的绝对宁静。

郁谋反反复复地看那个分数，更加确信自己是在做梦了。他根本不相信这是自己此生此世顶着"郁谋"这个名字可以获得的评价。

两星，这什么水平？

这是对他极大的侮辱。

打平，这什么水平？

这是对他极大的嘲讽。

他不可能，也不允许这样的自己得到这样的分数。呵，雕虫小技，如果再来一次……等等，这个想法十分的危险。

他试图云淡风轻，问了下周围的人："满分多少啊？三星？"

傅辽缓缓摇头："我见过有人八星的。"

郁谋深深看了一眼傅辽，傅辽觉得周围的气温瞬间下降二十摄氏度。

一旁的乔跃洲显然也不太能接受这个结果，从他一拳拳捶着栏杆可以看出他的懊悔和歇斯底里。

冷静下来的两个男生隔空对望，只一瞬，就读懂了彼此眼中的约定和挑衅。

约定：再来一盘。

挑衅：不信弄不死你。

郁谋伸出手，贺然以为他需要人安慰，于是握紧了他的手："兄弟，你受苦了，我扶你下来。"

郁谋眯起眼睛，示意贺然放手，说出冰冷的三个字："我要币。"

他此时此刻最不需要的就是同情。强者可以自我消化这挫败的情绪，弱者才要博取认同。而他，只赢他想赢的比赛。

那边乔跃洲的三个币已经塞进去了，开始嘚瑟："怎么，怕了？"

郁谋冷笑，也将三个币塞进去："你的猜测十分有趣。"

跳舞机再次联机，二人这次选择了潘玮柏的《快乐崇拜》。如果说之前的《睫毛弯弯》难易程度是入门级，《快乐崇拜》则是大师级难度。

比赛渐渐进入白热化，也不知道怎么回事，跳了好几首歌，两人每次都打平，不仅总分一样，连各项小分都一模一样，真是邪了门。

跳舞机上的两个男生仿佛完全忘记了尊严和荣耀为何物，干脆喊起了外援。然后这场约架变成了所有男生的忘我狂欢，两拨男生围成两个圈，疯狂伸脚进去帮着自己人作弊。

"对，你就负责帮我踩这个键。你负责这个键，咱们分工合作。"

"你来你来，还有你来，你们瞅准了下脚啊，别绊到我！"

几个女生愣愣地坐在一旁的小凳上，甚至对这样的比赛感到了一丝无聊。

就在这时，一个男人带着个小孩从后门进来，走到游戏厅买币的地方问询："孩子想上厕所，可以借一下卫生间吗？"

鄂有乾看着儿子进厕所后，站在嘈杂的游戏厅里环视四周，而后注意力被正门口两台跳舞机周围发出的兴奋助威声吸引。

"啊啊啊，快踩它！"

"能赢能赢，老大我们这下能赢！"

鄂有乾遥遥看去，然后推了一下镜框，怎么有点儿眼熟？

施斐是第一个和鄂有乾对视上的，他一下子忘记踩自己负责的左键，惊呼一声："哥！哥！鄂！鄂……"

哥哥饿饿？

贺然满头大汗地"啧"了一声："恶不恶心？饿就忍一忍！"

施斐头摇得像拨浪鼓："不是不是，是鄂、鄂有乾！"

施斐的报警声太大了，直接让鄂有乾确认了这的确是他们一中的孩子。他叉着腰绕过挤挤挨挨的游戏机快步走上来准备抓人："都谁？我一个个记下来！"

听到熟悉的声音，大家都反应过来了。沿河沿儿的几个还沉浸在比赛中，一中的这几个则一哄而散，往门口逃。

郁谋单手撑着从围栏里跳出来。

施念的心脏蹿到了嗓子眼儿，她边跑小腿边开始抽筋，带着哭腔："我、我不能被发现！"

郁谋看了眼脸都吓白了的施念，直接双手从袖子里退出来，往上一拉，把身上宽大的卫衣脱下来，往施念头上一罩，跟绑架似的，把她的脸和身体挡了个严严实实。是人是鬼都看不出来，更别说看出她是谁。

卫衣帽子盖在眼前，施念一下子什么都看不见了，她觉得郁谋在逗她，拿她垫后！是了是了，肯定是了，这个小人！

郁谋却没有放弃她，半夹半拉地带着她往外跑，跑的时候还不忘把凳子踢翻挡住追上来的鄂有乾。

"自行车！自行车！"施念闷在全是热乎气和少年味道的卫衣里大喊。

郁谋一手抓住她那辆几乎快要散架的自行车的车座底部，一手抓住施念的胳膊沿着街边逃离游戏厅。

情况骤变，沿河沿儿的人还以为他们这群人是看自己要输了所以想逃走，于是也从跳舞机上跳下来。

"没分出胜负就想逃？"

"追！"

此时，东小街外庙会已经结束，散摊儿的摊贩和游客稀稀拉拉，鄂有乾和沿河沿儿的几个人同郁谋、贺然他们上演你追我赶的戏码。

甫看鄂有乾一米六几的小个儿，跑起步来两腿倒频率极快，再加上还有沿河沿儿那几个体育生，几个少年被追得根本不敢懈怠。

文斯斯几乎是被许沐子扛着往前跑的。

"我不跑了，被抓就被抓！我不怕！"

"不行！你别给我们几个供出来！不跑也得跑！"

几个人气喘吁吁的，傅辽问："咱怎么办？"

郁谋觉得无论如何不可以被一网打尽，于是斩钉截铁道："分开走！"

施念好不容易从郁谋那件又厚又沉的卫衣中探出头，还没反应过来要往哪边跑，就被郁谋一把拉进了一旁不起眼的小巷子里。

巷子里，施念给郁谋放风，她一会儿看巷子口，一会儿看郁谋。她刚刚跑岔了气，死死按着肚子还一个劲儿催："快点快点快点。"

郁谋沉稳地给自行车开了锁，跨上去："上车！带你！"

这是北方难得一见的没有风的傍晚。

夕阳将落未落，从天际到头顶都是晕染得非常艳丽的火烧云。

好不容易后面才没了追兵的声音，郁谋和施念也和其他人跑散了。少年费劲地蹬着施念那辆又矮又难骑的自行车，现在干脆放慢了速度，抬头看着夕阳。

"施念，抬头看火烧云。"他好像几乎没怎么叫过她全名，而刚才这两个字叫出口时，他忽然生出一种好奇妙的感觉。

施念在他身后"嗯"了一声："刚才我就看到了，好美啊。"

少年想，她应该没有意识到自己一直抱着他的腰。

后面好像有一团新生的火，从后往前，从下至上，从外而内，令他有点躁。

刚刚实在惊心动魄，为了逃避鄂有乾和乔跃洲，他拼命抄近道，在认识的不认识的巷子里七拐八窜，此时他也不知道两人到底在哪里了，就这样漫无目的地往前骑。施念没有意识到郁谋失了方向，安安静静地抬头看夕阳。

郁谋的厚卫衣罩在她身上，静下来她才发现，郁谋此时此刻只穿着一件白色的衬衫单衣。

她坐在后面，试图把卫衣脱下来："天哪，你冷不冷？"

郁谋感受到她在后面鼓捣，因为她扶着他腰的两只手撤下去了。

"不冷，别脱了。"他回答。

施念却执意要脱，现在外面才五六摄氏度，只穿一件单薄的衬衫实在是太冷了！

郁谋有些心烦意乱，侧过头去看施念，看见女孩正奋力跟衣服做斗争。

他笑了一声，想说句话，可一时间不知道说什么。在苍茫雄浑的夕阳下，他的心情却绵绵软软的。他想说他真的不冷，想让她不要费劲了，快把手放回来。

就在施念全神贯注和卫衣领口较劲，郁谋思绪放空时，自行车车头往前一沉。

小小的陌生巷子里突然出现一个非常陡的大下坡。

郁谋立刻反应过来，抓住车把，不忘提醒施念："下坡了，赶紧抓住我！"

可施念的手根本拔不出来，只能隔着衣服勉强按住少年的后背。

车越来越快，郁谋去捏刹车，感觉一个使劲下去，车轮速度先是变慢，而后突然加速——有根线断了。

不会吧？刹车坏了？

巷子两边倾斜着的景物飞速往后消失，郁谋不得不启用人工脚刹，一点一点地去踩地。他不敢一脚下去，因为本身速度就快，这样会导致翻车。

正当车速稍缓时，施念感觉屁股底下的轮胎先是往左扭，而后往右扭，再然后，她看见一个椭圆形的轮胎飞了出去。

嗯？哪里来的轮胎？

她脑袋僵住了，直觉好像不太对劲。

再然后……啊！那是她屁股底下那个轮胎！

一切发生得太突然了，两个人连车同时失去控制，自行车彻底散架。

而就在施念因为惯性飞出去时，郁谋舍掉自行车一把把她拉进怀里，完完全全用身躯和腿把她包裹住，带着她一起就势往旁边滚了过去。

2

当两个人滚过来时，路边目睹了一切的野猫毛都炸了，后背弓起来，凄厉地"喵"了一声。本来要松开施念的郁谋看到边上的野猫抬起爪子，又赶紧将施念的头按回了胸膛。

野猫没有真的挠到郁谋，对着空中虚晃了一记喵喵拳，便后腿蓄力，一跃跳上了围墙，骂骂咧咧地走了。

周围彻底静下来。

"怦、怦怦、怦……"

所有的紧张和心思顿时无所遁形。郁谋的第一反应竟是赶紧将施念从自己怀里拎出来，将她尽可能远地隔到一边去，希望她没有听到自己的心跳。被知晓心思无异于裸奔，好像他从小到大筑起的所有高墙轰然倒塌，这让他无所适从。

少年不顾身上的酸痛坐起身，双臂放在膝盖上，肩背驼起，脸恰到好处地被手臂挡住——好像胳膊肘有一处还被什么东西刮伤了，一阵阵锐痛，但他现在想做的可不是去确认伤口，那根本不重要。重要的是他需要静一静，让之前那个冷静又成熟的郁谋回来。

他的心跳太快了，紊乱且震耳欲聋。

施念看不见的地方，少年正瞪大眼睛看着一寸寸灰掉的水泥地，努力去数自己脚下方寸的水泥地有多少小颗粒纹理。

太阳下山了。

施念有些迷茫地跪着坐起来。虽然滚了几圈，可是因为被抱着，身上一点疼的感觉都没有。反倒是郁谋后来按那一下子有点痛，她的鼻子撞到了他硬邦邦的胸膛，也许是某根骨头上，她也不知道。

她浑身上下还陷在男孩子的气息中。这并不只是气味那么简单，而是一种非常高维的感受，她觉得自己仿佛是在喷过水又被阳光温柔晒过的青草坪上滚了一圈，那种气息清冽又温暖。而少年抱住她的臂膀是那么的有力，她都不清楚当时情况那么复杂，他是怎么反应过来拉住自己的。

郁谋静得吓人，他像株自闭的青色植物，只留给施念一个后背。

施念赶紧爬起来，蹭到郁谋面前。她觉得他肯定摔得不轻，可她不确定他现在是在干什么，也不喊疼，也不哭的，像是机器人摔死机了。

这个想法吓了她一大跳。

郁谋完全陷入了自己的世界。

他其实是一个对自己非常苛责的人，此时那个小灰人正在心脏之巅痛斥他的没出息。

对，没错，他就是没出息。当他主动出击时，无论是抱还是其他，他都稳重自信，可是今天这一下完全是意料之外的。意料之外的"大满贯"——滚的时候，他的嘴不小心贴了施念的脑袋一下。

自己的"初吻"就这样没了。

他现在整个人都是晕的，脑后连接脖子那一处有些微妙，正一阵阵地由下而上像放烟花一样腾起酥麻感。所以刚刚他立刻离开了施念，因为他怕自己会一直抱下去，不松开。

就在他一边在心里抽自己，又一边回味时，他用膝盖和手臂给自己建起的小空间里，突然探进一颗脑袋。

施念趴在地上，头从他的"小房间"的洞里探进来，脖子转动脸朝上，以一种非常别扭的姿势看到了郁谋藏起来的脸。

两人四目相对。

少年的眼神本来放空又迷茫，此时有一瞬间的愣怔。他一动不敢动。

而施念眨眨眼，果然看到了郁谋双眼无神。老天，他好像真的死机了。

然后，施念也无法解释自己的动作，但她就是这样做了——

她伸出手，用食指试探地上前。郁谋的眼神跟随着女孩的手指，结果看到那根食指到了眼前。她咬牙，点下去，点了足足五秒，点着郁谋的鼻子尖，还自己配音：

"等灯等灯——"

像 Windows 开机的声音。

郁谋呆住了，立马握住施念的食指，将脸从"小房间"里抬起，语气有点冲："你在干吗？"

施念哆嗦了一下。郁谋的手掌心滚烫，她抽回手指，不确定地说："强制重启……"

她跪着直起身子，视线和郁谋平齐。两人隔空对视了半秒，好像都意识到刚刚自己有点傻。

郁谋抿唇，想说句酷酷的话，可话还没说出口，嘴角先上扬了。真是被她气笑了，Windows 系统那么垃圾，他怎么可能是Windows？

施念挠挠头，也觉得自己的行为不可思议。看郁谋笑了，她也笑出声，而且是那种"哈哈哈"的傻乐。

而郁谋则是悄无声息地笑，笑一会儿，屏住，又静悄悄地克制地笑，时不时还将脸埋下，但是肩头一耸一耸的。

两人对着笑了好久。

有一个车轱辘滚不见了，两人在四周找了十几分钟，把能捡起来的部分都找了回来。

郁谋拎着其中一个找到的车轮，问道："怎么办？"

施念的大脑正在疯狂运转回去怎么交代。她今天撒的谎够多了，回去基本相当于死路一条。

此时她面如死灰，看了看手表，快七点了。她把手里拿着的车座子塞给郁谋，去翻书包里的手机。

点开屏幕前，她已经做好了看到十几个池小萍的未接来电的心理准备，当真正点开屏幕的那一瞬间，胃里翻江倒海。

她的手指颤颤巍巍。

未接来电，五个。

欸？还好啊。

五个全是施学进的。

她点开通话记录，最近的一个是一分钟前。

她抬头冲郁谋说道："我爸给我打电话。"语气带了点怀疑。

郁谋点头："那你回拨。"

施念的心七上八下，给施学进打回去，刚响了两声，那边便接起了。

"念念，你在哪里？"施学进的声音很冷静。

"爸……"施念揪着衣角，再开口时直接吓哭，"爸，我骗人了……对不起！"

虽然她很小的时候就开始烦施学进，可施学进现在是她唯一的救星。

她在电话里断断续续地把前因后果讲了下，施学进只是静静地听，随后"嗯"了一声，非常理智："你现在一个人吗？爸去接你。"他顿了一下，安慰道，"你妈那边我说是带你去了庙会，不用担心。"

施念抬眼看了下站在一边的郁谋，轻声说："没有，我和一个男同学在一个超级大的下坡的地方，但我不清楚是哪里。"

她四周转着找地标，把这条街上所有店铺都说了一遍："这里有家土豪烤肉店，一家雀神，好像是卖麻将桌的，还有家……"她看见一个亮起五颜六色霓虹灯的店面，大声地读出它的名字，"亲亲爱爱成人保健……"

一旁的郁谋虎躯一震。

"好的好的我知道是哪里了，不要念了闺女。"施学进连忙制止她，"其实离我这儿很近。不要着急，那你和你的同学往北走，走到第一个路口左转，然后……"

电话挂断，施念刚要给郁谋转达父亲说的路线，郁谋就直接往前走了："我听到了，我知道怎么走了，跟我来吧。"

施念看他很着急的样子，小碎步赶忙跟上去："你走好快啊。"

郁谋偏头看她。卫衣已经回到了他身上，深棕色的连帽卫衣，里面是白色的衬衣领子。少年的眼神在夜色里闪烁，他犹豫再三，言辞诚恳："你以后不要在大街上用那么大的声音说成人保健。"

施念歪了下头，看到少年的耳朵都红了。

她突然评价："你好纯啊。"

郁谋愣住。

直到快到施学进住的平房的路口时，郁谋才黑着脸放缓脚步，等着和施念并排走。

他觉得今天又重新认识了一下这个女孩子。

因为她絮絮叨叨和他说了一路，说那次他的"蛋疼"事件之后，她妈妈是如何给她科普生理常识的。池小萍说，害怕来源于未知，而知识就是底气，女孩子更需要知道这些，知彼知己，以后就不会被蒙被骗。

施念还挺自豪："我妈之前上的医科大学，她学药学，她说这些东西都是科学，没什么好避讳的。

"然后我最近才意识到，为什么上初一的时候有段时间路人看我的眼神都怪怪的。你知道吗，我现在的小饭兜是我妈特意给我买的，之前我都是用她从单位带回的药袋装加的餐，那个纸袋上印着大大的'万艾可'三个字，我天天用那个袋子装吃的去学校。后来我妈发现了，就不让我用了，当时也没有告诉我为什么。"

施念神秘兮兮的："你知道万艾可是什么吗？是伟哥。万艾可是注册商品名，本身是西地那非片，这些都是我妈告诉我的。我妈什么都知道。"

郁谋觉得头隐隐作痛，停下脚步："等等，你妈和你说这个干什么？"

施念眨眨眼，意识到说漏嘴了，顾左右而言他，试图从郁谋的左边转到右边。郁谋一把按住她，让她老老实实地待原地不要动。

"就是……之前我不是担心嘛，我就问我妈，我妈原原本本给我科普了一下，我家有我小时候背单词的小黑板，我妈用小黑板给我讲的。她讲得可好了，比学校老师讲得好。"她十分诚恳地对郁谋说，"现在看来，你这么大人了什么都不懂，《体育周刊》的莫妮卡并不能构成生理知识的十万分之一。你看，这就是咱们教育的悲哀。"

郁谋感觉血压有点上来，眼前一阵黑。

施念拉着他的袖子指了指："我爸家到了。"

郁谋看见一个给人感觉既挺拔又单薄的男人。小叔说得没错，施念的父亲头发白了大半，精神面貌也很颓丧，可依稀还是能看出年轻时的气质不凡。

施学进远远站在门口冲他们打招呼，看郁谋的眼神充满来自父辈的审视。

郁谋目光坦荡地迎了上去。

"伯父好。"他声音朗朗，心下却想：糟了，没带东西就上门，这可太没规矩了。

施念没注意到两个人目光的交汇，凑上来小声对郁谋说："我爸家是平房，有点破，你可不要嫌弃，不过他做的红烧肉很好吃。"

施学进接过郁谋手里的轮胎和其他零部件，笑得慈蔼，还有点"终于能和女儿有话题了"的得意劲儿。他对这个小伙子说话，不自觉带上了父亲的威严，不动声色道："念念第一次带男同学来家里，快进来吧。"

郁谋只听到了"第一次"。

他扮演着礼貌、稳妥和得体的好学生，可是不小心被门槛绊了一下。

3

一院三户，院子里还有邻居在水池旁洗菜，大冬天的，手冻得通红。

郁谋从没住过这种平房。

施学进踏进屋就把暖炉打开，暖炉的叶片渐渐变红，他用手探了探，问郁谋："你要是觉得冷，自己可以再把温度调高。现在是中挡，我怕温度再高你觉得干。小伙子火气旺，应该不怕冷。"又招呼施念，"念念，你来把桌子摆一下，我去厨房炒两个菜，然后叫你同学一起吃个晚饭，吃完我再送你们回去。"

施念犹豫地问施学进："爸，你到底怎么和我妈说的？我自行车怎么办？"

"就说带你去庙会了，然后正巧碰上你同学。自行车啊，你妈那辆破自行车，早该淘汰了，散架是早晚的事。等年底爸出钱给你买一辆新的，别担心。"

施念摇头："先不要买了，我妈现在不骑车，我上学坐公交车有月票。"

顿了顿，她小声说："你的钱你自己好好攒着吧，不要乱花。"

她说话时偷瞄郁谋，故意说得很隐晦。

郁谋则装没听见没理解，很认真地盯着一道墙缝发呆。

施学进无奈一笑："这点钱爸还是有的，自行车能多贵？"

"不要不要。"她坚持，"那我也有钱，我压岁钱可多了。"

郁谋看着墙缝在心里默念：嗯，一千两百五十块钱。

施学进没再坚持，因为有外人在，说这些家长里短的或多或少有些尴尬。

客厅和餐厅是连在一起的，左右不过七八平方米，郁谋看屋子角落有个电饭煲插着电，飘出很浓郁的肉香。

施学进冲郁谋笑，顺便岔开话题："闻到了？嘿嘿，红烧肉是我今早炖的，中午吃过一次，是从锅里专门盛出来的，不是剩菜啊。然后我再炒个虾、炒个青菜、弄个汤，大晚上的咱们凑合吃点。"

郁谋道："很丰盛了，谢谢叔叔。"

施念把折叠桌从沙发后搬出来，郁谋去帮忙。

施念双手抱着桌子，像只螃蟹移动着，却坚决拒绝他的帮助："不用，很轻的，你坐啊，快坐。"

郁谋看她自从见到施学进就这副样子，话突然就很少了，礼貌又疏离，浑身带刺似的。显而易见，她这样子并不是针对自己。

刚刚进门时，施学进同郁谋说一些客套话，下意识拍着施念的肩膀，被施念不动声色地躲过去了，施学进的手僵在半空，苦笑了一下。这个片段被郁谋精准地捕捉到了。

施念默不吭声地摆碗筷，摸了摸碗的内侧，觉得有点黏，去到院子里冲水。隔着窗，郁谋看她在院子里树下的水池边奋力地搓碗，一脸严肃。他想起身去陪她，又想到她爸在，莫名就心虚了。

电视上播着《亮剑》，声音开得很大，郁谋有一搭没一搭地看着，出于礼貌和教养，他并没有左右四顾，视线只是集中在电视和茶几这一块。茶几的玻璃下垫着镂空的白色桌布，桌布和玻璃的缝隙间夹着几张照片，他俯过身去看。

有一张三人全家福，还有一张施念和施斐的婴儿合照，剩下的几张都是不同时期的施念，有她好小好小的时候，刚出生不久吧，坐在红色的小浴盆里，肚子上全是胖褶褶。

还有她五六岁时候的，穿着浅绿带白格子的百褶裙，上身是荷叶领的小衬衫，梳着高高的双马尾，笑起来少了几颗牙。五六岁时期的有好几张，都是穿着小裙子，还有大蚕豆形状的光面黑皮鞋。那时候施念还会大笑，摆出兰花指和照相脸，和现在的她很不一样。

郁谋看着看着，不自觉伸出手，隔着玻璃去点那个圆脸蛋儿。

上了小学的照片就一张，从个子判断应该是三四年级，笑容有点僵，好像面对镜头很警惕的样子，穿着校服，手背在身后，一脸不情不愿。

再往上只有一张初中毕业照，这是他最熟悉的样子。少了几分小学时候的苦大仇深，取而代之的是进不到眼底的勉强又腼腆的笑，她对这个世界的戒备被不那么严谨地伪装起来。看到这里，郁谋没有再笑了。

他把照片都仔细看过一遍，又回过头去看她五六岁时候的照片，主要是去看那时候的笑脸。

"我们念念小时候可爱吧？"施学进的声音在郁谋的头顶响起。男人端着热腾腾的菜，浅笑着，和郁谋看同一张照片。

郁谋点点头，憋住一句"现在也可爱，只是可爱的点不一样"。

"小时候脸好圆啊。"他特意选了个中性词汇，怕施学进误会。

他看看照片，又看看施学进，又说："施念和您长得挺像的。"

不完全是眉眼上的相似，而是那种隐藏和伪装感很像，锁住这种"意气风发"的是自己上的锁链。

"是吗？哈哈，比起长相……"施学进心情很好，他把菜放到桌上，伸出手，把手背展示给郁谋看，"就说基因这东西真的是很神奇。她妈总说我俩的手一模一样，指关节这里的每一条褶子都像是一个模子里刻出来的。"

郁谋看了看施学进的手，没敢搭腔。实话说，他其实真的注意过。施念是眼保健操检查员时，他为了让她纠正自己的动作，每次都故意做错；而她帮他纠正时，他仔仔细细看过她的手指，细细长长的，褶子的确不少。老话说，那种手是因为干活多，他却不相信。

施学进看了看郁谋，又看了看院子里的施念，转头开玩笑，语出惊人："小伙子，没拉过我闺女的手吧？"

郁谋后背瞬间挺直，手在膝盖上握成拳："叔叔，您误会了。"

这话不假，但显然他做过比拉手更过分的事情。他尽可能地坦然直视施学进，希望自己的眼神没有出卖他此时此刻的心思。

施学进没接他的话，拉过一张椅子坐下，继续说道："你叫郁谋，我知道你。念念很少提学校的事情，初中三年她就只提过你的名字，说你次次都是年级第一，成绩好得变态。呵呵，小孩子用变态这个词形容，有意思吧？我一下就记住了。"

郁谋的脊背不敢松懈，笑都是克制的。

"你爷爷是郁长柏，你小叔我也认识，写小说有天赋。我很欣赏你小叔，我欣赏有才华还懂坚持的人。我就不行，做事情没长性，和人相处也一样，容易冲动。所以我从小教育念念，笨鸟先飞，厚积薄发。"

郁谋说："施念很聪明，脑子很活的，不是笨鸟。"

施学进谦虚道："还好吧，一般人，成绩肯定和你没法比。"

"成绩不能说明一切。"郁谋并不是刻意奉承，语气不卑不亢，"每个人都有每个人的优点，施念身上也有我可以学习的地方。"

"哦？"

"嗯，在我看来，她是个很乐观的人，自我调节能力很强。而且她待人真诚、做事认真，把朋友和家人的事情看得很重，这是十分难得的。"

"我一直觉得我闺女心思细腻敏感，你还是头一个说她乐观的人，看来你很了解她。"

郁谋彻底沉默了，他意识到自己被施学进带进了沟里。

施学进则没打算深究，他看着郁谋，语气平和："你不要紧张，我们就是正常聊天。念念平时和我交流很少，我很开心她能把小伙伴带到我这里来。她上初中后就几乎没有交到新朋友了，我也很开心她能有你这样的新朋友。我虽然不擅长看人，但这一点我有自信没看错，你是个优秀的小伙子。"

郁谋听过无数的表扬，多到他麻木，有的表扬他很受用，有的表扬他心里有数。总体来说，他几乎不会被外界的表扬干扰，因为他清楚自己是个怎样的人，不需要别人去定义。可是施学进这最后一句话成功地在他心里掀起滔天巨浪。他很想追问一句，您能再详细说说这个"优秀"是指什么吗？

可施学进没再继续说，他转身回厨房，撂下一句："你去洗个手，五分钟后咱们开饭。"

郁谋站到施念身边时，施念刚好洗完碗。其实碗筷都是干净的，可她心理上觉得那些都黏黏糊糊，于是非常仔细地又把它们全部用洗涤灵洗了一遍，洗完时手都冻得没知觉了。

"咦，你出来干吗？"她蹲着问郁谋。

郁谋看了会儿她的手指，倚靠在树上，低着头，说道："你爸让我洗个手。"

他看见水池的水龙头上绑着一条肉色丝袜，丝袜里包着一块肥皂，施念正用手搓丝袜让肥皂起泡，然后哗啦啦地用冰水洗手。

她洗手很糊弄，生硬又应付。郁谋看着她的动作，突然就想起她之前洗脸戳到鼻子流血的事情，不禁皱起眉头。

施念甩了甩手，抱着碗起身："啊呀，你洗手在屋里洗啊，外面多冷！"

"嗯？我以为只有这一个水龙头。"他扭开水龙头就要洗手。

施念立马把水龙头旋上，揪着他的袖子进屋，觉得眼前这个少年一到这种事情上就给人一种不灵光的感觉，直言道："你怎么这么笨啊，也不知道问一下。这个水池是公共的，因为大，所以我们都用来洗碗。洗手是在屋里洗，屋里有个小厕所。来，我带你去。"

有那么一瞬间，郁谋觉得自己被当成施斐对待了。她还说他笨，真是新奇的形容。

"你是不是没有住过平房？"施念带他进屋洗手，三平方米的小卫生间，她嫌香皂有点脏，用了好久，已经变成一个有着黑色沟壑的扁片片，于是专门给他撕开了一个新的香皂用。

"没有。"

新香皂白白胖胖，她很满意。

"小时候你奶奶爷爷、姥姥姥爷家也没住过？"

"没有。"

"哦对，我忘记了，你爷爷一直住咱们大院里。"施念点头，故作幽默，"富家子弟呀。"

郁谋却觉得这话很刺耳。实际上，他觉得施念自打进来就绷着个劲儿，什么都要表达出"你可不要嫌弃，已经够好了"的感觉。这让他心里五味杂陈。他明明什么想法都没有，更何况，他也不是富家子弟。

郁谋洗好手时，施念递给他一块浅绿色的小方毛巾："这是我的擦手毛巾，很干净的。"

少年没说什么，老老实实擦好手。

卫生间地方局促，施念挤进来从高处拿下一盒郁美净："这可是我抹脸的，给你抹抹手。"她嘻嘻笑，郁谋却更加沉默。

直到跟着施念上饭桌，那种奇怪的感觉依旧在郁谋的心头挥之不去。

他觉得和平时比起来，施念在故意和他装熟，或者说，她现在对他可比她平时对他好太多了，非常刻意地在强势地关照他。这是为什么呢？仅仅因为施学进在场吗？她怕他嫌弃？他想不明白。

这顿饭吃得并不是那么舒服，不是因为饭难吃，也不是因为尴尬，仅仅因为他被这个问题困扰着。

她的奇怪行为和态度，令他有种难以言喻的别扭，以至于他吃被施念夸到天上去的红烧肉时，也觉得没有什么味道。

施念紧张兮兮地看他："你吃饱了吗？"

郁谋扯出一个笑："叔叔手艺好，我吃撑了。"

经历过这么惊心动魄的白天，晚上理应睡不着觉。

可施念和郁谋睡不着的原因却不相同。

窗外起风了，玻璃的缝隙里传来风的呼啸。看着窗帘上树枝晃动的黑色暗影，施念想了好多事情，那些事情像一颗颗炸弹先后在脑海里炸开，她缩成一团，开始后怕。

她对池小萍说谎了。

池小萍当初和施学进离婚的原因之一，就是因为婚姻中的信任没了。

她还去了游戏厅。她发誓她没有碰那些游戏机，可是去了就是去了，玩没玩根本不重要。

她相信爸爸会帮她保守秘密，或许郁谋也可以被相信。

可是鄂有乾看到她了吗？她的伙伴们会不会哪天说漏嘴？还有施斐……他可不是什么聪明小孩，哪天他来家里，说不定就会提起这件事……

想到谎言说不定不久就会被揭穿，她的胃开始一阵阵抽搐，电热毯的余温还在，可她手脚冰凉。

她在反反复复地同时扮演池小萍和自己，演练着最终被揭穿时的对话。池小萍一定会对她非常非常失望。她怕极了！

而在这害怕的情绪间，还有一件事情在见缝插针地影响着她的神经。那就是郁谋，这个男生已经开始变成她内心里不可忽视的存在。

同样地，她也不受控制地反复想起他去了施学进那里的事。

一种无力的羞赧和自卑悄悄升起。

她想，这下她的所有事情郁谋全知道了，这个完美的、优秀的、和她是不同世界的男生知晓了有关她的一切。她从小学开始努力筑起的高墙，被这样毫无防备地闯入了。

她还无法想出一个合适的词语去形容她和他的关系，这无关钱、家境、学习、长相等等，也压根儿和谁喜欢谁没有关系。她不喜欢他的，不是吗？和许沐子、文斯斯说的那些话，都是谎话。谎话！她可从没想过能和他有交集，她只是在想她自己。

她试图去评价自己，最后得出结论，自己是个十分糟糕的人。这无须更多的证据。

她深刻地认识到，她并不想郁谋离她的真实生活那么近。他看她同父母说谎，背着母亲在朋友那里玩游戏、玩电脑，而在外面、在学校又显得胆怯笨拙，这些都令她难堪。

这和文斯斯、许沐子、贺然、施斐他们知道她是什么人又是完完全全的两码事，因为他们本来就知道，她没得选择。

白天笑得有多开心，此时她心里的担子就有多重，脑海里的事情纷乱又没逻辑，躺着觉得呼吸不上来，干脆坐起。

她背靠着墙，抱着膝盖坐着，头平放在膝盖上，看着树影，听着风声。她以为这样她会平静下来，可是一颗心浮浮沉沉，越发焦躁。

漆黑的小屋里，她一个人开始不受控制地发抖。

就在她恨不得大声呼喊时，放在书桌上的手机亮了。

她跪在床上去够手机。

大概是垃圾信息吧。

她点开屏幕，是郁谋，问她睡了没。

没那么简单。

"睡了没"的后面还有一大片空白。

施念意识到那是正在加载的图片，他发的是带图片的彩信。

图片从左至右慢慢展开，施念发现那是一只背着乌龟壳的小恐龙。耀西，是叫这个名字，那是超级马力欧的坐骑。

彩信有接收回执，郁谋知道她点开了自己发的第一条信息。

于是紧接着，一条普通短信跟了过来。

郁谋：你就是它。

4

郁谋当晚回到家，先问了其他人怎么样了，然后进到浴室洗了一个漫长的澡，长到小叔拍门："小子，你叔我也是过来人，洗这么长时间别以为我不知道你在里面干什么。"

郁谋面无表情推开门，面朝镜子刷牙，一条手臂无力地垂着。里面热气腾腾，少年的黑色湿发搭在额前，有几缕悬在眼睛上方。他通过镜子瞥小叔："叔，你要上厕所就直说，别给人安什么奇怪的罪名。"

"这哪儿是什么罪名啊？青春期，很正常。"小叔手里卷着窝成筒的《今古传奇·武侠版》，将郁谋薅出来，着急忙慌地一屁股坐在了马桶上，厕所门"砰"的一声被踢上。

站在门外，郁谋看了眼被小叔抓过的地方，那块儿摔下自行车时被划掉了一大片皮，此时粉色带血的皮肉正往外渗着黄色的组织液。他叼着牙刷，满嘴泡沫，先去厨房漱口，然后去到爷爷的书房找紫药水。

"b-r-o-k-e-n，布肉啃！布肉啃是破碎的意思！"爷爷大声背着单词，看孙子进屋，摘下随身听的耳机，问："找什么？"

郁谋单手去翻书架上的酒精棉还有药水："爷爷您上次背secret，这次怎么又回到 B 打头的单词了？"

"老师说这是乱序，不按字母表来的。"爷爷看到郁谋的胳膊，这次不用放大镜都可以看得清清楚楚，一大片伤口，渗着血，"哟，胳膊怎么这样了？"

"没怎么，不碍事。"郁谋大事化小，把棉球拿下来就要出屋子。

爷爷的声音在身后响起："这次不叫施家大孙女给你抹药了？"

"真有事儿的时候就不麻烦人家了，等好得差不多了再说。"

郁谋随口接道，走到门口琢磨出不对劲，回头问，"我小叔又和您说什么了？"

"他没和我说什么，倒是给我唱了首歌。"爷爷一脸"姨爷"笑，趁郁谋说话前赶紧下逐客令，"你把门给我关上吧，我要继续背单词了！不要打扰我！"

躺在床上，郁谋做了一些尝试去睡觉，可是一闭上眼，就有非常多零零碎碎毫无关系的片段闪现。

在施念父亲家那种被抽空的情绪又开始支配他。他努力去抓住一些闪现在脑海里的片段，试图找出自己难受的根源。

小饭兜、月票夹、绿色的头绳、白色的衬衫领子、滴答汁水的桃子、去小卖部买牛奶、每天带去学校的香蕉、哆啦A梦创可贴、掉了一颗绒线球的睡衣，还有墙角喷香的红烧肉、丝袜包裹着的肥皂、新的舒肤佳香皂、绿色的擦手巾……

他试图找出这些东西令他反反复复刺痛的缘由。

这种心痛像是被针扎，扎出一个个孔洞，随后袭来抽空的那种痛。好像一想起这些意象，他的心就在四处漏风，觉得空落落的，心疼、心痛，但又绝不单单是心疼这个女孩子，可就是难受，难受且不清楚为什么。

自己一向擅长解题，可是这道题他真的想不明白。人往往会输在自己最喜欢或是最擅长的事情上，看来他也不例外。

就这样，少年辗转反侧到半夜，点亮手机又让它暗掉，反复几次，终于没忍住给施念发去了短信。他没指望她会回，可他又无比确信她一定还醒着。

在收到彩信接收回执的十分钟后，还是没有回信，郁谋开始后悔，她一定会觉得自己疯了，大晚上的发这个，也太没头没脑了。

可这正是他想表达的。

他一直觉得，他之所以会在意这个女生，会在某些地方被她吸引，是因为他们本质上是同类。

她就像是假装自己是乌龟的假乌龟，背着一个无形的壳。真的乌龟可以缩进壳，假的乌龟壳太小，只是装饰，存在的意义只是为了让她自己心里好受。

等她和她以为的同类乌龟一族去河边，大家纷纷缩进壳里去，手啊脚啊小尾巴啊塞得严严实实，壳壳滑溜儿得可以原地打转。她这才傻眼，发现自己背着的这个一点儿用处也没有，只是负担，只是累赘，不能起到丝毫的保护作用。

思虑再三，郁谋又发了一条带问号的，以确保施念能够回信。

郁谋：你爸说你从没有带同学去他那里过，是真的吗？

自然得就像之前那两条信息不存在一样。

这次施念回了，好像也自动忽略了起初的短信。

施念：是的。

郁谋：那为什么带我去？

施念：因为正巧我们今天在一起走。

郁谋：是这样啊？

施念：嗯。

郁谋：那如果今天是你和贺然一起走，或是和许沐子她们一起，你也会带他们去你父亲家吗？

又过了好久没有回复，可他有耐心。这是他十分想知道且必须知道的答案，哪怕这并不是他的说话风格，那么直白。

手机终于响了。

施念：大概不会。

少年得到了满意的答案，嘴角上扬。他在床上翻了个身，压到了胳膊的伤处，却浑然未觉。

郁谋：为什么？

他追问。

那边又是长久的安静。

而当他再一次收到施念的回信时，他的一颗心剧烈地震颤了一下，他甚至以为自己看错了，完全没有想到她会在此时此刻的深夜里和他说这些。

　　施念：总感觉你不会因此对我产生偏见。我很怕别人瞧不起我，也很怕别人对我抱有同情。我妈说，不要轻易让别人看到你的弱点，因为当人们把一个人定义为弱者时，就会同时剥夺她完整的人性，让她在人言中沦为一个扁平的可怜的标签。但我觉得你不会。你会吗？

　　你会吗？

　　你，会吗？

　　窗缝透进的风吹得窗帘微微摆动。少年转过来，又转过去，心绪浮浮沉沉。莫名地，他很想冲到她家楼下站着，任凭冬夜的寒风吹透他的身躯。他想大声地把他接下来要说的话面对面告诉她，而不是通过键盘，通过屏幕。

　　他想了想，郑重地打下几个字。

　　郁谋：我是你可以信任的人，所有事情。

　　"叮——"

　　回信是三分钟后才到的。

　　施念：谢谢你。

　　这段对话似乎到了尾声，郁谋在犹豫要不要给她发一个晚安什么的，手指在按键处盘桓。他觉得这未免有点俗，但又觉得俗一点没什么不好。

　　就在他纠结时，施念的又一条短信主动进来了。

　　施念：郁谋，我决定了，这事憋在心里太难受，我准备坦白。

　　看到这句话，少年霎时呆住了，紧紧攥着手机猛地坐起身。起得太猛，受伤的胳膊肘撞到了床旁边的椅子。暗夜里，他无声地痛了好久，一颗心开始狂跳，长腿架在椅子下的横杠上，强作镇定，连标点符号都在帮他自欺欺人。

郁谋：嗯，你说。

这也太突然了！就算他早就知道她喜欢他，可真到要说的时候还是有点招架不住。

这条信息发出去后，他一直盯着屏幕，连劝她现在要好好学习，以后相约大学都想好了。

可施念彻底没有消息了。他窝着等了好久好久，最后重重地摔回床垫上，心跳紊乱，头晕目眩，胳膊的伤口似乎又撕裂了。

遭不住，十分想吃一颗速效救心丸。

施念发完那条信息就下了决心，她看了下时间，凌晨一点。

本来想等明天早上再说，但一想到早上或许就没了现在的勇气，于是她光着脚下床，哆哆嗦嗦跟跟跄跄地跑去池小萍的房间。

"妈、妈……"她推池小萍的胳膊。

池小萍翻了个身，迷迷糊糊地睁开眼，吓了一大跳。自己闺女披头散发满脸惨白，瞪着一双血红的眼睛泪流满面地对她说："妈，我错了……"

施念发了两天的高烧，池小萍请了两天假在家给她做饭。

油菜切碎加点香油煮白粥，施念一小口一小口地喝粥，池小萍就坐在她对面。施念喝一口粥看一眼妈妈，看一眼妈妈流一行眼泪，流完眼泪才把那口粥咽下去。

这已经算好的了，她一开始吃什么吐什么，烧糊涂了哭着喊妈妈，然后来回说自己怎么瞒着妈妈了，怎么说谎了……

池小萍在家给施念吊水，吊了两瓶水烧才退下去一点。施念这场病完全是自己吓自己吓出来的，池小萍十分无奈，又觉得好笑。

"你说你怎么这么没出息，这点事给自己憋出这么大毛病。"池小萍帮施念把头发别到耳朵后面去，她喝粥的时候连带着头发也一起吃进去了，"十六岁的大姑娘了，还'妈妈''妈妈'的挂嘴边。

你妈我也四十几了，真要有一天妈妈不在了，你也这样吗？"

听到这话，施念干脆把汤匙扔碗里，嘴角往下，大颗大颗的泪珠往外涌："妈妈，你要活到两百岁。要是不行的话，我和老天爷商量一下，把我的寿命借给你一点，咱俩平分。"

"净瞎说，妈妈真要活到两百岁，还像现在一样管你，不给你买新自行车，不让你看电视，不让你去游戏厅，你肯定不乐意。"

施念使劲点头，哭得撕心裂肺："愿意，我要永远和你在一起！我最爱你了！最最最最爱你！"

池小萍不再逗她，帮她把汤匙夹出来，用抽纸擦干净勺子把儿："快喝吧，别哭了！还不够我操心的。"

施念重新喝粥。她想问妈妈她还可不可以哭一会儿，不是悲伤的哭，而是心里一块大石头终于落了地的那种哭，是开心的哭。

"许沐子她们骑的自行车是在哪家店买的？"池小萍问。

"嗯？"施念愣愣地抬起头。

"你去问问看，等周末，不，这周我请了两天假，周末要加班，下周吧，下周末妈妈带你去买一辆新的自行车。"池小萍平静地看着施念说道。

施念整张脸都皱到了一起，被池小萍及时制止："不要再哭了！"

她抽噎着点头，断断续续地说："好……那我……可要挑一辆喜欢的……"

施念不在学校的这几天，年级里出现了一个奇怪的传闻。

传闻郁谋是沿河沿儿中学校霸的彤城一中分霸。

原因离奇到所有人都觉得非常魔幻，但是据"目击者"称，此事千真万确，说郁谋是和沿河沿儿老大一起在游戏厅跳舞的交情。

"哎，等等，跳舞？我没听错吧？"

"没听错，据说还差点被鄂有乾抓个正着。当时两人在跳舞机上不分伯仲，高山遇流水，英雄惜英雄，一局完了又开一局，交情好得不得了。"

"想不到学神竟有这样的爱好、这样的人脉……"

而此时，该传闻的主人公趁放学时专门抓着篮球去了施斐班门口。

贺然的胳膊架在郁谋的肩膀上，郁谋探进半边身子叫施斐，赞助班全部的目光投向门口。

之前欺负施斐的几个男生紧紧盯着郁谋，大气不敢出，只见郁谋冲施斐招手："打球啊，快点来。"

施斐在万众瞩目中"哎"了一声，云淡风轻地走上前："走着。"

下午放学时分，施念在家躺着养病，明天她就要去上学了。

电视里放着《蓝色生死恋》，她和妈妈在家看了一天，哭光了两包抽纸。

"施念！"

"施念！"

楼下的声音此起彼伏，施念回答了一声"在"，冲到厨房的小阳台往下看。

只见小伙伴们都站在楼底下，许沐子、文斯斯、贺然、傅辽、施斐，还有郁谋。

"你明天来不来学校啊？"文斯斯大喊。

"来！我病好啦！"施念也大喊。

嫌窗户碍事，她一把拉开纱窗，俯身冲他们招手，实在等不及要把这个好消息告诉大家："下周，哦不对，下下周！我就和你们一起骑车上下学啦！我也要成为自行车小分队的一员啦！"

当天晚上，施念的手机里收到一条郁谋的短信。

郁谋：上次手摔伤了，拿东西不得劲，周末你可以陪我回旧家拿一下东西吗？东西不多，几本书，几件衣服，还有一辆自行车。

第十一章

少男心，海底针

Laqou Gaizhang
Yibainian Buxubian

1

学生里的潮流一阵儿一阵儿的，有潮流就有攀比。不论风气对错，从人性的角度出发也能理解，平时学习考试的实在是太枯燥了，学生们只能从其他地方找出口发泄。

学校强制穿校服，所以校服遮盖不到的地方就是学生们攀比的战场，比如男生的球鞋、自行车，女生的发型、文具……

还有校服里面露出的卫衣帽子，有的人校服拉链恨不得拉到肚子那块儿，就是为了让大家看看里面自己衣服上的标。

冬天还可以从羽绒服下手。

这一年冬天，一中的学生里突然流行起那种特别特别长的，到小腿肚的直筒式面包羽绒服，并且一定要帽子上有一圈麻棕色毛领的。

一时间，不论男生女生，进出学校几乎都是这种类型的羽绒服，颜色也都是黑色、深灰之类的。

按池小萍的话说就是，你们学校的学生怎么一个个跟烟囱似的。她下班回家说这话时，施念正老老实实坐在桌子前写作业，房间里只开着一盏橘色小灯。

池小萍进屋把大灯打开，扔沙发上一个纸袋子："单位广播体操比赛发的羽绒服，我领的你的号码，穿上试试。"

施念兴奋地跑过去拆衣服，刚扯开包装，就看到一圈棕色的绒毛露了出来。她惊喜地看向池小萍："妈，你们单位发的羽绒服今年特流行！"

长长的羽绒服被抖开，衣服是浅灰色的，很洋气。她摸着帽子上那一圈绒毛，发出"哦"的惊叹声。

施念穿上，跑到镜子前面转圈查看。

她从不赶潮流，一是不敢开口跟妈妈要东西，二是没那个心气儿，可是偶尔也会羡慕，就比如今年。虽然池小萍总是嘲笑他们学生审美糟糕，可她内心觉得今年流行的大长羽绒服确实好看，穿上像熊，很有安全感。

这次赶上池小萍单位发福利，歪打正着了，好幸运啊。

池小萍转身去厨房做饭，看了看施念："总共就三个颜色，黑、白、灰。黑色太丑，是不是贺然有一件类似的？我在院里见过，烟囱！真是行走的烟囱。白的不耐脏，我就给你选了件灰色的。"

施念不想脱，一直穿着跟到了厨房，笑成傻子，从背后抱着妈妈一个劲儿重复："好看的！好看！这颜色好看！妈，你真好！"

"哎呀，热死了，别抱我！"池小萍在水池前择菜，"那也是我们单位好，福利还是不错的，经常发这发那。"她转过头看施念还不脱，"小姑娘穿什么都好看，你穿就不那么像烟囱了。"

"那我像什么？"

池小萍用大葱指了指厨房的墙壁："水管子。"

施念完全没被打击到，依旧开心得不得了。她寻思着下楼转一圈，感受一下寒风凛冽中穿新棉袄的感觉，于是小心翼翼地把新羽绒服的袖子卷上去，弯腰系垃圾袋："妈，我下楼扔一趟垃圾。"

她心情很好，下楼时路过"上吊"楼层都是慢悠悠地甩着垃圾袋走过去的。

前不久，施念因为和妈妈深夜一把鼻涕一把眼泪地"促膝长谈"，老老实实交代了自己替施斐出头，伙同大家去找另一个中学的人理论，然后去了游戏厅，最后还差点被年级组长抓到的事情。本以为池小萍怎么着也得揍自己一顿，她都做好心理准备了，可是到头来，池小萍只是看着她说了句"我女儿长大了"。这句话比揍她还难受，心里的所有害怕、委屈、郁结一下子爆发，高烧了两天。

池小萍说："我看你不是跟我认错，而是折磨我的，你发烧我还得请假伺候你。"

话虽这么说，但池小萍好像在某些地方对施念实行了"政策放行"，譬如主动提出要买新自行车，还给了施念一点自由活动的时间。

新自行车目前还没买。

本来说要买的，可是到了年底，池小萍单位搞质量认证，周末一直加班，母女俩约定好等寒假再说。施念可一点也不担心池小萍会反悔，她就是这样，不可以的事情就是绝对不可以，但是一旦答应女儿的，就一定会实现。这是信任问题。

施念下楼时，看到贺然训练完推着自行车进院门。

男孩冲她吹了声口哨："新衣服啊？挺好看的。"几步路还要重新骑上自行车追过来，"和我这件好像啊。"他本想说情侣装，话到嘴边想起这是他俩之间的玩笑禁忌。人家要好好学习，他记着呢。

施念手一甩，垃圾袋一个弧线落到垃圾车的顶上："我妈单位发的。"

贺然坐在自行车上，俯身趴在车把上拉住她聊天："咱妈单位怎么什么都发？之前发的护腕我用得还挺好的。"

之前池小萍单位发了两套护腕，让施念给了贺然和许沐子。

说着，贺然撩开袖子给她展示："你看，一直戴着。"

施念纠正道："是我妈，不是咱妈。"她低头，发现贺然胳膊上有一道长口子，末端隐在了护腕里。如果不严重的话，她肯定不问了，可是那道子往外翻着，挺吓人，"你手这里怎么了？"

贺然抖着袖子把胳膊缩回去："没事儿，下学和沿河沿儿那边打了场野球。"

施念瞪大眼睛："他们又找上来了？"

"没有没有，还真不是。"贺然摇头，"高校篮球联赛，他们学校男篮女篮一直打不过咱们校队，通过教练私底下约了一场球。"

"然后呢？"

说到自己擅长的领域，少年眉宇间神采飞扬："然后？哥把他们按在地上摩擦。"

施念白了他一眼："你别骗我没看过篮球，一个队五个人，说得好像就你一个人立功了似的。"

"嘁，我没法儿给你解释，叫你来看你又不来，没看到我在场上怎么杀死比赛的，太可惜了。告诉你，我进了绝杀球，场边围观的人好多都跑过来给我送水。"

"那您真了不起。"施念完全没有领会贺然话里试图让她吃醋的那一层含义，"那您这么厉害，怎么还光荣负伤了呢？"

"他们打球挺脏的，小动作很多。"贺然倒也没太生气，"沿河沿儿的男篮女篮都一样，有几个人技术其实是不错的，就是太不规范，教练水平不行。"

他咧开嘴笑："当然了，也是我太厉害了，把对面的气坏了，断球时挠了我一下。"他伸出指甲给施念看，"他们太不讲究了，大老爷们儿指甲留那么长。我们教练平时都嘱咐我们上场剪指甲，这是最基本的竞技道德。你看我的指甲都被我自个儿剪秃了。"

贺然的大手罩到面前，施念看了一眼。不得不说，他的指甲整整齐齐，像是乖乖小学生的手指甲，和他这个狂妄劲儿形成鲜明反差。

她忽然想起郁谋的手。她记得郁谋说过，他妈妈不教他这些生活技能，所以以前他的手指甲像狗啃的。

贺然的手在她面前晃了晃："发什么呆呢？"

施念缓过神，认认真真嘱咐："那你和许沐子要注意安全，以后再和那边打比赛的话可不可以戴运动护袖？对了，你有护袖吗？我问我妈她们单位发不发，发的话给你们拿。你回家记得用酒精消毒伤口，我妈说这种容易得破伤风！"

贺然本来嬉笑着不往心上去，可是听着听着，他便收起笑容一动不动地盯着她看。等她说完，他茫然地问："施念，你是在关心我吗？"

施念愣住，随即摆出凶狠的表情："不是你，是你们！还有，你会不会抓重点？万一得破伤风你人就嘎屁了，李阿姨该多伤心！你妈还得花钱请全院的人去你家喝酒吃饭。"

贺然眼含笑意地看着凶巴巴的施念："有没有人和你说过，你说话特像老太太？"

施念气得转身就走："你直接说我像我姥姥不就行了？"

"你还别说，你姥姥还真不这样。你姥姥是酷老太太。"贺然手臂依旧支在车把上，脚在地上挪，人车合一地跟在施念身后。

"哎，你不是要买自行车吗？你看我这辆怎么样？"他闲闲地起话茬儿。

施念头也不回："我要买新车，不买二手的。"

贺然"啧"了一声："我意思是你可以去我买自行车的店买，我爸认识那家店的老板，还能给你打折。你买辆普通女士车也得四五百，他们家山地车打完折七八百，你算算，哪个值？"

贺然的自行车是宝蓝色的，带明黄偏光，车座升得贼高，确实挺酷的。

施念听到可以打折才停下脚步，仔细看了看他的自行车，犹犹豫豫地说："可是我不太会骑山地车。"

"哦，那他们家只卖山地车。"贺然道，"你骑过没？没骑过就说不会骑？"

"我骑过许沐子的，座儿太高了，我脚够不到地，而且……"她指了指山地车的横杠，"这边我很难跨过去，下车也很麻烦。"

贺然从车上跳下来："车座儿高好办，我给你调调。"说着，他就去拧车座底部。

车座降到最低，都比施念的屁股位置高。

贺然咂嘴："我的天呢，你好矮啊，这已经是最低了。你先试试。"

施念为了骑上去，不得不把羽绒服下摆撩上来，等她好不容易坐到位子上，脚是悬空的，吓得够呛："不行！我脚够不到地！太危险了！我下来了！"

"危险啥啊？你蹬起来看看，可好骑了，还可以调变速器。"贺然抱臂站在小花坛边，看她紧张得车把晃来晃去。

施念就这样慢慢围着小花坛转了一圈："确实好骑，那我考虑考虑。"

"是吧，我什么时候骗过你？你这不是骑得挺好的。"贺然浅笑，"你就买和我一模一样的吧。"

"不，我不喜欢你这个蓝色。如果真要买的话，我可能会选其他颜色的。"

"不好看吗？这可是机甲蓝。"

施念还在仔细感受山地车的速度，骑到了稍远处："什么嗲蓝？"

"机甲蓝！你耳朵也跟老太太似的！"贺然说着，起了兴致，跑着去追她。

他看施念的车把因为骑得慢左摇右晃，嫌她磨叽。骑这么慢根本就体会不到他的小蓝万分之一的好，于是想助她一臂之力。

他一把抓住车后座，施念只觉得车子一顿："你干吗？"

"传给你银河系机甲战士的力量！"

随后，少年猛地一推，车一下就加速冲了出去。

他一个助跑，腾空一跳，干脆地跳上了后座："你看你还能带人呢！"

车头轻脚重，施念大叫一声："啊！"

她想停，但是因为惯性一时半会儿停不下来，脚着不到地，长款羽绒服绊着她的腿，她没法跨过横杠下车。

"你有病啊？"她大叫着，车子骑驴拐弯儿一样直接栽进了小花坛里……

贺然把施念从花坛里拎出来时，她满脸的灰。

施念的脸皱到一块去了，第一反应是去掸羽绒服。她俯身一看，只见新羽绒服前面一个大黑脚蹬子印儿。

"未来一周你不要和我讲话！"施念一瘸一拐，气哼哼的，恨不得一步踩进地砖一个脚印地走回了自家单元门。

她走到门口，又转回头撂狠话："不对！到学期末都不要说话！"

贺然单手推着车往自家单元门走，正好碰见下来倒垃圾的郁谋同学。

"你车颜色不错。"郁谋道。黑夜里的偏光显得尤为骚气。

贺然懊悔地挠挠头，还不忘补充一句："这是机甲蓝。"

郁谋笑了下："什么嗲蓝？"

2

大课间，三个女生裹着羽绒服靠在领操台边，施念没穿新羽绒服。

"你和贺然又吵架了？"许沐子问。

施念"嗯"了一声："不要跟我提这个名字，到学期末我都不打算和他讲话了。"

"其实看不太出来，你干吗不穿新衣服啊？你穿的话，咱们仨又都一样了。"文斯斯手里拿着刚打好开水的水壶，她和许沐子都穿着"烟囱"面包服。

施念使劲摇头："真的特别明显！怎么刷都刷不掉。我妈说可能是脚蹬子上有机油，一般的肥皂水没办法完全去除。我真的要气死了。"

"哪有你说的那么夸张，我看就是一块很浅的水洇子。"文斯斯看了看施念。

施念不说话，那件还未真正上岗的羽绒服已经被她彻底打入冷宫了。

文斯斯知道她脾气又上来了，任何事物往不好的方向去一点点，她就会立马放弃，从一个极端走到另一个极端。小学选班委是，她和她爸的关系是，这次的羽绒服也是……

"你真的是好典型的处女座啊。"文斯斯评价道，"用我妈的话说，你就是自己跟自己较劲。"

施念默不作声，这种堵得慌的心情真是难以言喻。

像文斯斯，好东西很多，不会有那种盼了好久终于得到的感觉，所以没办法真正理解她；许沐子呢，对这些又不太在意，也没办法理解她。

不就是一块浅浅的印子吗，干吗不穿了？她们大概是这样想的。

可是不一样啊，她本身在意的东西、想要的东西就不多，有一样是一样，都可宝贝了，不能有一丝一毫的损坏。

这样想着，施念伸手把脑后的绿色发绳撸下来。

她举着这个从初中陪她到现在的发绳给两个人看："给你们看这个。"

"这个我看你戴好久了。"文斯斯说。

施念"嗯"了一声："我小学毕业那年，我妈单位组织去日本药厂参观，在日本给我买的。我妈虽然是公费出国，但是自由活动时还是要自己掏钱。

"那会儿我家刚赔出去一大笔钱，我妈没换多少日元，但觉得出去一趟总要给我买点东西的，于是就给我买了这个，好像是说这个合人民币五十块钱呢。我妈还带回来一枚在金阁寺请的学习御守。"

"学习御守没见你用过啊。"

"我其实一直带着，我妈说这种护身符被看见就不灵了，所以我一直放在书包最里层，不拿出来。我中考多亏它保佑。"

"这样啊？那好灵哦。"

"嗯。"

绿色发绳的布料本身是硬挺的，是浆洗过的棉布，很有质感，施念每周末都会仔细清洗它然后晾干。三四年过去了，面料变软，颜色从一开始的青草绿褪色成了现在这种极淡极淡的浅绿，浅到几乎要和它本身的白色点点一个颜色。

"这可能就是我这人的毛病吧。我妈给我的东西，无论大小，我都特别舍不得，没有办法做到大大方方。"施念又把发绳扎了回去，"有时候她管我管得很严，我也会烦她，但我就是没有办法不心疼她。"

"你这么说的话……我要是你，我不会不理贺然，"文斯斯大笑，"我会揍他一顿。这多解气！"

许沐子说："你俩的个子大概率够不到他的脸，还是让我来吧，我能把他一脚踹到窨井盖儿里，哈哈哈！"

这样说过嘴瘾，施念咬牙切齿地补充道："然后再淋一盆大粪下去！"

三个人你一言，我一语，最后说到一个火箭炮把贺然轰到外太空捡垃圾……实在是太过分了。

三个人一起哈哈大笑。

"不过话说回来，贺然最近也挺惨的。"许沐子找补道。

"他怎么了？"

"最近你不是一直不理他吗，他训练的时候不在状态，被教练骂。说他要是一直这么不积极的话，之后大学选拔赛他够呛！"

虽然不太了解体育生的未来出路，可是听到"大学""选拔"这些字眼，施念还是严肃起来："这么严重吗？"

"嗯……像我们这种，以后都打算走特招，上好大学能降分录取。有一些特别优秀的运动员，如果能在几场市级比赛里崭露头角，被提前招进训练营，就基本相当于稳了，然后文化课过关就行。这是最理想的道路。"

施念看许沐子："那你呢？"

许沐子无所谓："其实我还好。我成绩在体育生里算好的，就算以后不走这条路，还能去运动康复、体育教育之类的专业。而且我最近在犹豫以后要不要当运动员……哎，不说这个，说贺然。他和我不一样，进大学训练营，走特招，对于目前的他来说是最好的路子。他其实没什么选择的，所以如果几场大学选拔赛表现不好，对他影响还是很大的。"

文斯斯很在意许沐子说的有关于她自己的话："为什么你突然不想当运动员了？"

"都说先不说这个了，因为我还没想好，也还没和我妈商量，我妈也不一定同意。没确定的事情我不太想说。"

"哦哦，好。"

三个人都有些忧心忡忡。

"沐子，那你说，贺然有没有可能上最最顶尖的学府打球？"施念突然问道。

"你说 Q 大吗？"许沐子想了想，"实话说，有点不现实。人家文化课要求比一般学校高很多，而且全中国有天赋的人那么多，他只能算是咱们学校厉害的，放到全国去不算什么。"

"是啊……"施念也觉得自己异想天开。

"但也不是完全不可能，毕竟我们现在才高一。他要是从现在开始努力，努力训练，努力学习，不那么吊儿郎当，也说不定呢。"许沐子往后仰，几乎躺在了领操台上，"这么一想的话，我们几个里，唯一能够一够 Q 大边边的人竟然是贺然。"

施念和文斯斯也学着她躺倒。

"是啊，竟有一丝丝羡慕忌妒是怎么回事？"文斯斯说。

施念笑出声："我们刚刚还说要往他头上泼大粪！哈哈哈！"

"那是你说的，我们可没说！"

施念弹起来，一脸严肃："不对，还有郁谋。我们怎么把郁谋忘记了？"

"哈。"文斯斯说，"不是忘了，而是压根儿没有把他归到我们这群人里来。他是神，我们是人，他就算闭着眼睛高考，都能上 Q 大。"

施念认真地想："闭着眼睛应该还是不行，起码得睁开一只眼睛填答题卡。"

"你好关心他哦。"许沐子捏着鼻子用娇娇的语气调侃。

这时，预备铃响了，三人起身往教室走。操场上的男生也陆陆续续往回跑。

走在楼梯上，许沐子举起一只手："哦对了，我要和组织汇报一件事情。"

"说。"

"我郑重宣布，我不喜欢昌缨了。"许沐子像是在宣誓，"我向组织提出申请，换一个人喜欢。我，许沐子，申请换成乔跃洲。"

"啊？"文斯斯踮起脚掐住许沐子的脖子使劲摇晃，"你怎么叛变了？"

施念一脸紧张：糟糕，我怎么没想到还可以换人这种操作！

"那正好。"文斯斯也举起一只手，"择日不如撞日，我也申请换人！我最近厌倦了阳光运动型，我开始偏爱病娇阴郁类型的。我申请换成一班的张达！"

施念停在楼梯拐角，死死盯着她们俩。

"施念，你怎么了？怎么这么生气啊？"许沐子问。

"你也有一个换人名额，别生气了。"文斯斯安慰道。

施念恨不得把文斯斯的水壶捏碎，这两人想一出是一出，她还没想好换成谁呢！

她气得跺了一下脚："那我要好好考虑考虑！"

"倒也不用勉强，你还可以继续暗恋郁谋……"

男生们往教室冲，有在楼梯里拍球的，被鄂有乾拉住教训。正好走到三个女生身后的郁谋顿住，他只听了一个尾巴。

"还可以继续"是什么意思？怎么听着这么勉强呢？

1月15日放寒假，在那之前，除了有期末考试，还有半天元旦假期。

1月1日下午放半天假，上午开联欢会。

唐华向全班征集联欢会项目的点子，让每个同学写三个节目，然后收上来统计。

施念想着想着就开始走神，笔在纸上瞎画。她在想要不要提前和贺然结束冷战，以及暗恋换人这件事……

理智告诉她，为了继续和小团体有话说，郁谋已经不再是一个好的人选了。别的不说，他已经严重违背了她的三条规则中的第二条：不能找认识的、身边的、同班的人。她需要换一个安全的人选，至少在叽叽喳喳讨论时，不会被当事人听到。

她要换谁呢？

对了，她可以选昌缨。既然许沐子和文斯斯可以改变主意，那她也可以，到时就可以说"看久了还挺顺眼的"。

或者，她可以跟着文斯斯一起选张达。反正天高皇帝远，她认都不认识，就和当初选郁谋一样。

不不不，张达还是不太行，太突然了，还是昌缨比较稳妥。

想着想着，她不自觉地在纸条上写下"昌缨"二字。

唐华让最后一排的人起身收纸条时，施念还在发呆，一手托腮，一手握笔，直到郁谋站在她身旁，把她桌面上的小纸条抽出来。

施念的纸条是粉色便利贴，上面有一团乱画的圈。

郁谋以为自己看错了，特意把纸条贴近看。

施念回过神来，赶紧去抢："哎！我还没写好呢！"

郁谋充耳不闻，缓缓把手里的纸条捏成一团，脸色沉得吓人。

"你写半天就写了这个？"他声音无悲无喜，却令人如坠冰窖。

施念被他脸上的表情吓呆了。

郁谋捏着那张纸条，指节泛白。

一旁的贺然见了，急于同施念和好，于是拍了下桌子，对郁谋说："你让她写。"他伸臂把纸条从郁谋那边夺过来，展平，放在施念的桌面上，"好好写啊，没人催你。"

他展平好，放下的那一瞬间，瞥了眼里面的内容。

施念刚要伸手捂住，便又被贺然抽回来。他仔仔细细看着上面仅有的两个字，皱起眉头。随后他和郁谋一样，将纸条团成一团，递给郁谋："兄弟，扔一下垃圾，谢谢。"

3

好巧不巧，下午最后一节体育课是和一班一起上的。

因为第二天就是元旦，临放假，最后一节体育课大家都松松散散。

下午四五点，天际泛着粉色，围着学校一圈的高树被衬成紫黑色。

冷空气吸进鼻腔，冷冽中带着肃杀之气，感觉都要把人的鼻毛冻住了。闻到这种空气，北方的孩子都知道，那是老天爷在憋一场大雪呢。

两个班并排站着，谢老师拿着体测板子走来，两个班一起嘘声："哎哟……"

尤其排头几个男生"哎哟"得最欢，他们打好的算盘是满满当当打一节体育课的篮球，然后放学再接着打，无缝衔接，还不用抢篮筐。

"叹什么气？"谢老师踹了一脚离得最近的大排头贺然。

贺然立马屈膝闪开，气得谢老师用体测板子狠狠拍了他一下。

贺然发出怪声："谢老师体罚啦！扣工资！"

两个班的男生肩膀一耸一耸地笑，只要打的不是自己，那就是最好玩的戏。

"安静安静！今天测一下八百米和一千米啊。"谢老师说着，吹了下哨子，"排头带开，我们先做下准备活动。"

两个班的人，除了一班的谈君子，都像面条一样瘫软耍赖。

"老师，明儿放假了，别测了！"

"对啊，等元旦回来再说呗。"

……

谢老师毫不心软，语气却像哄一帮小朋友："哎呀，测一下就几分钟的事，元旦过后就期末了，你们班主任问我借了几堂课，我怕到时候来不及。答应你们，跑完步自由活动行吧？"

这话说完，迎来新一轮此起彼伏的"哎哟"声。

女生先跑，两个班三十几个女生挤在跑道上。

大家平时都可喜欢说话了，此时难得严肃，一个个如临大敌。

男生们或站或蹲，等在操场内圈看热闹。

郁谋手里拿着篮球，转了一会儿，觉得没意思。他嫌校服厚，干脆脱掉。里面是黑色卫衣，他还是觉得闷，干脆把卫衣也脱了，卫衣脱掉时带着头发起了静电。大冷天的，他最后干脆就穿一件短袖杵在寒风中。

他把一团衣服扔到篮筐下，余光扫了下女生那边，精准地看到施念和文斯斯抱成团原地蹦啊蹦，互相打气。

她倒是没事儿人一样……

张达过来找郁谋说话，吐槽周末数学补习班老师水平太次。

他很短促地回道："哦，嗯，是吗？"眉宇间是淡淡的不耐烦。

这跟平时的郁谋很不像。

张达胡噜了一下他的脑袋，又撩起一阵静电："皮卡谋，气得都发电了？"

郁谋把篮球塞张达怀里，手插回兜："你有点烦。"

张达神色一凛，靠近他，压低声音："来大姨父了？那你和谢老师说一声，说你一会儿没法跑了。"

罗子涵和昌缨也走了过来。

"哈？还可以用这个理由？学会了。"昌缨站郁谋边上，两人不算特别特别熟，但也算是不错的球友了。昌缨自然而然地把手肘架在郁谋另一边的肩膀上，遥望队伍里扭转脚踝时刻等待哨响的谈君子。

郁谋肩膀矮了一下，不让昌缨搭着，随后站直，和昌缨对视了一眼。

昌缨问："怎么了？"

郁谋沉默半响，问："哎，咱俩谁高啊？"

昌缨也站直，比了比两人的肩膀："我吧，我一米八八一。你呢？"

说着，旁边男生都加入进来。

张达挺起腰背，比了比："我一米八七六。昌缨你肯定没一米八八，你是不是穿鞋量的？"

昌缨拿球抡他："你踩高跷量的。"

傅辽沾了口水把头发捋高："我高。"

一旁蹲着的贺然"啧"了一声，猛地站了起来，双手抖着一颠一颠地跑到跟前："篮球队的在这儿呢，你们还敢比这个？"

其实几个人站一块儿，高矮没差出几厘米，最后竟然是平常喜欢哈着腰的罗子涵显得个头更猛一些。大家都不服，说他天天跟饿死鬼投胎一样，怎么还最高。几个人团成一团压到罗子涵身上，很快演变成比谁踮脚高、比谁跳得高、比谁伸臂最高、比谁助跑后摸到的篮筐高，不仅如此，还进行言语上的攻击。

"你鞋假的。"

"你鞋底厚。"

直到女生都跑完了，进到操场内，那边几个人还在意气风发地拍篮板，比摸高。

谢老师的小哨子吹得嘟嘟响，大喊："到男生了！都过来！"

站在跑道上，贺然的视线去寻找施念。施念和文斯斯坐在绿色内圈，满脸通红，累得说不出话。

贺然脑子一抽，一只手窝在嘴边，另一只手虚点着昌缨，冲施念那个方向大喊："嘿！我要是跑第一怎么着吧？"

谢老师飞起一脚："跑第一怎么着？跑第一你去把大粪挑了。"

文斯斯盘着腿坐，感慨："为什么有的人精力总是这么旺盛？"

许沐子翻了个白眼："估计早上忘吃药了。"

施念其实知道贺然为什么抽风，但她刚跑完八百米，全身的血液都集中在腿部和肺部，火辣辣的。她干脆直接躺倒，心累地说："咱不看他。"

剩下的三十几分钟施念打算坐在领操台上放空，被八百米夺去的灵魂需要很长时间才能恢复。第二天就要开联欢会了，为什么她觉得心里空落落的，一点放假的兴奋劲儿都没有呢？

天儿挺冷的，羽绒服在教室，他们穿着冬季校服。文斯斯冷得打哆嗦，实在坐不住了，就拉施念起来："咱走走吧，光坐着太冷了。有人说可以回班，要不咱回班待着？"

许沐子在一旁花式转球："我看有人都提前放学了。唐华都走了，我也想走。今儿不训练，我想回家躺着，脚指头抽筋。"

文斯斯看了眼手表："那咱回家吧！我正好想去趟书店，老板说来了一批新的漫画。"

许沐子点头，把球随便一抛："那走。"

施念同她们俩缓缓挪回教室，两人收拾书包时看施念坐着不动，问道："你不回家吗？"

施念拿出数学卷子，拔开笔帽，说："今天轮到我们组值日，我还得等着。"

"你好惨。要我们陪你吗？"

"不用啊，你们先回去吧。"

班上的人已经走得七七八八，教室里偶尔有回班拿书包的，也都是男生，他们拿好书包是准备打完球直接回家。

等班里安静下来，施念的头从草稿纸上抬起来，笔也停住了——终于不用假装有事情做了。

她们组今天的确做值日，可是她仅仅负责擦黑板，并不需要等大家都走了以后再做卫生。她之所以不回家，其实是想等郁谋。

他今天还会和她一起坐车吗？

她也说不上是期待还是什么。收字条的事情是上午发生的，她和他自那以后到现在一句话都没说。

其实郁谋平时在学校本身就很安静，他俩也并不多说话，但那是不一样的。平时安静归安静，话少归话少，他周身散发的是柔和平静的气息，今天施念明显感觉出来他气不顺。

中午老师让郁谋发作业本，最顶上的本子是施念的，她封面忘记写名字，便说了一句："这本是我的。"

他当没听见，直接把那个本子顺手放到最下层，直到全班所有本子都发完了，才把那本封面没写名字的本子发到她手上。

施念觉得他一定是故意的，并且她很肯定，他就是针对她。

可是为什么啊？

想到这里，施念一下一下按着签字笔的弹簧。

在她的自信还存在于她的身上时，她在班里也是叱咤风云过一段时间的。

她那时候还被叫班花，袖子上戴两道杠，也去讲台上宣讲过学习心得。小学班上的男生喜欢小女孩的方式多种多样，有的会给她打饭，有的会天天绞尽脑汁破解她上了锁的周记本，有的会不厌其烦地问她喜欢班上的谁。不夸张地说，那时候半个班的男生都喜欢她。

而她呢，自信又耀眼，很坦然地接受大家的喜欢，甩着马尾辫走到台前大声组织纪律，还会在文艺会演的时候大大方方地站在正中间唱《让我们荡起双桨》。

也就是说，她不是没见过……世面。虽然这样说很奇怪，也并不妥当，但思来想去，她想不出更贴切的词语了。

她是感受过被喜欢的，她知道被喜欢是种什么样的感觉，也知道男生这个群体别扭起来会有多别扭。

可是今非昔比。她很明确地意识到，自信这种东西已经完全不和现在的施念挂钩了。

自我的价值和魅力也许并不是通过别人之眼来实现，但也正是因为这样，她知道自己的内里和外在一样，都变成了一片荒芜，那里杂草丛生，唯一的一棵老树上只挂着一片叶子，叶子叫池小萍。

她想不到别人会喜欢她的理由，当然，贺然那个"二百五"不算。他对她有童年滤镜，大概在他的眼里，看到的永远都是小学时候的那个她。

如今的她，最最抵触的事情，最最害怕的事情，就是自作多情。

也许潜意识里，她在想，郁谋同学是不是对我有好感啊？

这是一件令她开心的事情吗？

如果她会因此感到开心，是基于虚荣心，还是因为……她也对他有好感？

她不敢往下想了。这是她的思想禁地，好像一经触碰，整个荒芜又胆怯的灵魂都在颤抖和哆嗦：不要碰触啦，受不了啦。

这种事情光是想想，她就开始满脸通红，脖子、耳朵，甚至连手掌心都在充血。

比起害羞，还有另一种情绪慢慢升起，她不知所措，还有点无地自容，觉得一个人特别好的对立面，就是觉得自己是最最不值一提的杂草。

而她这根随风飘摇的杂草，正独自一人坐在寂静的教室里，用余光看着教室前门，既期待，又害怕。

郁谋可能今天不会和我一起回家了吧？

可是，他就算不和我一起回家，也会过来告诉我一声吧？

他会吗？

另一边，施念想到，自己这种迫切地想要和郁谋解释的心情也真是没出息。自己又没有做错什么，凭什么他单方面生气，自己就要认错呢？自己哪里错了啊？

眼前这道选择题的最后一题，是道解析几何，有点复杂，她先是用了代数的方法做，后来又想用辅助线。放在平时，她是很喜欢做这类题的，但是今天她毫无头绪。

草稿纸被她画得乱七八糟，写几笔，发呆，看门口，写几笔，发呆，看门口……

直到下课铃响，楼道里传来其他班级放学的轰隆声，施念都没有等来郁谋。

她有些颓然地伸了伸懒腰，大着胆子环顾教室。

这时，满头大汗的郁谋一手捏着矿泉水瓶，一手推开了教室后门。

他身上那种独特的好闻气味飘了过来，又散掉。

两人四目相对。

郁谋把眼神别开，大跨步走到自己位子前，三两下收拾好书包。

施念看郁谋，想无比自然地开口问一句今天是否一起回家，可是到郁谋拎着书包被教室外的男生们喊走时，她都没勇气开口。

郁谋出门前，飞速瞟了眼施念。他想说，那题选 B，辅助线画大圆切线，可他忍住了。

狠心的滋味可不好受，这完全是双刃剑，可他今天突然很想自虐，于是什么话都没说，摆出笑脸和大家闲聊着奔回操场。

没心没肺谁不会啊？

又变成一个人在教室的施念突然觉得自讨没趣。

她把铅笔和卷子书本放进书包，走到教室前方拧了下抹布，开始擦黑板。

贺然以为施念早跟着文斯斯她们回家了。

刚在操场打球，他一个劲儿盖一班的"帽"。其实平时非比赛打球就为图一个爽，都是进攻时尽情地秀，防守时大家都很松，更不要提"盖帽"了，盖别人"帽"基本等同于"你小子是不是想打架"。

对，毫无意外，他被一班的男生扛了起来。

"早就想收拾你了，你今天很跳啊。"

而五班的男生没人帮他，在一旁看乐子，发怪声。

他晃晃荡荡走回教室时，施念已经擦好黑板，正端着洗过抹布的浑水准备去倒掉。

学校规定做值日的水不能倒在每层的厕所，要倒在学校教学楼后面的大水池里。

少年看见施念，先是愣住，而后站在门口，悄没声的。

施念走到门口才发现贺然。

他挡着，不让她走，也不说话，凭借身高优势居高临下地看着她，摆出奇怪的表情。

这样僵持了一会儿，贺然觉得自己好像有点过分，于是开口："哎，咱们先解除一下冷战。"

"好，那你先把门让开，我端着水很沉。"施念说。

贺然直接接过她手里的盆："我帮你拿成吧？和你说件事。"

"你说。"

"你别喜欢昌缨……我很没面子的。"贺然难得认真。

两人之间隔着个水盆，施念看见他额上的汗珠滴答，落在盆里，瞬间融入了浑水中。

"这跟你的面子有什么关系？"施念说。

贺然坦白："咱俩青梅竹马，他和别人青梅竹马。你不喜欢我就算了，然后你还跑去喜欢人家的青梅竹马，我、我很不爽。实话。"这话他酝酿了一下午。

施念本来板着脸，已经做好和他吵架的准备了，结果听了他这个非常幼稚的理由，没忍住笑了。

等她再想换上严肃脸时，已经没太可能。

她不想就此事和贺然有过多讨论，本来就是没影儿的事。她扯了下贺然的胳膊，示意他边走边说。

"我不喜欢他。你面子还在，成了吧？"她直说了。

两人走在空旷的楼道里，都能听到脚步的回声。

静默地走了一会儿，贺然开始乐，是傻乐那种，乐得水盆里的水左右晃，几乎要洒出来。

"你傻乐什么啊？"施念稳住盆。

"我开心啊。"贺然眉目飞扬，心情好像又好起来了，"我可以把这盆水喝掉，你信不信？"

"你有病啊？"

4

教学楼后面是一片开放式的植物园，据说学校花了不少钱，里面有一棵树很贵。

施念和文斯斯她们饭后遛弯时经常到这边来，每次的保留项目就是猜哪棵树是最贵的。

"咱学校就是有病，厕所不能倒搞卫生的水和垃圾桶里不能有垃圾这两条规定是谁想出来的？"贺然把水往大池子里一倒，就要走。

施念拉住他："哎，你倒是涮涮啊，盆子底下都是灰，还有抹布也要洗。"

西边的阳光斜斜地照过来，给弯腰的男生染上金橘色。男生极不情愿，眉头微微蹙着，显得很不耐烦，但是手上动作还是麻利的。

施念看了几眼贺然，他只要不说话，认真做事，还是挺能让她理解为什么年级那么多人喜欢他的。要是她不是从小和他一起长大，知道他大部分时间是什么德行，说不定也会被他吸引。

"贺然。"她思虑再三，开口，"听沐子说，你最近被教练骂？"

贺然洗好涮好立起身，转过来看施念，把夕阳彻底挡在身后。

少年不屑地"喊"了声："没那事儿，好着呢。"

施念自动忽略他的话："说你要是大赛表现不佳，会影响以后升学。"

贺然摆摆手："你好啰唆啊。这刚高一，姐，你想得也太远了。"

施念说："手怎么样了？自个儿撩起来我看看。"

贺然倒是听话，乖乖扯了下袖子递到施念跟前："早结疤了。你再晚点问，疤都快掉了。"

施念看了眼，确实。

贺然肤色偏黑，脸红了别人都看不太出来。但施念察觉到了他的扭捏，她也觉得有点不自在，敷衍道："成了成了，放下吧。所以你训练不积极，表现不好，并不是因为手臂受伤了。"

"竞技运动状态有高低起落，很正常，可是训练积不积极和你状态没关系，你不要和我打马虎眼。"施念此时的语气很像鄂有乾，连用词都像。她发现，和贺然讲话就得带点训斥的语气，不然他根本听不进去。

"咱俩吵架冷战，你就拿自己的人生不当回事，你好幼稚啊。你都多大了？还搞消极应付那一套。即使你和艾弗森吵架，转过头也要立刻收拾好心情，该训练训练，该比赛比赛。到时候你没大学上，人家可不听你的理由。"

贺然又"喊"了一声，直接被施念瞪："说这些你不耐烦是吧？"

他像个小孩子一样不敢回嘴，像面条一样站着，用奇怪的站姿表达自己的不服。

"站直站好，和你说认真的呢。"施念捅了他一下，"你听到没有？"

"听到了……"贺然回答得勉勉强强，"你说得对。对了，我有个问题。"

"你说。"

贺然挠挠后脑勺，酝酿了一下，最后咧嘴一笑："我和艾弗森吵架，用中文还是英文？"

施念夺过水盆砸他："你压根儿没听进去是吧？！"她是真的气，因为贺然摆出一副嬉皮笑脸的样子，明显就是没把她刚刚的一席话当回事。

贺然跑到一边去，巴望着施念能追过来继续打。施念看他那副欠欠的样子，叹口气，转过身往回走。

贺然又跑上来，点她肩膀："你又生气啦？"

施念扭了下肩膀，往前快步走："我不生气。好赖话不听，我生气管什么用？"

"哇，你说话好像鄂有乾啊。"

施念眼神冷冷一瞥，看得贺然心里一坠。

施念说："你就老这样，所以我不爱和你讲话。"

少年脸上还挂着笑，只是笑容有点僵，明显在硬撑场子："我老哪样儿？"

"所有事都嬉皮笑脸的，以为别人跟你开玩笑，该正经的时候不正经，和你讲话我真的很累。"

贺然又想说句不合时宜的搞笑话，只不过话到嘴边被他咽了回去。他规规矩矩地跟在施念旁边，难得安静。

施念继续说："人越大，说话越不喜欢说第二遍，能反复和你讲道理的，都是真正关心你的人。不然我和你非亲非故，干吗那么苦口婆心？我有那个工夫，多写几道题不好吗？"

楼道里很暗，教室门都关上了，暗淡的光线只从门上的小窗照进来。

施念旋开自己班的门，进去之前和他说："反正我就说这么多，你自己好好想想。

"我们冷战提前解除，我不为羽绒服的事和你怄气了，你也应该好好地、积极地训练,在大赛上多拿几个MVP,争取被大学教练选中。"

贺然清了清嗓子:"那个……一场比赛就一个 MVP……"趁施念生气前,他找补道,"不过我能理解你的意思!我知道了!"

施念点头,刚要进门,又被贺然拉住:"你刚刚说,你不爱和我讲话,就是因为我态度不端正吗?"

施念一脸"你说呢"的神情。

贺然有点难为情,说道:"那我以后认认真真说话,你还有可能喜欢我吗?"

施念深吸一口气:"这是两码事!"

"其实我也不是不能认真讲话……只是和你一说话,我就总想逗你乐。"

"你哪里是逗我乐,你明明是气我。"

"逗你、气你,随你怎么说,总之我的出发点是好的。"贺然看了看走廊尽头,有几个男生拍着球经过,冲他遥遥招手,他比画了一下,冲那边喊,"等下,有事儿!"

他回过头,加快语速:"以后这种大道理你多说给我听,我挺爱听的,尤其是你说的,我特别能听进去,好吧?"

施念眨眨眼:"快走吧,人家都喊你了。"还在这儿表忠心呢,实际上心早飞篮球场上去了。

"得嘞。"贺然将盆往施念怀里一塞,冲她飞了个敬礼手势,转身奔向了楼梯口的男生堆。

施念转身开门。

教室里静悄悄的,灯没开,一片深橘。

而郁谋坐在位子上,一言不发地望向窗外,不知在这里坐了多久。

他觉得自己坐这里挺傻的。刚刚被叫走后,他在操场上扔了几次三分,手感不好,一个都没进,还被路过的昌缨嘲笑。球被篮板弹飞后,他也懒得去捡,人家问他要不要正经开一场,三对三,他下场,用衣角擦汗，说今天不打了。

回教室时，他碰到施斐。

"我姐你看见没？"

"在班里呢吧？"

"班里书包在，人不在。"

"找你姐有事？"

"没大事，我给她发信息吧。拜，谋谋哥。"

"拜。"

郁谋书包都收拾了，可以直接走。回教室的用意他自己也不清楚，可能是看施念有话想说。他想：我就听听她要找我说什么。

此时施念愣在门口。郁谋缓缓回头，隔着一个教室的距离，淡淡看了她一眼，然后拉着书包起身，推开后门离开了。

他脚步缓，门却在他身后重重地关上。施念想，是走廊穿堂风的缘故，他并不是故意那样重重关门的。她也看不太出他的情绪，唯一显而易见的，是他不太想和她讲话。

今天的郁谋是初中的郁谋，那个离她远远的，个子高高的，性格安静的男生。

施念收拾好书包，跑到公交车站时，那里稀稀拉拉站着坐着几名一中的同学。可是没郁谋。

这时公交车进站。施念踏上前门时，还左顾右盼，被后面的人推着催。

"王之宝座"是空着的，她却没坐，站在车厢靠右窗的位置，拉着手环摇摇晃晃看路边。

被误解的滋味真难受，可问题是施念并不清楚自己被误解了哪里，她只知道自己被误解了。

不，她也许是知道的，只是不愿意承认，不敢承认。

这种想解释又不知道从哪里开始解释的心情，普天之下大概独一份了。

公交车走走停停，施念的眼睛几乎没有眨过，紧紧盯着路边的行人，然后在他们上次下车的小巷口看到了她想寻找的身影。

郁谋单肩背包，手插兜，一个人在斜阳冷肃的冬天傍晚走进了巷子。

车子靠右等红灯，施念跑到前门："师傅，开下门成吗？"

施念只觉得被灌了一肚子的冷风，她气喘吁吁地跑到巷子里，累到跑不动，换成快步走。

巷子扭扭歪歪，不是一眼能望到尽头的走势。她脚步声很大，快步走时书包还会发出声响。

她快走到一半时，意识到郁谋个子高，步子大，估计自己是追不上了，便有些颓然地放缓脚步。

不知道为何，大概是气自己吧，气自己没头没脑的，她有点想哭。输了游戏，觉得自己发挥不好的那种委屈，和现在的心情差不多。

巷子里彻底没有暖色调了，不过天光还是微亮的。

北方的冬季，城市规定六点开灯，施念总觉得这是一件非常神奇的事情。她会想，等到六点时，路灯是次第亮起，还是突然一下集体亮起呢？

她今天可以知道了，因为巷子的灯是一盏接一盏地亮，有的可能接触不好，灯丝明明暗暗闪了几下才彻底亮起来。

她还看到郁谋从一个拐角处走出，好像背后有眼睛一样，他停下脚步，站在一盏瞬间亮起的街灯下回身看到她。

巷子里家家户户门窗紧闭，却飘来饭菜的香味。

施念想：自己是跟上去，还是原地不动呢？

她这样想着时，脚已经自己往前走了。

郁谋看着她，视线从平视，到向下，最后头微低。

女孩子走到了跟前，他一动不动。

她给了他一个尴尬的笑，说了句废话："你走好快啊。"

少年喉结一滚，却没讲话，好像两人之间彻底没话说了。

施念毫无预兆地愣生生开口："对不起！"

郁谋则笑了下，这笑的目的并不是友好，而是带了点自嘲。

他说："你如果是因为不喜欢我了而道歉，那大可不必。我可以假装不知道，也没有很伤心。

"从初中到现在，你的喜欢也算很长时间了，我才该要说谢谢。"

5

郁谋说完这话，抬头看了眼狭窄巷子两边悬着的瓦檐。这样做没有任何意义，只是因为这样，他能给自己一个理由抬头。

他目前不太想看她，完全是自暴自弃了，没有丝毫试图掩盖自己知晓这个秘密的打算。

其实他挺不理解的，为什么突然就不喜欢了？女生的喜欢与否都是这样草率的吗？

还有，为什么她的喜欢被说成勉强？怎么就变成这样了呢？这让他开始重新审视自己，觉得自己是个很糟糕的人，一如他刚上初中时的心境。

他自己有个很伤自尊的理论：无非是远香近臭罢了。

以前不认识，不说话，离得远，就怎么都好；现在成了朋友，有了交集，他还在她面前出过丑，说不定还被她发现了他身上有她不喜欢的特质，估计这人就厌倦了吧！这不就是最最基本的人性吗？他早该预料到的，或许自己当初出国才是最正确的决定。

而此时站他对面的施念完全呆住了。她因为一路跑着脸颊泛红，现在血色褪去，嘴唇也变白了。

郁谋一向自诩擅长洞察人心，可他不太懂施念脸上的表情。他顶多能看出她的紧张，以及不知所措，显得自己像个大恶人。

郁谋觉得自己站在这里同她说这些事，时间越久，自己越难堪，于是打算把话说绝："你肯定在想我是怎么知道的。抱歉，的确是我偷听了你们的对话，我不是故意的。

"我不知道你如何理解喜欢，或许你说的喜欢和我理解的喜欢并不一样。我理解的喜欢，不是一种可以被很随便地同他人说出的情感。换句话说，如果我的喜欢经由我之口被表达出来，那就意味着我先同自己做了一个约定，这个约定就是我会保持这份喜欢很久很久，很深很深。

"当然，在这件事中，你大概会想，我是被默默喜欢的那个人，被喜欢的人总是有优势的、是幸运的，我在抱怨些什么啊？

"你会觉得自己很冤吧？没有办法，我就是这样一个伪善、狭隘、小气的人，这就是本来的我。我刚刚是说我不难过吗？抱歉，我又说谎了，我很介意，并且很不服气。

"你知道吗，当我偷听到你们的谈话时，我以为我的人生里终归出现了一些柔软又闪耀的东西，我甚至曾为自己担不起这份喜欢而自责，然后努力地去让那个阴暗、自私、虚伪的自己变好。但现在我发现我错了，这是一件很不幸运的事情，我听到了，当真了。这样说你会开心吗？看啊，瞧这个大笨蛋，还学习好呢，还聪明呢，因为一句玩笑话认认真真了三年多。"

少年说这席话时，声音很低缓，脸上竟还带着礼貌的笑，一字一句似乎都有千钧重。

他在很用力、很生硬地表达自己，拿着一把两刃刀把自己从里到外都剖开，鲜血淋漓。

可以说，这种表达于他而言并不常见，他不是一个愿意这样子把自己完全剖开的人。

这是第一次，可能也是最后一次。

施念的心脏在郁谋说第一个字时就在很剧烈地在跳动，而当他说完最后一个字时，她觉得自己的血液完全停止流动了。

她当然知道他的意思。他说她草率、随便，把喜欢当儿戏，把他当猴耍，说她的喜欢不值钱，她的喜欢让他感到不幸。

这样的施念，却觉得大脑的正中央缓缓升起一道玻璃墙，这道墙隔绝了理智和情感，就好像她在玩最最紧张刺激的游戏关卡一样，越难，就越紧张，她的手也越稳，能够迅速找到简单直接的最优解，即使那个解是无情且冷血的。

她一脚迈进了大脑中冷静的那个分区，声音把她自己都吓了一大跳："这是一个误会。"她拉住郁谋的袖子，面无表情，"既然被你听到了，那我也要说声抱歉，没想到给你带来这么大的困扰。

"我当时那样说，是因为我很想和大家有话题，并不是真的喜欢你。对，你说得没错，我是个可以随意把喜欢挂在嘴边的人，这是我融入集体的方式和工具。这跟性别无关，只是我自己的问题，希望你不要因此对女生这个群体产生偏见。"

她静静阐述，并不为此感到抱歉，哪怕她说了抱歉。

郁谋看着她："是吗？"

"嗯，你大概是误解我了。"她尽力微笑，不往心里去，"原来你因为这件事在生气啊？我还以为什么呢。"

"施念……"郁谋觉得浑身无力。

他此时此刻多说一句喉咙都痛得要死，可他竟然还在废话："我觉得咱俩都挺聪明的，很多话根本不用问第二遍，但我还是想再问一遍。你说的，是真的吗？"

施念先是轻轻"嗯"了一声，随后眼泪不争气地滚了出来。她随意用手背拂去，冷风瑟瑟中，眼泪好烫啊。

"嗯，是真的，被你听到的对话，是我编的。"

少年气急之后返归平静，说了一句话。

施念听到了，整个人如坠冰窟，只觉得他嘴在动，根本听不清，脑子开始嗡嗡。

他说："那……是怎么回事？也是我自作多情吗？"

"那"后面的几个字自动地被施念在自己大脑里消音了，因为在听到那三个字时，她开始发晕。

她声音发抖，故作镇定："怎么了吗？"

郁谋看她好像要窒息一样，知道那几个字再重复一遍，大概会让她现在的状况变得比冲她开一枪还要糟糕。

少年没来由心一软，没再重复，没再用确凿的证据子弹去打她的乌龟壳。他觉得自己真的对她好温柔，温柔到他都觉得自己没出息。

"没什么。"他在心里自嘲地笑，明明还有好多话，但他说不出来了。说出来，也是被她否定，他顿时觉得没什么意思。

"好的，我明白了。"少年扯开一个出奇明朗的笑，瞬间不生气了似的，"被你这样一说，我感觉自己挺差劲的，承认喜欢我是件很令你丢人的事……哈哈，这是我的问题，以后不会再提了。"说完，他的笑容瞬间收束。

很好，那个遥远的郁谋回到了这具身躯，他的眼神也带上了疏离的礼貌。

"时间不早了，我先回家了，施念同学。"

施念无意识地跟着郁谋往前走了几步，而他听到她跟上来的脚步声，却没有转身，撂下一句："你不介意的话，我们两个最好不要一起走。你说过的，被同学看见的话，会传我们两个早恋。我猜这是你最不愿意发生的事情了吧？那你自己回家路上注意安全，拜拜。"

他走了，留她一个人原地发呆。

她知道自己搞砸了两人之间的关系，但又觉得委屈。她看着他的背影，突然想，原来他正常走起路来这么快，刚刚能被她追上，真是一件神奇的事情。

回到公交车站，施念感觉胸口像是塞了一大团干燥的棉花，每次呼吸都能带起噼里啪啦的静电，于是她干脆减少呼吸的次数，然后又觉得胸闷。

她回到家时，池小萍打来电话说今晚加班，让她自己吃饭。

施念烧了一大壶热水打算泡面。等水烧开的时间里，她翻出那件有印子的新羽绒服，然后接了一大盆凉水，用刷子蘸着牙膏和肥皂混合液，仔细地重新去刷那块印迹。

刷啊刷，有几次她眼花，以为干净了，拎着湿漉漉的羽绒服站起来，凑到灯光下，发现还是有，只是很浅，于是又坐回板凳上刷，边刷边用手背擦眼泪。泡沫进了眼睛里，刺激她流出更多的眼泪。

文斯斯说得没错，她是个很典型的处女座，有强迫症，追求完美，并且喜欢和自己较劲。

嗯，这是一个非常中肯的评价。

她不觉得这有什么错，这世界上千人百态，比起那些坑蒙拐骗的种种恶习，她不认为自己这性格碍到谁的事了。她只是不喜欢看到自己在意的人或事有瑕疵，一旦有了，她就会藏起来。

头绳、施学进、羽绒服，还有她自己，她觉得自己的喜欢之于郁谋，大概就像这印迹之于这件羽绒服吧。

不管他怎么想她，她都觉得他是很好的。

不对，不是很好，而是超级好，好得很遥远，不是她可以触及的高度。

他应该在大礼堂的台子上，意气风发地分享学习经验，而不是站在小巷子里问她是不是喜欢他。

想到这里，她把刷子扔到一边，换上自己的手搓。

最后，她发现手掌心连接手腕的那块皮肤好像破了。

所以自欺欺人的人是谁呢？

郁谋浑浑噩噩地回到家，坐在自己的小卧室里。

他拉开抽屉，那里躺着一本初中的语文书。他从旧家来这里没带什么，这本书算是其中之一。

是他当时借给过她的书。

她那时总是"不经意"地在他们班门口转悠，她不像是丢三落四的人，却总来借书，借练习册。

书翻开第一页，印刷字下面是他手写的名字。

而"郁谋"两个字的旁边，是一片他用铅笔斜着轻轻拓印的痕迹。

被拓印出来的白色凹痕，显示的是被女孩子写过又仔细擦掉的几个字——

郁谋郁谋。

可以看出来，她曾在这本书上，用铅笔学着他的笔迹写了两遍他的名字。对，就像她无意识地写"昌缨"那样，他觉得她这个习惯倒是一直没变，所以根本不怪他会"误会"啊。

她不是用她自己的字体写，而是学他的字体写他的名字。

郁的偏旁"阝"，她好像对自己的模仿并不满意，还在边上单独写了一遍。

他都能想到那种场景——她借来他的书，看到他的名字，小心翼翼拿起铅笔学，意识到这样不好后，又使劲用橡皮擦掉，以为他不会发现。

可他必定会发现，因为他从不借给别人书。而他借给她书，本身就是期冀着能够因此收获一些她留下的痕迹。

所以当书还回来时，他非常仔细地翻遍每一页，甚至有点气恼她这般礼貌和小心，没有在他书上留下一笔一画，最后才在扉页上发现这被擦掉的字迹。

发现时，少年仿佛觉得她扶着他的手指贴了上来。

郁谋现在脑子很乱，他感觉自己身体轻飘飘的，似乎是发烧了，但没去量体温。

他反复地和自己说：你不该这么逼她的，像她那样的性格，你能指望她真正地承认什么呢？

就算是承认了，也不可能怎么样，所以之前的所作所为完全没有意义。

他就是不甘心吧。

他觉得自己被她当成了傻子，被她说得像个自作多情的小丑。

但实际上呢，她就是个大骗子，最擅长骗她自己。

他有满腔的子弹。

他不傻，当然能分清哪句话是应付朋友，哪些眼神和话是真心的。而那些真心的，无论是拓了字的语文书，还是礼堂里他演讲完，所有人都往外走，只有她停在原地终于敢抬起头看他，还以为他在同老师讲话没看见，或是她在他们班门口转，借书借什么的，等等，他都能明明白白地感受到。

可他到头来又十分不忍心把她的乌龟壳全敲碎。

唉。

（上部完）